A. L. Kennedy

Einladung zum Tanz

A. L. Kennedy

Einladung zum Tanz

Roman

Aus dem Englischen von Ingrid von Rosenberg
und Gerd Stratmann

Steidl

Titel der englischen Originalausgabe: »Looking for the Possible Dance«,
erschienen bei Secker & Warburg Ltd., London 1993

Wir senden Ihnen gern unser kostenloses Gesamtverzeichnis zu:
Steidl Verlag, Düstere Straße 4, D-37073 Göttingen

1. Auflage 2001

Lektorat: Claudia Glenewinkel
Umschlaggestaltung: Klaus Detjen
unter Verwendung eines Fotos von
Bilderberg / David Mayenfisch
Satz, Druck, Bindung:
Steidl, Düstere Straße 4, D-37073 Göttingen
Printed in Germany
ISBN 3-88243-771-5

Für M. Price, J. H. Price, E. M. Kennedy
und meine Freunde,
die kaum je enttäuschen,
in Liebe

»Alles andere ist Zeitverschwendung. Hörst du? Alles andere ist Zeitverschwendung. Hörst du, Margaret? Verstehst du?«

Es war Nacht, und sie standen draußen hinter dem Gemeindesaal der Methodisten. Margaret war fast taub von der stundenlangen Musik, und die plötzliche Stille rauschte in ihren Ohren, als lausche sie an einer Muschel oder an einer großen Blechbüchse. Ihr Vater saß auf zwei leeren Bierkästen und atmete heftig. Er hatte die Beine lang vor sich ausgestreckt und umklammerte mit heißen Händen ihr Handgelenk.

»Sieh mal, da ist der Mond, Prinzessin. Siehst du ihn?«

»Ja.«

Sein zitternder Finger schien an die große weiße Scheibe zu tippen, einen kleinen Abdruck zu hinterlassen.

»Und da ist der Große Bär – eins, zwei, drei, vier und ein Schwänzchen ... und da ist ... Orion ist auch da oben! Sterne über Sterne, und hinter diesen Sternen noch mehr Sterne. Wenn man alle Sterne sehen könnte, wäre der Himmel ganz weiß. All das da über uns – ein wah-res Wun-der! Und sie können uns sehen, Margaret. Prinzessin. Sie sehen uns. Der Mond sieht auf uns herunter, und wir sehen zu ihm hinauf, und das ist wunderbar! Er sagt zu uns: ›Alles andere ist Zeitverschwendung‹: Genau das sagt er uns. Hörst du ihn? Das ist es, was er uns sagen will.«

Margaret betrachtete ihren Daddy, der mit geschlossenen Augen lächelnd im Mondlicht saß und ihre Hand drückte. Sie rückte noch ein Stückchen näher und küßte ihn aufs Ohr und sorgte sich ein bißchen, daß er sich ohne Mantel im Freien erkälten könnte. Außerdem fragte sie sich, was er wohl gemeint haben könnte.

Mit dieser Frage oder dem Gefühl der Kälte oder mit der schönen Atemwolke ihres Vaters, die aufstieg und kleine Regenbogenringe um den Mond malte, beginnt Margarets Erinnerung an jene Nacht. Es war das einzige Mal, daß sie mit ihrem Vater ausgegangen war. Offiziell. Warum er gerade mit den Methodisten tanzen wollte, in diesem Saal, an diesem Abend, weiß sie nicht, aber es war jedenfalls wunderschön.

Daddy hatte sie behutsam auf seine Füße gestellt, machte einige Schritte mit ihr und wirbelte sie dann herum und immer wieder herum, erst in einem Twostep, dann in einem Walzer. Sie schloß die Augen und schmiegte sich an seine Brust, an das helle Hemd, in seinen Duft nach Seife, nach einem neuen Aftershave und nach ihm selbst.

Noch mehr Spaß hatte es ihr gemacht, mit einem Glas Orangensaft an einem Platz zu sitzen, von wo aus sie zusehen konnte, wie ihr Vater ohne sie tanzte. Sie konnte den Blick nicht von ihm wenden; bestimmt ging es auch allen anderen so. Mit seinem blauen Anzug stach er aus der Menge hervor. Dem Anzug, den sie noch nie zuvor gesehen hatte und den sie erst nach seinem Tode wiedersehen würde.

Die Tänzer formierten sich zu Kreisen und Linien und trennten sich wieder, und ihr Vater war irgendwie immer im Mittelpunkt. Margaret hatte ihn noch nie so gesehen:

Wie anmutig er die Füße setzte und dahinglitt, als habe er nie etwas anderes getan und wolle nie wieder etwas anderes tun. Im Wirbel der anderen, nebensächlichen Gesichter sah sie immer wieder das ihres Vaters, das ihr zuzulächeln schien. Im Tanz leuchteten seine Augen blau auf. Manchmal erspähte sie auch seinen Kopf von hinten, mit dem feinen grauen Haar, das sie an das seidige Fell einer Katze erinnerte.

Immer wenn jetzt von einem Ceilidh die Rede ist oder von einer anderen Tanzveranstaltung, muß Margaret an jenen einmaligen Jubiläumsceilidh im Gemeindesaal der Methodisten zurückdenken und an das blaue Licht, das er in den Augen ihres Vaters entzündet hatte.

Nur einmal fragte sie, warum sie nicht wieder zum Tanzen gingen. Es war an einem Nachmittag, als sie mit ihrem Vater draußen war und sie den Schrebergarten für den nahen Sommer herrichteten.

»Ach, ich hab nie gern getanzt, Liebes. Mir tun dabei die Füße weh.«

Das war gelogen. Mit schmerzenden Füßen hätte er nie so tanzen können wie damals auf dem Ceilidh. Und er hatte es genossen, da war sie sicher.

»Bald bist du groß genug, um allein tanzen zu gehen. Das wird dir Spaß machen.«

»Ich würde aber lieber mit dir gehen.«

»Möchtest du, daß mir die Füße weh tun?«

»Haben dir wirklich die Füße weh getan?«

»Und wie! Das möchte ich nicht noch mal erleben.«

Eine Amsel flog auf und floh zwitschernd über den Zaun; warum, konnten sie nicht erkennen.

»Was hast du damit gemeint, daß alles Zeitverschwendung ist?«

»Wie bitte, Liebes?«

»Was hast du damit gemeint, daß alles Zeitverschwendung ist? Als wir den Mond angeschaut haben, hast du gesagt, alles andere ist Zeitverschwendung.«

»Ich erinnere mich nicht.«

Sie war gespannt, ob er merken würde, daß er wieder gelogen hatte. Er hustete und sah sie dann an.

»Bei Vollmond rede ich manchmal komisches Zeug. Das geht anderen auch so. Manchmal.«

»Aber was hast du damit gemeint?«

»Ach, ich weiß nicht. Ich kann mich gar nicht mehr erinnern, was ich gesagt habe.«

Was für Lügen.

Margarets Vater starrte auf die Lavendelbüsche und zog die Hacke durch die saubere schwarze Erde zwischen ihnen. Kein Hälmchen Unkraut war zu sehen: Ihm wurde nie Zeit genug gelassen zu wachsen. Ihr Vater lächelte auf die seltsamen aschfarbenen Pflanzen hinunter.

»Die hat deine Mutter gepflanzt, als du drei Jahre alt warst.«

Margaret strich mit der Hand über die Blumen und atmete ihren grau-lila Duft ein; sie verstand nicht, warum ihr Vater solche Lügen erzählte. Es waren ja Dinge, die nicht sehr wichtig waren, aber so stimmten sie eben nicht. Die Lavendelbüsche zum Beispiel waren erst im vergangenen Frühjahr gesetzt worden. Margaret erinnerte sich, wie ihr Vater die Stecklinge mitgebracht und voller Umsicht in den Abendstunden gepflanzt und vor- und hinterher begossen hatte, damit sie nicht eingingen. Margarets Mutter war nicht dabeigewesen. Margaret hatte sie seit Jahren nicht gesehen, konnte sich gar nicht an sie erinnern, obwohl sie natürlich eine Mutter gehabt haben mußte. Wie jeder.

Ihr Daddy blinzelte in die Sonne.

»Im Herbst kannst du Lavendelsäckchen nähen. Du kannst doch nähen, Margaret, oder?«

Wenn jemand in der Schule ihr etwas vorlog, sprach Margaret nicht mehr mit ihm. Aber bei Daddy war das etwas anderes. Er war selbst von seinen eigenen Geschichten immer vollkommen überzeugt. Um ihrem Vater zu gefallen, um ihm eine Freude zu machen, versuchte Margaret, ihm so sehr zu glauben wie sie nur konnte. Das schien ihn glücklich zu machen, und das bedeutete, daß auch sie glücklich sein konnte.

Margaret schnupperte an ihren Fingern, die nach Lavendel rochen.

»Ich könnte vielleicht nähen üben. Wir machen das nicht oft. Wir stricken. Lavendelsäckchen kann man nicht stricken, oder?«

»Nee. Da würde ja der ganze Lavendel rausfallen.«

»Dann könnte ich doch einfach leere Säckchen stricken und Zeit sparen.«

Er strich ihr mit der Hand übers Haar, und sie sah zu ihm auf in sein leuchtendes, großes weißes Gesicht. Er lächelte ein bißchen; seine Nase begann sich in der Sonne zu röten.

»Weißt du noch, wie wir in den Mond geguckt haben?«

»Ja, weiß ich.«

»Ich hab gesagt, daß alles *andere* Zeitverschwendung ist.«

»Ja, ich weiß.«

»Also, was ich meine, ist, du wirst erwachsen werden, verstehst du, und Dinge tun und rumlaufen und denken, das, was du tust, ist wichtig, aber das ist es nicht.

Lebendig sein ist wichtig. Alles andere ist Zeitverschwendung.

Manchmal sehe ich in den Mond und weiß, daß er das alles schon erlebt hat, und er erinnert mich daran, worum es geht: In der begrenzten Zeit, die mir noch bleibt, will ich nur noch lebendig sein. Alles andere zählt nicht. Aber du wirst noch lebendiger sein als ich, nicht wahr?«

Sie nickte, während er sich in die Erde kniete und sie bei den Schultern nahm.

»Du wirst dich um meinetwillen daran erinnern. Du wirst nicht alle deine Chancen verspielen wie ich.«

»Nein.«

»Jetzt habe ich dich traurig gemacht.«

»Nein, nein, ich bin nicht traurig. Ich denke nach.«

Sie lächelte ihn an, um ihn davon zu überzeugen, daß sie sich wohlfühlte, wie er sie hielt und anschaute und dabei ganz leicht ihre Wange streichelte.

»Wollen wir jetzt zu Abend essen?«

»Ja.«

»Worauf hast du Lust?«

Selbst jetzt noch, wenn Margaret beim Zubettgehen den Mond sieht oder in der Badewanne liegt und jenes gleitende, wohlige Gefühl nach der ersten, fast schmerzhaften Entspannung empfindet, denkt sie manchmal an ihren Vater. Ohne daß es ihr bewußt wird, streckt sie die Arme nach ihm aus, umschlingt ihn; sein Pullover reibt gegen ihr Gesicht, die Kuhle zwischen seinen Rippenbögen ist unter ihrem Kinn, und sein Herz schlägt. Er duftet nach *Lifebuoy*-Seife, nach frisch geschnittenen Blättern und Lack. Einen Lidschlag lang, wenn sie sich in die Kissen oder das warme Wasser kuschelt, zieht dieser Geruch durch ihr Bewußtsein und verschwindet wieder. Ihr Vater und ihr Wohlbefinden waren immer eng verbunden. Als ob es das eine nicht ohne das andere geben könnte.

Margaret schläft jetzt.

Es ist drei Uhr morgens, und die Spatzen und die Amseln proben ihre Lieder. Das Licht der Dämmerung trifft schon die Fenster an der Straße, und Margaret Hamilton liegt hinter dem Dunkel ihrer Vorhänge, im tiefen Schlaf.

Vor einer Woche hatte Margaret noch Arbeit, und heute hat sie keine mehr. Weil sie darauf vorbereitet war, hat sie die Fahrkarte vorher besorgt, und an diesem Morgen wird sie mit dem Zug abreisen. Wahrscheinlich wird sie wiederkommen, aber sicher ist das nicht. Sie geht fort, um über Fragen wie diese nachzudenken.

In ihrem Schlaf ist sie vom Warten umgeben. In der Küche wartet die halbvolle Reisetasche darauf, fertig gepackt zu werden; der Herd wartet darauf, das Wasser zu kochen, die Vorhänge warten darauf, daß man sie zurückzieht. In einer Straße, eine Meile entfernt, wartet der verschlafene Taxifahrer, der Margaret zum Bahnhof bringen wird, vor einer Würstchenbude bei ausgeschaltetem Funk. Und drüben in der Innenstadt erwartet sie der Bahnhof.

Fast genau um sieben Uhr wacht Margaret auf.

Ohne einen Wecker oder andere Hilfsmittel ist das ziemlich schwer, jedenfalls wenn man den Trick nicht kennt. Margarets Vater hat ihn ihr beigebracht. Kurz bevor du einschläfst, wenn das Licht aus und alles andere erledigt ist, mußt du mit dem Kopf auf das Kissen schlagen, einmal für jede Stunde der Uhrzeit, zu der du aufwachen willst. Margaret hat das seit ihrer Kindheit nicht mehr getan. Als sie zehn wurde, hatte der Vater ihr einen Wecker gekauft.

Gestern abend aber, nachdem der Wecker seinen Geist aufgegeben hatte, hörten sich ihre Schlafvorbereitungen ziemlich genau so an:

PFFUFF; PFFUFF; PFFUFF; PFFUFF; PFFUFF; PFFUFF; ... PFFUFF:

Oder so:

Also gut, sieben, vielleicht auch halb acht, aber halbe Stunden gehen nicht. Glaube ich jedenfalls nicht.

EINS.

Und heute nacht will ich schlafen.

ZWEI.

Bitte.

DREI.

Der Zug morgen früh. London.

VIER.

Gott, ich bin zu müde, um einzuschlafen.

FÜNF.

Nach Süden. Mag ich die Engländer überhaupt?

SECHS.

Wen kümmert's? Niemanden kümmert's. Die Engländer kümmert's einen Scheißdreck. Schlaf ein, verdammt noch mal.

SIEBEN.

Die Engländer haben keine *Ahnung*, deshalb kann es sie natürlich nicht kümmern. Ich habe mein Kommen ja nicht angekündigt. Ich muß jemanden bitten, ein Auge auf die Wohnung zu haben. Ich hätte früher dran denken sollen. Nur aufpassen genügt nicht, sie müßten ab und zu auch hineingehen. Colin kann ich unmöglich bitten, jetzt nicht mehr. Nein neinnein nein nein. Schlafen. Alles ist gut. Schlafen.

Sieben Uhr, da wache ich auf.

Kluger Daddy. Woher er das wohl wußte?

Und Margaret schläft wirklich ein und rührt sich nicht ein einziges Mal bis fast genau sieben Uhr am folgenden Morgen.

Normalerweise zieht sie für eine Reise etwas Praktisches an, Pullover und Jeans zum Beispiel. Heute wird sie sich in ein Kostüm werfen, als fahre sie zu einem Bewerbungsgespräch nach London. Das tut sie, weil sie in dem Job, den sie gerade verloren hat, fast immer Jeans und Pullover getragen hat und nun eine Veränderung braucht. Margaret macht einen neuen Anfang, will sich anders und gepflegt fühlen, wenn sie und Englands Hauptstadt sich begegnen. Und sie weiß, daß es nicht gut ist, sich gehenzulassen, wenn man keinen Job hat; sie hat gesehen, was passieren kann, wenn Leute das tun.

Margaret hat Parfüm aufgetragen, eines, das wie neu wirkt, weil sie es selten benutzt hat. Es hüllt sie ein, sobald sie sich bewegt, und hat ihren Handgelenken einen leicht bitteren Geschmack verliehen. Im Lauf des Tages wird sich der Duft verändern und verfliegen.

Das Taxi kommt ein wenig zu früh, und sie stürzt hinaus, setzt sich auf den Rücksitz. Sie fühlt sich komisch, möchte jedes Gespräch vermeiden. Sie ist immer noch nicht ganz wach, und die Stadt, die an ihr vorbeizieht, erscheint ihr seltsam unwirklich. Gebäude wie hohe, schwere Schiffe schaukeln um sie herum, mit glänzenden Glasfassaden und gestrahltem Sandstein; Gerüste und Segel aus Plastikbahnen.

Nur wenige Fußgänger lassen sich blicken, und ihre Gesichter sind beleuchtet von einem Himmel, der von stechendem Porzellanblau ist. Drinnen im Taxi spielt Musik, und Margaret kommt sich vor, wie ihr das manchmal passiert, als sei sie versehentlich in einen Film geraten.

Sobald sie den Hauptbahnhof erreicht, verstärkt sich dieses Gefühl. Margaret bezahlt hastig den Fahrer, ergreift ihre Reisetasche und steigt so entschlossen, schnell und geschmeidig aus dem Taxi, als warte eine Kamera auf sie. Ihr Schwung trägt sie weit in den Bauch des Gebäudes, bevor sie sich wieder faßt.

Der Bahnhof ist schön, sie mag ihn. Die historische Holztäfelung und Verglasung, vor einigen Jahren herausgerissen, werden jetzt allmählich durch Imitate ersetzt. Der helle, harte Boden, die tomatenroten Plastiksitze und die mehr oder weniger grellen Ladenfronten verbinden sich zu einer unverwechselbaren Mischung, während Lautsprechermusik von oben herunterspült und eine hohe schwarze Anzeigetafel mächtig pulsiert. Dies könnte ein Ort der Andacht sein.

Drüben beim Fotoautomaten, vor dem angeschraubten Spiegel, schneiden zwei Betrunkene einander stumm die Haare. Menschen, allem Anschein nach auf dem Weg zur Arbeit, hasten vorüber, stoßen und schieben, während Margaret einfach einen Fuß vor den andern setzt;

doch die Mehrzahl der Gestalten bleibt reglos. Sie stehen da wie ein Opernchor, der Erleuchtung von oben erwartet. Ihre Formation ist von schöner Regelmäßigkeit; ihre Posen wirken zugleich entspannt und wachsam, wie sie auf all die Bahnsteignummern, Zielbahnhöfe und Ankunftszeiten starren, die, aus winzigen gelben Quadraten zusammengesetzt, über die Anzeigetafel huschen, aus dem Nichts und wieder ins Nichts. Die Menge wirkt sehr friedlich, sehr konzentriert, aber eine kleine Spur unheimlich.

Margaret wirft einen Blick hinauf, gerade ausreichend, um ihre Bahnsteignummer zu erkennen, und bemüht sich, ihre Schritte nicht zu verlangsamen. Der Zug steht schon bereit, und während Margaret nach dem Waggon mit dem Buchstaben H sucht, führen vier Polizisten die betrunkenen Figaros ab.

Obwohl niemand in ihrer Nähe sitzt, macht Margaret es sich schnell bequem und tut dann so, als schlafe sie ein. Niemand wird sie ansprechen, solange sie schläft. Höchstens ein Schaffner würde es wagen.

Margaret hört Schritte und Gepäck und in der Ferne ein Kind, den traditionellen Pfiff, und dann beginnt die ruckende Bewegung. Auf eine Weise, die ihr unverständlich ist, zieht ein mörderischer elektrischer Strom sie und den Waggon aus dem Bahnhof hinaus und hinweg.

Wenn sie jetzt die Augen öffnete, um aus dem Fenster auf den Fluß zu sehen, würde Margaret eine Staffel von Brücken erblicken, die sich nach Osten erstreckt, erst vor ihr und dann neben ihr und dann, als sie über ihre eigene Brücke rollt, hinter ihr. Alles ist blau, das Sonnenlicht und das Wasser, der Himmel hinter den dunkelblauen

Brücken mit ihren glänzend blauen Bussen und Autos. Der Fluß färbt alle seine Morgende blau.

Margaret klemmt ihren Kopf fester zwischen Fenster und Hand, und sobald das furchterregende Tempo ihrer Fortbewegung aufgehört hat, sie zu erschrecken, beginnt sie einzuschlafen. Bevor sie Motherwell durchfährt, träumt sie bereits.

So fährt sie dahin, von einem Schlaf in einen anderen.

In seinen letzten Lebensjahren verlernte Margarets Vater das Schlafen, und von allen Leuten, die das wußten, machte es ihm am wenigsten aus.

»Es ist ja nicht so, als müßte ich noch arbeiten. Es ist nicht so, als könnte ich kein Nickerchen machen. Wenn ich will, kann ich jederzeit einnicken. Wenn ich den Schlaf bräuchte, wäre ich doch müde, oder?«

Weil niemand ständig bei ihm war, wußte niemand, ob er jemals einnickte. Keiner, der ihn still und mit geschlossenen Augen im Sessel sitzen sah, konnte mit Sicherheit sagen, ob er nachdachte oder ob er eingedöst war oder ob er sie alle nur beruhigen wollte.

Wenn Margaret ihn besuchen kam, schien er ihr wenig verändert. Es war, als sei der Vater, den sie als Kind gehabt hatte, nur durch eine hauchdünne Zeitschicht getrennt von dem Vater, den sie heute hatte. Wenn sie ihren Daddy neben sich auf das Sofa zog und sie miteinander redeten, die Köpfe zurückgelegt und leicht einander zugeneigt, war ihr Gespräch von der Zeit losgelöst. Wenn sie ihm aus der Küche etwas zurief und dann seine Stimme hörte, immer nur seine junge Stimme, hätten sie ebensogut mitten in einer ihrer Diskussionen nach Schulschluß sein können. Sie hätten einen Ausflug planen oder über Margarets Weihnachtswünsche reden können, beide wohl wissend, daß diese nicht in Erfüllung gehen würden, weil Weihnachten eine Überraschung bleiben mußte.

»Also gut, was wünschst du dir?«

»Nichts.«

»Du wünschst dir nichts?«

»Nein.«

»Wünschst du dir etwas?«

»Nein. Ich wünsche mir jedenfalls *nicht* eins von den Dingern, wo man reinbläst und dabei die Tasten drückt.«

»Du meinst ein Saxophon.«

»Nein. Diese Dinger sind aus Plastik. Sie hören sich so ähnlich an, als wenn man auf einem Kamm bläst, nur besser.«

»Mm. Ich dachte, du hättest eher etwas gegen ein Teleskop. Komisch.«

»Oh, das fände ich besonders scheußlich. Ehrlich!«

»Gut, gut. Dann kriegst du auch keins. Eine Sorge weniger. Aber jetzt!«

Er faßte sie mit beiden Händen um die Taille, was beinahe kitzelte, aber doch nicht richtig. Er schabte seine Bartstoppeln gegen ihre Wange und pustete auf ihre Nasenspitze.

»Wen hast du lieb? Nur so aus Interesse. Überhaupt jemanden?«

»Dich hab ich lieb. Dich hab ich lieb.«

»Nur mich?«

»Nur dich.«

»Du bist ein gutes Mädchen.«

Ihr kleiner Katechismus.

Er eröffnete ihn meist ganz leise, im Anschluß an ein anderes Thema, als wisse er nicht genau, was er sagen wollte. Margaret antwortete immer zweimal, um ihm Gewißheit zu geben.

»Dich hab ich lieb.« Laut und fest, ein leiser Schrei, und dann noch einmal: »Dich hab ich lieb«, sanft, um ihn das volle Gefühl spüren zu lassen und ihn nach dem Schreck des Schreis zu beruhigen. Nur so konnte sie solche Worte später auch zu anderen sagen, obwohl ihr das lange nicht bewußt war.

Wenn sie dann verstummten, strich er ihr über das Haar oder die Wangen und war niemals so glücklich, wie sie gehofft hatte.

Margaret war glücklich mit ihrem Teleskop. Es vereinigte in sich so viele Dinge, die sie schön fand. Sie liebte die kühlen Herbstnächte um die Zeit ihres Geburtstages, ihren hungrigen Duft und die rätselhafte Erregung, die sie in ihr entfachten. Sie liebte es, ganz im Schauen aufzugehen, nichts als Augen zu sein. Sie liebte den Frieden ihres einsamen Tuns. Es war nicht wie in der Schule, nicht einmal wie zu Hause mit ihrem Vater. Zu zweit konnte man nicht schauen; es war unmöglich, daß man zu zweit genau dieselben Dinge sah. Sie konnte durch das eine Auge des Teleskops spähen, der einzige Mensch weit und breit und der einzige, der nötig war, und sie konnte den Frieden und die Nacht genießen.

Sie saß in ihrem Zimmer, während die Reihen der Dachgiebel und der Straßenlaternen sich als Schatten und Lichtpunkte in der Ferne verloren und ein letzter Hauch von orange hinter den Hügeln verblaßte. Nachts schienen die Hügel bloße Höcker aus schwarzem Nichts, aber sie wußte, was sie in Wirklichkeit waren. Das Licht in ihrem Zimmer war gelöscht, und das Fenster stand weit offen, die Tür war geschlossen und mit ihrer Bettdecke verhängt. Allein mit sich, nahm sie mit allen Sinnen die Welt draußen wahr und die Dunkelheit drinnen im Haus. Sie betrachtete die Farben der Sterne und Planeten und die Leere der Zwischenräume und fühlte sich zu ihnen emporgehoben. In diesen Momenten öffnete sich ein Pfad, und sie hätte aus ihrem Fenster hinaustreten und hinauf bis zum Mond spazieren können. Wenn sie dann schlief, träumte sie davon, auf Luft zu laufen. Auf dünner, reiner Luft.

Ihr Vater meinte, es sei zu einsam, alleine dazusitzen und auf helle Punkte zu starren, die so weit weg waren. Er hatte gehofft, mit ihr zusammen zu sein, sie an den Schultern zu halten und den verstreuten Fünkchen ihre richtigen Namen zu geben; aber sie wollte gar nicht wissen, wie sie hießen. Sie wollte nur die Sterne ihre Bahn ziehen sehen und über die Unendlichkeit von Raum und Zeit nachdenken und dann wieder das Muster der umliegenden Straßen betrachten, in der Zuversicht, daß sich das niemals ändern könne.

Als in der Schule das Winterhalbjahr schon weit fortgeschritten war, fühlte Margaret sich nur dann lebendig, wenn die Sonne untergegangen war und sie allein am Fenster saß und hinaufschaute.

Im Rückblick erscheint ihre Schulausbildung absurd.

Margarets Unterricht war alles andere als bemerkenswert; er führte nur die schottische Methode zu ihrer letzten logischen Konsequenz, in der Gewißheit, daß kein Mensch sich jemals beschweren würde, weil schließlich nur Kinder betroffen waren.

Margaret wird wie viele andere ein ganzes Leben brauchen, um sich von einer Prozedur zu erholen, die wir am besten so zusammenfassen können:

DIE SCHOTTISCHE METHODE (ZUR PERFEKTIONIERUNG VON KINDERN)

1. Schuldgefühle sind gut.
2. Geschichte, Sprache und Kultur Schottlands existieren nicht. Sollten sie doch existieren, wären sie irrelevant und könnten ebensogut nicht existieren.
3. Masturbation ist Mißbrauch der eigenen Person, Geschlechtsverkehr Mißbrauch der eigenen Person durch andere.
4. Die Auserwählten, so sie Männer sind, sollen hingehen und einen Beruf ergreifen; die Auserwählten, so sie Frauen sind, sollen häuslich, fruchtbar und fügsam sein und sich ein bißchen künstlerisch betätigen.
5. Die Nichtauserwählten sollen geworfen sein in das dunkelste Dunkel, gar bis in die niederen Ränge Ihrer Majestät Armee oder Industrie.
6. Schmerz und Furcht werden uns lehren, uns selbst zu quälen und in Stein zu verwandeln, wodurch der Öffentlichen Hand weitere Kosten erspart werden.
7. Freude ist flüchtig, sündhaft und die Vorläuferin der Verzweiflung.
8. Das Leben ist eine verschlungene Kette von Zeremonien, Zwängen und Regeln, die wir nie verstehen werden. Niemals dürfen wir uns anderen anvertrauen.
9. Gott haßt uns. In unseren Worten, Gedanken und Taten sind wir hassenswert vor Gott, und nichts Gottgefälligeres können wir tun, als uns selbst zu hassen.
10. Da wir nichts sind in einem Land, welches nichts ist, sind wir allein durch das definiert, was wir nicht sind. Auch unsere Altvorderen sind nichts: Wir dürfen nie vergessen, daß dies sie bitter und gefährlich macht.

Ein komischer Laden, die Schule. Noch heute kann sich Margaret ihre Direktorin mühelos vor Augen rufen – ein scharfer, gelblicher Mund, über das schwarze Holz eines Pultes nach vorn gereckt.

»Würdest du nicht gerne für dein Land sterben?«

Margaret konnte mit der Frage nichts anfangen.

Sie erinnert sich nur, wie sie jedes Jahr, immer am zweiten Freitag im September, auf dem Schotter des Sportplatzes stand. Bis zur Atemlosigkeit geprobt, begann der Einmarsch der Dudelsackpfeifer mit ihren zotteligen Felltaschen und ihren weißen Gamaschen. Sie spielten »The Flowers of the Forest« und »Scotland the Brave«, und die kleinen Pfadfinderinnen, die Brownies, fielen in Ohnmacht.

Die Brownies fielen immer in Ohnmacht. Sie hatten schon im Dunkel der Morgendämmerung in strenger Formation aufzumarschieren, zwei volle Stunden vor allen anderen, und standen nun in Habachtstellung, braun und stramm in ihren Baumwollröcken und ihren gestrickten Mützen. Die Ehre ihres Rudels stand auf dem Spiel.

Wenn dann der Weckruf des Hornisten hinter dem Hauswirtschaftsgebäude erklang, marschierten die Kolonnen der Mädchen und die Kolonnen der Jungen nach vorne, alle auf der Suche nach ihrem jeweiligen Leitbrownie. Jede Kolonne fädelte sich hinter ihrem Brownie ein, nahm erleichtert Haltung an. Ohne Leitbrownie hätten sie herumirren müssen, verloren und orientierungslos, hätten vielleicht am falschen Ort Halt gemacht oder überhaupt nicht.

Meist hielten die Brownies bis zum Eröffnungsgebet durch. Dann begann die Aufregung, das Schwingen der Kilts oder einfach die Morgenkühle, ihren Tribut zu fordern. Lange bevor Margaret zum ersten Mal als kleiner Punkt auf dem offiziellen Schulfoto zum Waffenstillstandstag abgelichtet war, hatte das Sanitätskommando der Brownies eine wichtige Rolle in diesem Schauspiel übernommen. Während der Morgen fortschritt, hoben sie immer wieder kleine Kameraden auf die Trage und transportierten sie ab. Sie hatten strahlende Gesichter und marschierten im Gleichschritt.

Für die älteren Mitglieder des Lehrerkollegiums war die Symbolik solcher Momente zuweilen überwältigend. Gesenkte Köpfe und Hüsteln verbargen dann nicht selten eine Träne.

Margaret fällt es schwer, ihre Schule zu beschreiben; sobald sie es versucht, scheinen die Dinge ihr zu entgleiten. Sie kann nicht mit Sicherheit sagen, ob ihre Erinnerungen ganz der Wahrheit entsprechen oder nicht. Ihr Kopf ist voll von Marschkolonnen und dem dreiundzwanzigsten Psalm, und es kommt ihr vor, als sei sie ununterbrochen mit Marschieren oder Singen beschäftigt gewesen, als habe man sie für einen bevorstehenden Krieg vorbereitet. Mit den Jahren hat sie sich andere Schulgeschichten ausgedacht, weil die Wirklichkeit keinen Sinn ergibt.

Sie kann ihre Augen schließen und einen vierschrötigen Mann mit massigem Schädel vor sich sehen, wie er bedächtig sein Jackett auszieht, um einen Jungen mit dem Riemen zu verprügeln. Der Junge hat blonde Haare und wirkt, verglichen mit dem Mann, unanständig klein.

»Manchmal, wenn ich einen Jungen verhaue, hole ich mit dem Arm nur bis hierhin aus.

Manchmal, wenn ich einen Jungen verhaue, hole ich mit dem Arm so weit aus, wie es überhaupt geht.

Manchmal, wenn ich einen Jungen verhaue, ziehe ich die Jacke aus.

Für dich, mein Junge, werde ich die Jacke ausziehen und die Hemdsärmel aufkrempeln; und dann sorge ich dafür, daß dir das sehr, sehr leid tut.«

Das Grauen lag noch den ganzen Tag lang über der Klasse. Niemand wollte dem kleinen blonden Jungen nahekommen, aus Angst, sich an dem Bösen, das er an sich haben mußte, anzustecken.

Solch muntere Brutalität gehörte bald zum Alltag. Margaret muß lächeln, als sie an den Mathelehrer denkt, den mit dem halboffenen Hosenschlitz und den fettigen Haaren, der kaum einen Tag vergehen ließ, ohne einen oder zwei Jungen zu verprügeln. Die Jungen reagierten, indem sie spuckten, rauchten und ab und zu Feuerchen in ihren Schulbänken anzündeten. All dies schien Teil der natürlichen Ordnung. Den halben Tag verbrachten Margaret und die anderen damit, sich selbst wie Fremde zu beobachten, bloß um zu sehen, wie weit sie es aushalten würden. Den Rest der Zeit widmeten sie dem Kampf. Diese Lebensform war ihnen so in Fleisch und Blut übergegangen, daß sie schließlich fast glaubten, sie selbst hätten sie erfunden.

Daß sie ihre Schule nicht mochte, wurde Margaret erst an einem jener verregneten Marschtage zur Feier des Waffenstillstands klar. Ein echter Waffenstillstandstag mit echten Brownies. Es war der schreckliche Tag, an dem Frazer MacTaggart, der auserwählte Major der Dudelsackpfeifer, seinen fast zwei Meter langen, reich verzierten Tambourstab hoch hinauf durch die Regenschleier warf und ihn dann nicht mehr auffangen konnte.

Auf jedem einzelnen Gesicht in den Kolonnen von Gesichtern, die nach oben gereckt den Flug des Stabes verfolgten, malte sich die plötzliche Erkenntnis, daß Frazer MacTaggart ihn verfehlen würde. Die Gesichter wandten sich MacTaggart zu und ließen es ihn wissen. Er geriet nur ein wenig aus dem Marschtritt, bevor die Spitze des Stabes ihn mit einem wirbelnden Schlag an der Schulter traf und er zu Boden stürzte.

Der Rest des Musikzugs marschierte um ihn herum, weil niemand wußte, was er sonst tun sollte, und eine kleine Gruppe, möglicherweise Brownies, lief los, um ihm aufzuhelfen.

Das einzige lachende Gesicht war das von Margaret. Es war keine Schadenfreude; zumindest glaubte sie das nicht, sie war einfach sehr glücklich. Ihre Schule würde sich nun schämen müssen. Die Schule, nicht sie selbst. Ein Akt Gottes hatte den Stolz der Schule verletzt. Schlau von Gott.

Es war nicht leicht für Margaret, ihrem Vater klarzumachen, was sich da draußen abspielte, außerhalb seiner vier Wände. Sie wußte nicht, ob er überhaupt in der Lage war, das zu begreifen. Als sie weinend nach Hause kam, weil die Dame, die ihnen das Nähen beibrachte, sie verhauen hatte, wußte sie im voraus, daß er ihr nicht helfen konnte. Sie erklärte ihm, daß sie keinen Fingerhut benutzen konnte, weil dann ihre Stiche schief wurden, und dafür brüllte Mrs. Parker einen an, aber wenn man ohne Fingerhut nähte, brüllte sie auch.

Daddy hielt sie auf seinen Knien, die Nase in ihr Haar gedrückt, und sagte nichts. Sie stellte sich vor, daß sein heißer Atem ihre Schmerzen lindern würde; und das tat er dann auch.

»Nun komm schon! Hör auf zu weinen. Du hast mein Hemd ganz naß gemacht.«

»Tschuldigung.«

»Schon gut. Schon gut. Nimm das hier.«

Sie nahm sein riesiges frisches Taschentuch und wischte sich übers Gesicht, und er schaute zum Fenster, über ihren Kopf hinweg.

»Wir müssen dir wohl einen Fingerhut kaufen, damit du üben kannst.«

»Ich lern das nie.«

»Du mußt nur üben. Es liegt nur daran, daß du nie einen benutzt hast. Deine Mutter hätte einen gehabt. Ja, ich glaube, sie hatte einen. Manchmal muß man versuchen, es solchen Leuten recht zu machen, auch wenn sie blöd sind. Sie ist nämlich blöd. Ist dir das klar?«

»Mm.«

»Wer ist blöd?«

»Na, sie.«

»Wer?«

»Mrs. Parker.«

»Mrs. Parker ist blöd. Also los. Alle zusammen.«

»Mrs. Parker ist blöd.«

Um ihm eine Freude zu machen, kicherte sie. Während sie an den Kreide- und Stoffgeruch dachte, den Mrs. Parker ausdünstete, und daran, daß sie immer gewinnen würde, kicherte sie. Daddy schien ihr das abzunehmen.

Danach lud Margarets Vater sie zu *fish and chips* ein. Unterwegs warfen sie einen Blick auf die Nachbargärten, aber Daddys Garten war der schönste. Beinahe hätte sie wieder angefangen zu weinen, aber sie wußte, daß das auf der Straße nicht ging, weil die Leute, wenn sie das sähen, glauben würden, ihr Vater sei schuld. Sie fragte sich, ob er gewußt hatte, daß sie draußen nicht weinen würde, und ob er sie deshalb eingeladen hatte.

In dieser Nacht glaubte sie ihn noch lange zu hören, wie er im Wohnzimmer allein auf und ab ging.

Margaret hätte wohl von sich sagen können, daß die Schritte ihres Vaters, wenn er schlaflos durch das nächtliche Haus wanderte, ihr Denken fast dreiundzwanzig Jahre begleitet hatten. Ob sie mit ihm zusammen war oder fern von ihm, sie gaben den Takt an für ihre Ängste, die die seinen waren, und seine Ängste, die die ihren waren. Der Raum, in dem sie das Geräusch seiner Schritte erwartete, war in ihrem Kopf bis heute nicht durch etwas Neues besetzt worden.

Wie sie da im Eisenbahnabteil schläft, wandern vielleicht immer noch leise Pantoffelschritte durch ihre Träume. Ein Geräusch wie ihr eigener Atem oder Herzschlag oder wie die Schritte eines langsamen Tanzes.

Einmal, im November, rief Margaret ihren Vater an. Sie hatten beide fast das Ende ihrer gemeinsamen dreiundzwanzig Jahre erreicht. Dreiundzwanzig Jahre. So lang wie eine Ehe, vielleicht sogar zwei.

»Wie geht es dir?«

»Bestens.«

»Kannst du schlafen?«

»Mir geht es bestens, Margaret. Wirklich bestens.«

»Das ist gut. Das heißt, daß du nachts schläfst. Das ist gut. Ich hatte überlegt, daß die Nächte, falls du nicht schläfst, ein bißchen langweilig sein könnten. Ich dachte, über einen Videorecorder würdest du dich kein bißchen freuen. Damit die Zeit besser vergeht. Ich dachte, mit einem Videorecorder könntest du bestimmt nichts anfangen.«

»Die Dinger sind unheimlich teuer.«

»Um so besser, daß du keinen brauchst.«

»Zu teuer, mein Schatz.«

»Eben, sag ich doch. Egal, was treibst du denn so? Wie geht's meinem Daddy in letzter Zeit?«

Als der Videorecorder kam, schien er glücklich; er kaufte sich Cassetten und entlieh Filme bei einem Schuppen um die Ecke. Er las die Bedienungsanleitung. Wenn er etwas aufnehmen wollte, mußte er, auf Knien und Ellenbogen, winzige grüne Ziffern studieren und auf winzige Tasten drücken. Er fand das alles sehr schwierig. Seine Knie wurden steif. Und seine Finger schienen zu groß für die Fernbedienung. Die Tasten waren wirklich klein und nah beieinander, so nah, daß er häufig zwei auf einmal drückte. Für Hände, die so groß waren wie seine, war das Ding nicht gemacht. Es war jammerschade, er hätte es ja benutzt, wenn er gekonnt hätte.

Niemand mochte ihn. Irgendwie mochte niemand diesen Mann. Er löste kindlich heftigen Abscheu aus und schien es auch noch zu genießen.

Wenn die Leute über Mr. Lawrence sprachen – nette Leute, die Margaret kannte und schätzte –, endete es immer damit, daß sie einfach die ausdruckslose runde Fläche anstarrten, die er aus seinem Gesicht machte, wenn er an ihnen vorbeiging. Unter ihrem Haß leuchteten seine Augen.

Ungefähr drei Jahre lang war Mr. Lawrence Margarets Chef.

Und immer nannte er sie Margaret, bei dem vertrauten Namen, den ihr Vater benutzt hatte.

Und immer suchte er ihre Augen, wenn sie miteinander sprachen, suchte nach ihnen, begegnete ihnen und schien einen Moment lang Druck auszuüben. Nicht so stark, daß es auffiel.

Und immer fand er Zeit, ihr Ratschläge zu erteilen.

»Diese jungen Leute. Margaret? Hören Sie mal, diese jungen Leute. Kann man sich bei denen sicher sein?«

»Entschuldigung?«

»Sie brauchen sich nicht zu entschuldigen!« Er grinste. »Dafür gibt es keinen Grund. Ich frage bloß, ob man sich bei diesen jungen Leuten, mit denen Sie arbeiten, sicher sein kann. Sie sollten vorsichtig sein. Die Jungs – also, die sind kaum noch Jungs, oder? Meinen Sie, es ist gut, wenn Sie mit denen ganz allein sind? Wissen Sie, ob die nicht trinken oder Drogen nehmen? Solche Leute – in dieser Situation – sind zu allem fähig. Die begreifen nicht, welchen Schaden sie anrichten, bis es zu spät ist.«

»Die sind in Ordnung, dafür leg ich meine Hand ins Feuer.«

»Wenn Sie irgendwann mal beunruhigt sein sollten, dann sagen Sie mir doch Bescheid, oder?«

»Ja.«

»Ich weiß, Sie leben jetzt allein. Ich habe Ihren Vater nicht gekannt, aber ... man hört ja doch so manches. Sie können sich jederzeit an mich wenden.«

»Mach ich. Aber ich hab kein Problem.«

Er drückte ihre Hand mit einem unvermittelten Lächeln.

»Ich muß jetzt gehen, Mr. Lawrence.«

»Natürlich, natürlich.«

Während hohe grüne Gerste an den Fenstern des Zuges vorbeistreift, geistert Mr. Lawrence durch einen von Margarets Träumen. Sie spürt seinen Atem wie Staub auf ihrer Wange, als er ihr etwas zuflüstert, sich entfernt und eine kleine, säuerliche Traurigkeit zurückläßt. Dann beschwört ihr Gehirn den Geruch von erhitzten Kieseln herauf und das Gefühl, das sie unter ihren nackten Füßen erzeugen. Außerdem ist da das Geräusch von Wasser und von Kindern, die vergnügt darin herumplanschen. Sie riecht die Sonnenwärme auf Haut und staubigem Kies. Sie sieht die quadratischen, vergitterten Fenster und die verwitterten, langgestreckten Mauern des Gebäudes, das einst von allen in großer Einmütigkeit *Fun Factory* getauft wurde.

Das ist eine Erinnerung aus dem Sommer. Einem der üblichen, überwiegend nassen Sommer, die es auch dann noch gab, nachdem das Klima anfing, verrückt zu spielen. Genau sechs Tage im August schien die Sonne und lockte die Kinder nebst Planschbecken heraus; sie drängten sich auf dem einzigen Stück Rasen, zwischen den Stühlen, die aus dem Café hierhergeschleppt worden waren, einem deutschen Schäferhund so groß wie ein Pferd und den Sonnenanbetern unter den Arbeitslosen. Man tat nicht viel, Margaret aß Eis, und es war schön, vielleicht sogar *Fun.*

Daß sie ihren Arbeitsplatz *Fun* genannt hatten, ergab sich fast zwangsläufig. Hätten sie ihn *Kommunales Begegnungszentrum* genannt (Bürgercafé, Freizeitangebote, kreative Gruppen, bequeme Sessel und Sozialhilfeberatung), wären der Gefängnischarakter der Fenster und der heruntergekommene Zustand des Gebäudes noch mehr aufgefallen, und niemand wollte gern an die ungezählten schmerzlichen Niederlagen erinnert werden, die auch diese Einrichtung in keiner Weise mildern konnte. Niemand von ihnen wurde gern daran erinnert, daß sie immer wieder scheiterten und behindert wurden.

Mit Margaret waren es drei, die in der *Factory* ihren *Fun* hatten: Sam und Lesley und Maggie. Sie nannte sich hier gern Maggie.

»Maggie, hast du 'ne Ahnung, wo die ganzen Schachbretter geblieben sind?«

»Maggie, dieser Typ ist schon wieder im Café, und Sammy ist nicht da.«

»Maggie, seine Mami hat mir gerade erzählt, daß der Schäferhund den kleinen Sylvester gefressen hat. Stimmt das?«

Es machte ihr Freude, Maggie zu sein. Sie war eine Assistentin des Zentrums. Das hieß unter anderem, daß sie tippte und die Ablage machte. Keiner sonst war dazu in der Lage, und so konnte keiner sie kritisieren. Meistens kriegte sie Lesley dazu, die Abrechnung zu machen, und manchmal hatte sie sogar Zeit, einfach nur dazusitzen und Kaffee zu trinken oder in den Fernseher zu gukken, den sie an einer Wand befestigt hatten. Manchmal gönnte sie sich das.

Sie nannten sich alle Assistenten des Zentrums. Es kursierten Gerüchte, daß es früher mal einen Oberassistenten gegeben hatte. Man munkelte, daß ihm die Macht zu Kopf gestiegen war, jedenfalls hatte er sich nicht lange gehalten. Die Aufgaben der Assistenten waren auf einem fotokopierten Blatt kurz aufgelistet zusammen mit ihren VERANTWORTLICHKEITEN. Auf die legte Mr. Lawrence besonderen Wert.

»Margaret, ich gebe jedem so ein Blatt. Ich möchte darauf hinweisen, daß mir selbst der Ton ganz und gar nicht gefällt. Sie sollten wissen, daß ich mit Leuten *wie uns* nicht so umgehe. Sie werden das noch lernen – ich werde es Ihnen beibringen –, man muß mit anderen Leuten anders reden. Aber ich fürchte, hier kommt es vor allem darauf an, daß ich verstanden werde.«

»Klar.«

»Vielleicht fällt Ihnen ein, wie man das besser formulieren kann. Vielleicht würde Ihnen das Spaß machen. Sprechen Sie mich mal bei Gelegenheit darauf an.«

»Ich werd mal drüber nachdenken.«

»Braves Mädchen.«

Diesmal konnte er keine ihrer Hände ergreifen, weil die eine in der Tasche steckte und die andere noch das Blatt hielt.

AN ALLE ZENTRUMS-ASSISTENTEN

DENKT IMMER DARAN, daß der RUF des ZENTRUMS in Euren Händen liegt! Obwohl das Zentrum allen offensteht, können UNSOZIALES VERHALTEN, POLITISCHE DEBATTEN und Agitation im Namen DUBIOSER MINDERHEITEN nicht geduldet werden. KLEINE KINDER dürfen nicht unbeaufsichtigt bleiben, WERKZEUG, MÖBEL, ELEKTRISCHE GERÄTE, HAUSTIERE, VORHÄNGE ODER LINOLEUM dürfen nicht im Zentrum aufbewahrt werden, und unter KEINEN UMSTÄNDEN darf im CAFÉ KREDIT gewährt werden. NUTZER dürfen nicht darin ermutigt werden, sich auf dem Gelände aufzuhalten, ohne sich KONSTRUKTIV ZU BESCHÄFTIGEN. SINGEN, TANZEN, PRÜGELN, DOMINO oder andere GLÜCKSSPIELE, ALKOHOL, KARTOFFELCHIPS, ANGELWÜRMER und KLETTERSTIEFEL sind verboten. Ebenso RELIGIÖSE TRAKTATE ALTERNATIVER GRUPPEN.

DENKT IMMER DARAN,
DASS IHR VERANTWORTLICH SEID!

Margaret fragte sich, zu welcher Art von Menschen Assistenten wohl gerechnet wurden: zu den anderen oder zu Leuten wie wir.

Alle gaben ihr Bestes, ohne weitere Anweisungen. Sie halfen mit, das Zentrum am Laufen zu halten, zu organisieren und die Verwaltungsarbeit zu erledigen. Sie hielten unverdrossen Ausschau nach religiösen Traktaten und aufmüpfigen Minderheiten, und wenn das Kleingeld abgerechnet und das Toilettenpapier eingekauft war, konnte jeder seinen Beitrag zum *Fun* leisten.

Lesley hatte sich auf halsbrecherische Aktivitäten spezialisiert: Ihre Gruppen kletterten im Hochgebirge, fuhren Wildwasserkanu und träumten vom Fallschirmspringen. Fischen kam für sie nur in gefährlichen Gewässern in Frage.

Sam war der Videoexperte und Fotograf. Jemand hatte den Videorecorder ausgeliehen, und wer immer das war, hatte es mit Bedacht nachts gemacht, so daß niemand wußte, von wem man ihn zurückfordern sollte. Dieser Verlust und das Fehlen einer Dunkelkammer hatten Sam in die Arme seiner zweiten Leidenschaft getrieben, der Gitarre. Er spielte sehr oft und ziemlich gut, machte aber keine Anstalten, Unterricht zu geben, eine Instrumentalgruppe ins Leben zu rufen oder einfach nur zur Unterhaltung im Café zu spielen. Margaret hätte ihm gern Hausverbot erteilt, weil er sich nicht KONSTRUKTIV betätigte. Aber Lesley bestand darauf, daß er blieb.

Margaret leitete das Jugendtheater und die Frauengruppe, bis die Frauen erklärten, sie wollten lieber auf die Abendschule gehen und lernen, wie man Torten verziert und Autos repariert. Damit war Geld zu verdienen. Nichts für ungut.

Margaret war enttäuscht, als sie sich verabschiedeten. Sie fühlte sich unnütz. Sie hatte für etliche Wochen Sitzungen vorbereitet: über Gesundheitsvorsorge, den Umgang mit Schulden und das Erlernen von Selbstvertrauen. Es erschütterte sie, daß die meisten Gruppenmitglieder bereits gesundes Selbstvertrauen besaßen und nur auf eine

Gelegenheit warteten, es zu beweisen. Eine Zeitlang glaubte sie, die Leute im Zentrum würden sie wegen ihrer gescheiterten Gruppe schief ansehen, aber das stimmte nicht. Nur Lawrence sprach sie einmal darauf an.

»Diese Frauengeschichte, die Sie gemacht haben, Margaret. War eine Pleite, was?«

»Wir haben das vorläufig eingestellt. Stimmt.«

»Die haben wohl ihr Recht ausgeübt, ihre Meinung zu ändern, wie? Aber mal ernsthaft. Sie müssen verstehen, daß einige Leute hier nicht wissen, was sie wollen. Sie sagen ›ja‹ und ›nein‹, aber das bedeutet noch lange nicht, daß sie das auch wirklich meinen. Sie wissen sicher, von welchem Typ ich spreche. Sie könnten sich im Café einbringen. Ich glaube, Sie könnten was dazu beitragen. Was Besonderes. Das gewisse Etwas. Sie verstehen schon.«

Margaret sah ihm nach, wie er auf seinen glatten Ledersohlen davonklackte, und fragte sich, warum sie plötzlich den Drang verspürte, sich zu waschen. Sie hatte sich immer Mühe gegeben, ihn einfach als Menschen zu sehen. Warum kam er ihr immer so nah? Warum sah er so traurig aus? Was konnte jemand wie Lawrence von ihr wollen? Er mußte doppelt so alt sein wie sie. Und er trug Westen.

An jenem Morgen, während ein Zeichentrickfilm ohne Ton über die Mattscheibe flimmerte und der Raum noch kalt war, hatte sie das Gefühl, sie könnte dasitzen und über Lawrence nachdenken, sich einen Reim auf alles machen. Niemand würde sie stören. Bobby the Dug war der erste und einzige Kunde, bisher jedenfalls.

Aber dann fiel etwas in der Küche des Cafés zu Boden und zerbrach. Hinter der Durchreiche ertönte ein dumpfer Aufschrei.

Als Margaret im Türrahmen stand, sah sie Heather, die als Aushilfe im Café arbeitete, wie angewurzelt dastehen und nach Luft ringen, inmitten von Pfirsichstücken, explodiertem Saft und Glasscherben. Ohne den Blick von dem klebrigen Saft zu heben, der Streifen auf ihre Beine malte, sagte sie stockend: »Tut mir leid. Ich bin einfach ... Ich weiß nicht, was mit mir los ist. Tut mir leid.«

Als Margaret mit einem Stapel Papierhandtücher von der Damentoilette zurückkam, hörte sie Heathers Stimme schon von weitem.

»Ich hab das Gefühl, es ist meine Schuld. Es muß meine Schuld sein. Ich meine, sie ist erst sechs, noch ein kleines Mädchen. ›Ich hau ihr in die Fotze‹, sagt sie, ›ich hau ihr in die dreckige Fotze!‹ Sie ist sechs. Ich weiß nicht mal, von wem sie überhaupt geredet hat – ob von einem anderen kleinen Mädchen oder von mir. Vielleicht hat sie von mir geredet.«

Heather sammelte die Pfirsiche und die Scherben auf, schnitt sich in die Hand, weil sie die Papiertücher nicht benutzte. Jetzt schien sie kaum noch zu atmen.

»Ich rede nicht so. Nicht vor ihr – ich gebe mir Mühe, ständig. Man muß sich Mühe geben. Es sind die Kinder hier in der Gegend. Alles hier in der Gegend – kaputte Dächer, kaputte Fenster, Hundescheiße überall und der ganze Hausdurchgang voll von gebrauchten Spritzen. Ratten.

Ratten.

Du denkst, du tust das Richtige, wenn du sie zur Schule schickst, das mußt du machen, denkst du, dann ist sie sicher, und dann kommt sie nach Hause und redet wie eine Nutte! Während sie ganz harmlos auf dem Rasen hinterm Haus sitzt mit ihren Freundinnen. Ich untersuche das Gras, das Gras ist sauber. O Gott! Alles muß man kontrollieren. Jeden Scheißdreck. Andere Leute tun das nicht. Sie brauchen es nicht zu tun. Andere Leute leben einfach wie normale Menschen.«

Sie unterbrach sich und sah Margaret an, als wäre sie ein Ausstellungsstück oder eine ferne Aussicht.

»Du wirst auch so leben.«

»Wir hätten niemals hierherziehen sollen. Wir sind hierhergezogen, um in der Nähe meiner Mutter zu sein und weg von ihm, aber er weiß, wo wir sind. Er hat es rausgefunden. Meine Mutter macht mich verrückt. Sie sagt, es ist meine Schuld. Alles ist meine Schuld, meint sie, aber sie muß recht haben. Niemand anderes kann schuld sein. Es ist ja niemand anderes da.«

Die beiden Frauen hockten auf dem Boden nebeneinander, aber jede für sich, und füllten den Mülleimer mit Obst und Papier und dicken Scherben. Als sie fertig waren, glänzte der Boden von klebrigem Saft und war gesprenkelt mit ein paar Blutspritzern. Heather verschwand auf den Flur, um einen Mop zu holen.

»Ich mach das jetzt. Jetzt geht's. Alles in Ordnung. Tut mir leid, ich bin ganz durcheinander, das sind die blöden Pillen. Ich werde die Pfirsiche bezahlen.«

»Es war doch ein Unfall.«

»Zieh es von meinem Lohn ab.«

»Ich werde Mr. Lawrence fragen.«

»Du weißt doch genau, was der sagen wird.«

Margaret versuchte ein etwas nervöses Lachen, brach es aber ab.

»Deine Hände bluten. Soll ich . . .?«

»Macht nichts. Die sind sowieso kaputt. Es geht schon wieder.«

Margaret blieb unschlüssig in der Tür stehen.

»Vielen Dank fürs Zuhören.«

Das hatte Margaret schon öfter erlebt. Sie war ganz nah dran, einen Menschen zu erreichen, aber dann kam dieser dunkle Ton in die Stimme, dieser kleine Unterschied. Das Gesicht verschloß sich mit einem scharfen kleinen Blick, und sie wurde hinter die Mauer der persönlichen Würde zurückgestoßen. Es blieb ihr nichts anderes übrig als zu gehen.

Das Café wurde später geöffnet als gewöhnlich, und Bobby the Dug beschwerte sich, weil er seinen Tee nicht bekam. Heather sah ihn nur an.

»Ich kann so nicht weitermachen. Es funktioniert nicht. Ich hab mich noch nie im Leben so unwohl und unglücklich gefühlt. Noch nie.«

Er sah wirklich unwohl und unglücklich aus. Als sei ihm gar nicht gut. Sie hätte ihn gern berührt. Die Hand nach ihm ausgestreckt. Es war absurd, daß dies ausgerechnet jetzt geschah – gerade in letzter Zeit war er ihr so nah gewesen. Es schien nur Tage her, daß sie mit ihm auf dem Ceilidh getanzt hatte, daß sie die Arme um ihn geschlungen und ihn an sich gepreßt hatte, Bauch an Bauch, Atem an Atem. Sie hatten sich auf eine Weise bewegt, wie sie und ihr Vater es nie konnten, und Margaret hatte es genossen, beobachtet zu werden, nicht zu beobachten; zu tanzen, nicht am Rande zu sitzen. Sie war Teil einer Zweiheit gewesen, manchmal andere Tänzer streifend, aber Meilen von ihnen entfernt und über ihnen schwebend.

Jetzt konnten sie einander nicht einmal in die Augen sehen. Jetzt erschien alles unerträglich, vor allem, hier und jetzt zusammen zu sein.

»Wir haben das nicht verdient. Ich jedenfalls nicht, da bin ich mir verdammt sicher. Es tut mir leid. Ich habe die ganze Nacht darüber nachgedacht. Auch schon früher, immer mal wieder, aber heute nacht unentwegt. Es gibt einfach keinen Ausweg. Entweder leben wir zusammen und binden uns beide, mit allem Drum und Dran, oder wir machen Schluß und sehen uns nicht mehr. Überhaupt nicht mehr. Tut mir leid.«

Es mußte doch möglich sein, eine Lösung zu finden: wenn sie nach draußen gingen und eine Runde drehten, wenn sie sich küßten. Margaret verkrampfte beide Hände in ihrem Schoß, umklammerte schweigend die eine mit der anderen, und es erschien ihr höchst ratsam, daran auch nichts zu ändern. Wer wußte, wozu die eigenen Hände, einmal losgelassen, fähig wären?

Wie er sie so wütend machen konnte, war ihr schleierhaft. Es hätte gar nicht zum Kampf, zur Konfrontation kommen müssen. Warum sollte sie ihm etwas anbieten müssen, um ihn glücklich zu machen oder einen Neuanfang zu versuchen? Immer wollte er ganz von vorne anfangen, als sei zwischen ihnen noch nie etwas gewesen. Wollte, daß sie so vorsichtig miteinander umgingen wie Fremde, die nicht sicher waren, wie weit sie gehen konnten.

Es war lächerlich. Es kam ihr vor wie eine Art Examen, das sie bestehen mußte.

Aber es tat ihr weh, wenn er nicht glücklich war, es machte sie einsam. Seine Augen waren so gerötet und angestrengt und schauten in einen Raum, der ihr verschlossen blieb.

»Es wäre nett, wenn du wenigstens ein Wort sagen würdest. Soll ich einfach so weggehen?«

»Nein. Nein, ich will nicht, daß du weggehst. Es tut mir leid. Ich weiß nicht, was ich sagen soll. Ich weiß nicht, wie ich es sagen soll.«

»Mm hm.«

»Wirklich nicht. Ich kann nicht. Nicht jetzt.«

»Jetzt ist die einzige Gelegenheit, die du bekommst. Mein Gott, ich verlange ja gar nicht von dir, daß du etwas

Bestimmtes tust; du sollst dich nur entscheiden. Werden wir also zusammenbleiben?«

»Es tut mir leid. Ich weiß einfach nicht, was ich tun soll. Ich liebe dich.«

Er schloß die Augen und senkte den Kopf ein wenig. Sie war nicht sicher, ob er überhaupt zuhörte, deshalb sagte sie es ihm noch einmal.

»Ich liebe dich. Wirklich.«

»Verdammt, das glaube ich dir ja. Ich habe dir immer schon beim ersten Mal geglaubt. Du brauchst es nicht zweimal zu sagen. Allerdings bezweifle ich, daß das noch weiterhilft. Margaret? Weißt du überhaupt, wovon ich spreche?«

»Ich glaube nicht. Ich weiß nicht.«

»Da bist du nicht die einzige. Da bist du verdammt noch mal nicht die einzige.«

Margaret wollte sein Gesicht zwischen ihren Händen halten, ihn ohrfeigen, seine Wange streicheln. Aus irgendeinem Grund konnte sie sich nicht aufraffen, dieses Spiel weiter mitzumachen, sie spürte, wie es ihr entglitt. Als sie sprach, klang sie erschöpft.

»Ich will, daß wir zusammenbleiben. Ich will mit dir zusammen sein. Mit sonst niemandem. Das ist alles, was ich weiß.«

»Und du hast nicht zufällig eine Idee, wie wir das schaffen sollen? Wie wir unsere Beziehung gestalten? Nein?«

Seine Stimme wurde wieder weicher.

»Nein. Ich hab auch keine Idee. Ich weiß nicht weiter, Margaret. Du mußt mir helfen. Wenn du willst, daß es weitergeht mit uns, mußt du mir helfen. Das ist alles. Hilf mir!«

Das Schweigen dehnte sich, bis es unmöglich schien zu sprechen. Es war einfach lächerlich. Margaret wollte sagen, daß es lächerlich war. Wenn das ihnen beiden in diesem Moment klar würde und sie beide lächeln könnten, wäre viel gewonnen. Aber Margaret wußte nicht, wie sie es sagen sollte, ohne ihn zu verletzen. Hilfreiche Einfälle waren nicht mehr zu erwarten. Das war der Schlußpunkt. Keiner mußte es aussprechen – alles hatte gerade den Punkt erreicht, an dem es aufhörte zu existieren. Strahlungsintensität am Rande des schwarzen Lochs: Null. Null. Zero.

Colin knüllte den Pappbecher zusammen.

»Ich hab gewußt, daß das alles ist, was ich von dir zu erwarten habe. Deine Scheißreaktion auf alles: immer dieselbe elende Funkstille.«

»Es tut mir leid.«

»Nein, das tut es nicht. Wenn es dir leid täte, würdest du etwas daran ändern. Das reicht nicht. Verstehst du? Es reicht nicht.«

Margaret wußte, daß sie eigentlich etwas tun sollte, aber sie fühlte sich außerstande, etwas zu tun. Null. Null. Zero. Sie beobachtete Colins Lippen, wie sie seine Worte formten.

»Das wär's also. Ich will nicht, daß du mich anrufst oder mir schreibst oder irgendwohin gehst, wo wir uns begegnen könnten. Ich verspreche dir das gleiche.«

Er klopfte ihr beim Hinausgehen leicht auf die Schulter, als sei sie eine ältliche Verwandte.

»Paß auf dich auf, mein Schatz.«

Er verließ das Café, überquerte die Straße und wandte sich nach rechts, ging am Schaufenster des Buchladens vorbei, und sie dachte, wie herablassend er sein konnte und wie hübsch seine Haare aussahen, wenn ein Windhauch hindurchfuhr und ahnen ließ, wie fein sie waren. Die Absätze seiner Schuhe waren schiefgetreten.

Es schien völlig unmöglich, daß sie sich nie mehr wiedersehen würden. Deshalb konnte sie, als ein Mann hinter ihr sie fragte, ganz gelassen antworten.

»Ja, das ist Colin McCoag.«

Sie konnte das fast mit einem Lächeln sagen.

»Tschuldigung, Miss. Wissen Sie zufällig, ob der Mann da drüben McCoag heißt? Colin, nicht wahr?«

»Ja, das ist Colin McCoag.«

»Das dachte ich mir doch, daß er es war. Ich kannte seinen Vetter, wissen Sie? Die Welt ist klein, was? Seine Mutter war eine wunderbare Frau, Gott segne sie!«

Margaret war in diesem Augenblick überzeugt, daß sie mehr über Colin McCoag und die Musik seines Namens wußte als irgend jemand sonst auf der Welt. Das würde sich von nun an ändern und verblassen. Der Mann mit den schmalen Lippen, der immer noch sprach und dabei pausenlos mit dem Kopf nickte, würde davon niemals etwas begreifen; weder von diesem Wissen noch von seinem Versickern; er konnte nicht im Entferntesten ahnen, wie sie sich vorher gefühlt hatte und wie sie sich später fühlen würde.

Colins Rücken schrumpfte zu einem Teil der wogenden Menge und verschwand dann ganz und gar. Ihm hätte sie das alles sagen sollen, aber er war ja nicht mehr da. Das schien unnatürlich.

Der Mann verließ ihren Tisch und ging hinaus, nachdem er ihr die Hand geschüttelt und noch ein letztes Mal mit seinem halbkahlen Kopf zugenickt hatte. Colin konnte sie nicht mehr entdecken, und schließlich sah sie auch den Mann nicht mehr. Es schien, als werde sie von allen zurückgelassen.

Margaret starrte durch die schwarzen Glasscheiben des Cafés hinauf zu dem Viertelmond und der Straßenlaterne, und aus irgendeinem Grund dachte sie an Susan, ein Mädchen, das mit ihr zur Schule gegangen war.

Susan war ein bißchen seltsam. Margaret sah sie von Zeit zu Zeit in sich hineinlächeln; ein besonderes Lächeln, als hätte sie etwas gesucht und dann genau dort entdeckt, wo sie es vermutet hatte.

Einmal endlich, als sie, in der Hoffnung, ein Naturgesetz zu widerlegen, verschiedene Säuren zusammenschütteten, fragte Margaret sie, warum sie dauernd lächele.

»Tu ich doch gar nicht.«

Die Säurespritzer griffen ihre Finger an. Als sie unter laufendem Wasser ihre Hände schrubbten, löste sich eine seifige, abgestorbene Hautschicht.

»Schon wieder.«

»Was?«

»Du tust es schon wieder. Du lächelst. Du hast gelächelt.«

»Und?«

»Warum?«

»Okay, ich erzähl es dir nachher.«

»Erzähl es mir jetzt.«

»Jetzt geht es nicht. Ich erzähl es dir später. Bestimmt.«

»Nur wenn du wenigstens jetzt mit dem Lächeln aufhörst.«

»Nein. Wenn ich jetzt damit aufhöre, fällt es den Leuten auf. Sie würden Verdacht schöpfen. Ich erzähl es dir später. Okay?«

Sie sah Susan an diesem Tag erst an der Bushaltestelle wieder.

»Also, jetzt aber. Schieß los.«

»Du hast dich gerade vorgedrängt.«

»Hab ich nicht.«

»Doch, hast du. Die Alte hinter dir zielt schon mit der Schirmspitze auf deinen Nacken. Schnell und tödlich. Du weißt ja, wie die sind.«

»Ich will mich gar nicht vordrängen; ich nehm dich mit nach hinten, wo ich stehe.«

»Oh, vielen Dank!«

»Keine Ursache. Warum hast du gelächelt?«

»Was?«

»Du wirst nicht in den Bus steigen, bis du es mir erzählt hast. Tut mir leid, aber so ist es nun mal.«

»O Scheiße. In Gottes Namen, aber du mußt mit mir zu Burton's kommen – hier sag ich kein Wort.«

Der Laden hatte einen nützlichen Eingang, der mit seiner Überdachung nicht nur Lebensmittel, sondern auch alle Arten von Heimlichkeiten beschirmte. Schutz vor Regen und neugierigen Augen. Es gibt ihn übrigens nicht mehr.

»Hast du dir Mr. Foster schon mal genau angeschaut?«

»Das ist alles?«

»Mehr oder weniger. Halt den Mund, ja? Hast du dir Mr. Foster schon mal genau angeschaut?«

»Den Chemielehrer?«

»Ja, den – hast du ihn dir je angeschaut?«

»Na klar.«

»Richtig angeschaut?«

»Ich starre ihn nicht an, wenn du das meinst.«

»Nein, ich spreche nur von anschauen. Als wäre er jemand, den du nicht kennst. Pscht!«

»Ich wollte doch gar nichts sagen.«

»Doch, wolltest du. Sei still. Schau ihn dir an, als wäre er ein ganz normaler Mensch. Du weißt, was ich meine – nicht ein Chemielehrer – wenn du ihn anschaust wie einen richtigen *Menschen*, kannst du ihn dir vorstellen? Wie er es tut?«

»Waas?«

»Was wohl. Es.«

»Nein, das hab ich schon verstanden. Ich meine, wenn du Foster so anschaust, denkst du dann die ganze Zeit daran, wie er es tut? Beim Unterricht?«

»Naain. Nicht die ganze Zeit! Aber wenn du einmal daran denkst, kannst du nicht mehr aufhören, daran zu denken. Ich meine, du kannst ihn dir doch vorstellen, oder? Du kannst ihn dir vorstellen, wie er mit jemandem im Bett liegt. Es ist nicht unmöglich. Oder was meinst du?«

»Nein. Glaub ich auch nicht.«

»Siehst du, jetzt denkst du auch dran. Du kannst es vor dir sehen, gib's zu.«

»Okay, okay, ich seh's vor mir. Und?«

»Und wenn du das mit Foster machen kannst. Ich meine, dir vorstellen, wie Foster es tut, dann kannst du es mit jedem und jeder machen.«

»Wenn ich das wirklich will.«

Margaret schubste ihre Schultasche mit dem Fuß näher an eine verdreckte Säule und fragte sich, ob die Leute im Laden sie hören konnten. Ob sie vielleicht von den Lippen lesen konnten.

»Nein, es ist einfach genial. Denk an ... denk an Mrs. Blackhead. Fertig? Fertig? Kannst du sie vor dir sehen, wie sie es tut? Wie sie ihr orthopädisches Korsett abstreift und das militärische Leibchen? Ich meine, man kann sich das einfach nicht vorstellen, oder? Das ist bei all diesen Spießern so, man kann sich nicht vorstellen, wie sie es tun. Nur bei den normalen Menschen kann man es vor sich sehen. Man kann sich nur die normalen Menschen vorstellen, wie sie es tun. Ich wette darauf. Na, willst du es versuchen?«

»Sei nicht blöd.«

»Feigling.«

»Wenn du sie dir schon alle vorgenommen hast, ist es doch witzlos, wenn ich dasselbe mache.«

»Aber das ist wissenschaftliche Forschung: Wir vergleichen unsere Ergebnisse.«

»Na gut, einverstanden.«

»Ich fang an: Ich schaffe Mrs. Blackhead nicht.«

»Nein, aber Mr. Norman schaffst du leicht, oder?«

»Dumme Kuh.«

»Du bist nur eifersüchtig.«

Susan und Margaret amüsierten sich während ihrer letzten drei Schuljahre damit, die Lehrer und Mitschüler anzusehen und in sich hineinzulächeln. Manchmal waren sie angenehm überrascht und manchmal waren sie enttäuscht, aber sie ließen sich nicht beirren. Margaret fand keinen einzigen Jungen, der sich als normaler Mensch entpuppte, aber das war vielleicht nur gut so, weil ihr Vater für Jungen gar nichts übrig zu haben schien. Sie sprach niemals von Jungs, weil sie wußte, daß ihm das weh tun würde. Nicht, daß sie je darüber gesprochen hätten; sie wußte es einfach.

Obwohl Susan es mehr als einmal vorschlug, wandte Margaret den Test nie auf ihren Vater an. Irgendwie schien es nicht richtig.

Doch sonst war niemand tabu. Bis heute hat sie die Technik nicht verlernt. Jedesmal wenn sie nach normalen Menschen Ausschau hält, dankt sie Susan im Geiste. Wenn sie einen Raum betritt, in dem sich fremde Leute drängen, hilft ihr das, diejenigen herauszupicken, die sie nett finden könnte. Die Technik hilft ihr, die Nervosität zu überwinden und den Blick zu festigen, und sie läßt sich auf alle anwenden: Margaret Thatcher, die Mörderin Myra Hindley, Josef Stalin, Charles Manson, Nancy Reagan. Und so weiter und so fort. Sie könnte Filmaufnahmen lebender Personen und Porträts von Toten anschauen und jeden einzelnen von ihnen abschätzen. Ja oder Nein.

Margaret hat oft gedacht, was es doch für einen Unterschied machen würde, wenn die Leute Susans Test anwendeten, bevor sie wählen gingen. Sie stellt sich den ersten Morgen nach Bekanntgabe des endgültigen Wahlergebnisses vor; den Morgen nach dem Tag, an dem die Wähler und Wählerinnen sich beim Betreten der Wahlkabinen das Lächeln kaum verkneifen konnten.

Als sie in einem pastellblauen Hörsaal einer englischen Universität saß, probierte Margaret den Test aus. Nur drei Frauen bestanden ihn, und zwei Männer. Einer von ihnen machte sie mit Colin bekannt. Er erzählte ihr, daß Colin Schotte sei, genau wie sie.

Colin bestand den Test. Sie erzählte ihm später davon, und er lachte die ganze Nacht.

Jeder hatte vorausgesehen, daß sie im Bett landen würden. Die beiden einzigen Schotten im Studiengang Englische Literatur an einer englischen Universität; sie schienen dazu bestimmt, ein Paar zu werden. Nach kurzer Zeit war ihre Beziehung ein weitverbreitetes Gerücht, dann eine Selbstverständlichkeit, und man muß zugeben, daß sie sehr gut zueinander paßten. Beiden gelang es nicht, sich so zu kleiden wie die anderen Studenten. Natürlich kauften sie ihre Klamotten in Second-Hand-Shops, weil neue zu teuer waren, aber was sie sich aussuchten, war weder so schäbig noch so schick, wie es hätte sein sollen. Beide hatten etwas Steifes an sich, was einige ihrer Mitstudenten abschreckend fanden. Selbst im betrunkenen oder bekifften Zustand bewahrten sie eine merkwürdige Aura von Wohlanständigkeit. In Bars oder auf Parties erinnerte Colin am ehesten an einen hageren Polizisten in Zivil oder einen asketischen Mormonen auf Abwegen. Schließlich taufte ihn jemand auf den Namen Pfarrer McCoag.

Sobald die Leute sich an ihn gewöhnt hatten, war alles in Ordnung. Er konnte in Gesellschaft lachen und in aller Öffentlichkeit kiffen, denn er sah so respektabel aus, daß man ihm nie zugetraut hätte, daß er Joints rollte. Eine schottische Erziehung hatte eben auch ihre Vorteile.

Trotzdem machte er Margaret nervös – wegen der Dinge, die er anstellte. Es waren Dinge, mit denen man nicht durchkam. Immer schärfere Gesetze engten sie ein. Die Polizei lieferte sich regelrechte Schlachten mit den Bergleuten und später mit den esoterischen Jüngern bei Stonehenge. Es kam zu Zerstörungen, demonstrativen Zerstörungen.

Margaret und Colin bestanden ihr Examen im Sommer nach Orwells Jahr. Sie hatten bei einigen Demonstrationen mitgemacht, protestiert und nicht das Gefühl gehabt, daß sie zählten; sie träumten davon, ihre eigenen Pariser Barrikaden, ihr eigenes Woodstock zu veranstalten, sie wollten daran glauben, daß sie die Welt verbessern können. Wenn sie nachts unterwegs waren, wurden sie regelmäßig von der Polizei kontrolliert, und England schien immer mehr wie ein fremdes Land – sogar den Engländern. Zum ersten Mal fühlten sie sich bedroht, von Festnahmen, Leibesvisitationen, etwas Undefinierbarem.

Und natürlich war die Drogengeschichte illegal, man konnte dafür tatsächlich verhaftet werden, da bedurfte es gar keines Verfolgungswahns. Aber das hielt einen nicht davon ab. Man machte trotzdem weiter. Nicht weil man sein Bewußtsein erweitern wollte, dieser ganze Hippie-Quatsch; das Zeug führte eher dazu, daß sich das Bewußtsein bei jedem Mal ein bißchen mehr verengte, und ohnehin wollte keiner von ihnen ein erweitertes Bewußtsein haben. Colin und Margaret wollten einfach Ruhe. Wenn man ab und zu ein wenig Ruhe hatte, konnte man weitermachen, und so verschafften sie sich die Ruhe auf chemischem Wege. Unnatürlich und deshalb todsicher.

Aber selbst so eine Ruhe konnte beängstigend sein. Dieser Filter, den sie zwischen das Ich und die Außenwelt schob. An dem Morgen, als Margaret von ihrem Radio geweckt wurde und die Nachrichten in ihren Halbschlaf sickerten, schien sie von einem Hotel in Brighton zu träumen und von einer Explosion. Irgendwo in ihrem Kopf hörte sie eine Stimme sagen »Und Minister Norman Tebbit wird gerade aus den Trümmern gezogen«. Und einen winzigen Augenblick lang war sie sehr glücklich.

Später war sie deshalb beunruhigt. Wie sie sich, immer noch ein wenig high, einfach auf die andere Seite gedreht und sich unheimlich über schwere Verletzungen und plötzlichen Tod gefreut hatte.

Ein Gesicht, das sie kannte, von Schmerzen verzerrt, unter den Trümmern eines Gebäudes gefangen. War sie eine Terroristin, weil sie sich darüber gefreut hatte?

Es beunruhigte sie, wenn sie in einer Menge stand und sich selbst mit den anderen grölen hörte: »Nächste Kürzung – Thatchers Kopf! Nächste Kürzung – Thatchers Kopf!« Aber sie grölte es doch.

Sie war sogar eine der ersten, die an einem regnerischen Morgen die Kette der vorwärtsdrängenden Polizisten durchbrachen, sich aus der Menge lösten, über eine lehmige Wiese rannten und den Rolls-Royce der Premierministerin verfolgten.

Niemand glaubte im Ernst, daß sie ihn einholen könnten, aber alle rannten. Niemand wußte, was sie tun würden, wenn sie ihn einholten, aber alle rannten. Was sollten sie auch sonst tun? Stillstehen und aufgeben? Oder eine sinnlose Geste machen? Sie entschieden sich für die sinnlose Geste, sie rannten.

Sie waren zu der Einsicht gelangt, daß sie in einem Land lebten, in dem man nur noch sinnlose Gesten machen konnte. Darin lag sogar fast etwas wie ein besonderer Adel. Vor ihnen dehnte sich eine endlose Strecke, die kaum zu bewältigen war – eine andere, große, beängstigende, unnatürliche Ruhe, die aus der Bedeutungslosigkeit und der Niederlage erwuchs: Sterben, Arbeitslosigkeit und die Peinlichkeit des Altwerdens. Also schlossen sie die Augen und rannten und tanzten: unbedeutend und besiegt. Ihre Gesten waren sinnlos, aber großartig. An manchen Tagen glaubten sie das wirklich. Großartig.

Als dann aber Studenten einer späteren Generation gemeinsam mit Büroangestellten auf den Straßen tanzten, bis die Polizei kam, um den Weg freizuräumen, tanzte Margaret nicht mit. Als eine ältliche Dame nicht mehr an der Spitze der Regierung stand und das Zepter an einen Herrn mittleren Alters mit einer Oberlippe wie ein rosa Schnurrbart weitergereicht wurde, tanzte Margaret nicht. Die Macht hätte bei einem Exsoldaten mit hoher Stimme und dem Namen eines Verschiebebahnhofs landen können oder bei einem Waliser mit der eingedrückten Nase des Blechmannes; auch dann hätte sie nicht getanzt. Sie war zahm geworden.

Über diese Kluft konnte sie nicht hinwegtanzen, konnte diese verfluchte tödliche Ruhe nicht wegtanzen. Trotzdem hätte sie es allzu gern getan. Als regte sich ein Gefühl unter dem dämpfenden Nebel eines Tranquilizers, spürte sie manchmal eine große Unruhe aufsteigen, die Sehnsucht nach dem befreienden Tanz, den Schritten und Bewegungen, mit denen sie alle besiegen würde.

Als Margaret noch studierte, hatte ein Studienanfänger den Kopf durch ein Kellerfenster gerammt und ihn fast vollständig abgetrennt, und der Freund eines Freundes hatte sich vom Dach des Laborgebäudes gestürzt. Margaret entdeckte, daß es möglich war zu sterben. Sogar in ihrem Alter. Margaret entdeckte, daß es Verzweiflung gab.

Die Nähe von Tod und Traurigkeit scheuchte sie aus ihrer Ruhe auf, trieb sie dazu, die Dinge rasch anzupacken.

Margaret verlor ihre Jungfräulichkeit in der dritten Woche des zweiten Semesters. An Colin. Der nahm sie mit, wer weiß wohin.

Sie zogen sich mit gebührender Feierlichkeit aus, was angesichts der Dunkelheit nicht ohne Komik war, und zwängten sich in ein Bett des Studentenwohnheims. Bevor sie begannen, stellte Margaret noch schnell ihren Abfalleimer hinaus in den Flur – das vereinbarte Signal. Bitte nicht stören. Es sind zwei Personen im Zimmer, und sie wollen nicht gestört werden.

Nie zuvor war sie stolz auf einen Eimer gewesen.

Margaret hätte nicht sagen können, warum sie gerade diesen Zeitpunkt gewählt hatten. Im Rückblick ist sie sich sicher, daß sie genau das Richtige taten. Damals erschien es ihr eine Spur unwirklich, aber keineswegs unangenehm und genau richtig. Sie war verliebt in ihn.

Am Morgen vor ihrer Nacht ließen sie sich die Haare schneiden. Sie gingen zum Friseur, machten einen Termin und tranken in der Teestube nebenan einen Tee, bis sie an der Reihe waren.

»Wie kommt es nur, daß der *Cream Tea* in dieser Gegend immer so mies ist?«

Seine Lippen glänzten vom Tee, als er antwortete. Waren glänzend und sinnlich und weich.

»Der ist überall gleich.«

»Nein, englischer *Cream Tea* soll doch was ganz Besonderes sein.«

»Hat dein Vater das erzählt?«

»Ist doch egal, wer mir das erzählt hat. Der *Cream Tea* sollte jedenfalls besser sein.«

»Für einen richtig guten mußt du nach Devon oder Cornwall fahren. Hier sind wir in der Nähe von Birmingham. Kein Mensch fährt für einen *Cream Tea* nach Birmingham. Willst du einen *Cream Tea*?«

»Nein, nicht in der Nähe von Birmingham, jemand hat mir erzählt, der ist hier ganz mies.«

»Freches Luder. Ich sehe schon, wir müssen wohl nach Devon fahren.«

Der Gedanke, daß sie gemeinsam irgendwohin reisen könnten, ließ sie für eine Weile verstummen. Es schien so verlockend.

Beim Friseur lächelten sie und sahen töricht aus, und man ließ sie nebeneinander sitzen. Ihre Blicke umkreisten einander im Spiegel, sehr still und aus kühler Distanz. Sie sahen verwuschelt aus und ein wenig fremd.

Margarets Haar war lang, beinahe so lang wie damals, als sie ihren Daddy zum ersten Mal gefragt hatte, ob sie es kurz schneiden lassen dürfte. Während der Fahrt im Bus hatte er sie immer wieder gefragt, ob sie es wirklich ernst meine. Sie könne es sich jederzeit noch anders überlegen.

Beim Friseur saß er dann in einer Ecke mit einer Illustrierten in der Hand. Er war der einzige Mann hier, in einem Raum voller Frauen, die Margarets Haar kämmten und bürsteten und ihr prophezeiten, daß es ihr noch leid tun werde – sieh doch, was für wunderschöne Haare du hast! Sie schauten zu ihrem Vater hinüber, der sich zu einem Lächeln zwang.

»Sie sagt, es ist ihr so zu warm, bei diesem Wetter. Es drückt ihr aufs Gehirn, sagt sie. Ich kann sie nicht davon abbringen. Und es ist auch unpraktisch für die Schule. Es geht ihr auf die Nerven.«

»Ja schon, aber es ist ein Jammer.«

»Mir müssen Sie das nicht erzählen. Ich find es ja wunderschön. Mir müssen Sie das nicht sagen!«

Auf dem Heimweg fühlte sie sich viel leichter, schämte sich aber auch ein wenig.

»Ich kann es ja jederzeit wieder wachsen lassen.«

»Nicht, wenn du das nicht selber willst, mein Spatz. Gefällt es dir so?«

»Ja, es gefällt mir. Ist viel besser so.«

Das letzte hatte sie nur gesagt, um ihn ein bißchen zu ärgern, und sie gab ihm einen Kuß als Wiedergutmachung. Auf dem Rückweg gingen sie durch den Park, weil Daddy gern den Tauben zuschaute.

Diesmal stand, als Margarets Haar fertig war, Colin hinter dem kleinen Spiegel, den sie ihr hinhielten, um ihr auch den Hinterkopf zu zeigen. Der sah wie ein x-beliebiger Hinterkopf aus, aber dann drückte Colin einen Kuß darauf, und schon fühlte er sich ein bißchen anders an, auch wenn er noch genauso aussah.

»Du wirkst viel jünger.«

Sein Blick traf den ihren im Spiegel und wich dann aus.

»Du siehst noch ehrbarer aus.«

»Ausgeschlossen.«

»Komm schon, Pfarrer McCoag, ich möchte mit dir etwas ganz Bestimmtes tun.«

Er schaute ihr wieder in die Augen.

»Wovon redest du?«

»Ich zahle jetzt, und dann machen wir gemeinsam etwas. Und ich sage dir nicht, was es ist, außer daß es nicht das ist, was du denkst.«

Und noch einmal sein Blick. Intensiv.

»Oh, also gut.«

Irgend etwas war mit ihm; er schien beinahe traurig.

»Ich liebe dich. Ich liebe dich.«

Und sie drückte seine Hand, und er schaute hinunter in ihr Gesicht.

Sie führte ihn in einen großen Schallplattenladen im Stadtzentrum und sprach eine Minute lang mit der Verkäuferin, die Margarets Akzent unverständlich zu finden schien. Am Ende aber kicherte sie und tänzelte nach hinten.

Und dann schenkte Margaret Colin das Stück von Schostakowitsch, das ihm gehören sollte, und es war ihr sogar egal, ob er es schön fand oder nicht. Es würde nicht darauf ankommen, denn heute war alles schön.

Aus den Lautsprechern hinten im Laden ertönten die ersten Takte der vierten Ballett-Suite, und Margaret und Colin spazierten wie berauscht vom Klang im Laden umher.

»Beinahe hätte ich sie gebeten, diese Filmmelodie aus *Der letzte Zeuge* aufzulegen. Du weißt schon, als Harrison Ford mit der Frau in der Scheune tanzt.«

»Zu kitschig.«

»Das hab ich auch gedacht. Dies ist besser.«

»Viel besser.«

An diesem Nachmittag hatte sich also alles verändert, was sich verändern mußte, bevor sie ins Bett gingen, das in diesem Falle Übliche taten und einschliefen.

Ihre erste Nacht war überaus liebevoll, sehr träumerisch, aber auch ein wenig verkrampft. Als sie einschliefen, war sie immer noch ein bißchen nervös, immer noch verkrampft. Später, um drei Uhr morgens, begann draußen im Innenhof plötzlich ein Waldhorn zu spielen. Auf allen vier Seiten flammten Lichter auf. Fenster wurden geöffnet. Der Hornist war nicht gerade gut. Wer immer da das Horn traktierte, bekam die Lippenstellung nicht hin und hatte außerdem die Hälfte der Melodie vergessen.

Weitere Lichter gingen an. Margaret und Colin horchten, während vier komplette Wohnheimtrakte wütend aus dem Schlaf fuhren. Rings um das Waldhorn und seinen Bläser war das Schweigen äußerst gespannt.

Colin steckte den Kopf aus dem Fenster.

»Hör zu, du besoffener englischer Arsch, spiel noch einen Scheißton auf deinem Scheißhorn, und ich komme runter und reiß dir damit den Arsch auf. Von unten nach oben. Und hier sind dreihundert Leute, die sich schon darauf freuen, dich schreien zu hören. Bück dich schon mal, ich mach mich auf den Weg.«

Dem Hornisten rutschte der Ton weg, irgendwo applaudierte jemand, und die Lichter gingen eines nach dem anderen wieder aus.

Als der Wachdienst eintraf und den Hof abzusuchen begann, war von dem Musiker nichts mehr zu sehen; Colin und Margaret waren unter der Decke hervorgekommen, um frische Luft zu schnappen.

»Na, fandest du, daß ich den nationalen Klischees gerecht geworden bin?«

»Vor oder nach dem Horn?«

»Komm her und sag das noch mal.«

»Hab ich doch schon.«

Die Verkrampftheit hatte sich verloren. Ein gewisser Abstand war überwunden.

Obwohl sie weiß, was danach kam, und trotz ihrer Erinnerungen an andere, weniger angenehme Dinge kann Margaret nicht mit Wehmut an jene Nacht denken. Ihr erstes Mal wird sie immer in guter Erinnerung behalten. Obwohl sie es nicht wiederholen kann, ist sie einfach vollkommen zufrieden, daß es so war, wie es war.

Als ihre letzten Sommerferien begannen, fuhr Margaret nach Hause zu ihrem Daddy. Ihre Examensurkunde war eingetroffen, und der Sommer machte sie unruhig. Die Straßen rochen nach abgestandenem Kanalwasser, und plötzlich fühlte sie sich sehr schottisch, so daß sie für eine Weile nach Hause wollte. Nur für eine kleine Weile. Colin beteuerte, er werde sie vermissen und sie anrufen und sie würden sich schon bald wiedersehen. Paß auf dich auf.

Vierzehn Tage später erhielt Margaret einen sauber getippten Brief, in dem es hieß, daß Colin jetzt in London sei, aber in allernächster Zeit zurückkäme. Er würde sich dann bei ihr melden. Sie müßten mal miteinander reden. Tschüß denn auch.

Noch ein Monat später, und Margaret war zurück in ihrer gemeinsamen Wohnung. Sie entdeckte, daß Colins Sachen verschwunden waren. Er hatte sich mit Sack und Pack davongemacht.

Sie sah ihn fast drei Jahre lang nicht wieder – fast genau so lange brauchte sie, um sich an seine Abwesenheit zu gewöhnen.

»Kaum etwas freut einen mehr als ein Kompliment über die Zähne.

›Sie haben schöne Zähne‹, sagen die Leute. Oder vielleicht sogar ›Sie hatten immer schon schöne Zähne‹, und sofort spürt man diese unsinnige Welle von Stolz. Als ob man sie selbst gepflanzt und aufgepäppelt hätte, aktiv an ihrem Wachstum beteiligt gewesen wäre. Ich weiß ja nicht, wie es Ihnen geht, aber ich habe nie nachts wach gelegen und mich auf das Wachsen meiner Zähne konzentriert. Ich habe kein Lob oder dergleichen für sie verdient. Vielleicht ist das ein Fehler von mir. Meine Zähne sind einfach da, egal was ich tue, ich denke nicht an sie. Außer wenn mich jemand auf sie anspricht.

Aber ich habe wirklich schöne Zähne. Sogar sehr schöne Zähne. Ich habe nur eine kleine Zahnfleischschwäche, aber die kann behandelt werden.

Der hier ist ein guter Zahnarzt. Jedenfalls nicht schlecht. Ist ja klar, daß ich das sage. Er hat mir nämlich gesagt, daß ich schöne Zähne habe. Das hört man einfach gerne.

Oder was meinen Sie?«

Margaret zuckte leicht zusammen. Sie hatte am Fenster gestanden und kaum zugehört, weil die Stimme des Mannes keine Aufmerksamkeit zu brauchen schien. Hinter den schwarzen Initialen des Zahnarztes auf der Glasscheibe dehnte sich die Straße unter gleißendem Sonnenschein.

»Sie haben wohl noch keine Meinung, was?«

»Ich weiß nicht. Ich bin noch nicht bei vielen Zahnärzten gewesen. Um vergleichen zu können.«

»Sie gehen mit der falschen Einstellung daran. Ich trage einen festen Maßstab in mir. Selbst wenn ich in meinem ganzen Leben nur bei einem einzigen Zahnarzt gewesen wäre, hätte ich sofort gewußt, ob er was taugt oder nicht. Ich habe eben Maßstäbe, verstehen Sie. Ich achte immer auf meine Lust und meinen Schmerz. Auf mein Glück. Das macht das Leben einfach. Ich weiß immer, ob es mir gutgeht. Oder nicht.«

»Ich verstehe.«

»Ich wußte doch, daß Sie mich verstehen würden.« Der Mann lächelte mechanisch, mit blitzenden Zähnen. »Mein Leben ist immer außerordentlich einfach gewesen.«

Unten auf der Straße funkelten kleine Wasserflächen, bevor sie in der Hitze verdampften. An einer Ecke entkernten Männer ein Gebäude. Sie konnte direkt hineinsehen.

»Man muß sein eigenes Leben im Griff haben. Es geht gar nicht anders. Denken Sie an die Alternative. Na? Malen Sie sich das mal aus.«

Er kam näher und nahm mitten auf dem Sofa Platz, und zum ersten Mal wurde Margaret bewußt, daß sie allein mit ihm war. Seitdem sie das Wartezimmer betreten hatte, war sie allein mit ihm.

»Natürlich gibt es Komplikationen. Wenn ich zum Beispiel jemanden töte, macht das mein Leben komplizierter. Und ich habe schon einmal jemanden getötet.« Sie schaute seinen Händen zu, die sich über seinem Schoß bewegten, sehr gepflegte Hände. »Wie soll ich damit umgehen? Ich muß eine Entscheidung treffen. Genau wie in jeder anderen Situation. Ich habe die Entscheidung getroffen, den Mann zu töten, also mußte ich konsequent sein. Planen und konsequent durchziehen. Kinderspiel.«

Sie rührte sich nicht. Es schien wichtig, daß sie ihn nicht unterbrach. Sie schaute weiter den Männern mit den gelben Helmen zu, die Gruben aushoben; sehr weit unten und halb verdeckt von Mauern, die von einem Gerüst eingesponnen waren. Autos und Leute konnten daran vorbeikommen, kamen auch daran vorbei, im Glauben, daß das Gebäude noch da war. Die Wände sahen wie Sandstein aus, aber Margaret konnte erkennen, daß hinter der Verblendung Ziegel waren und hinter den Ziegeln nur Luft und lehmgelbe Gruben. Sie starrte hinüber, bis ihre Augen anfingen zu schmerzen, und atmete so flach wie sie konnte.

»Gefängnisse sind keine angenehmen Aufenthaltsorte. Niemand, der bei Verstand ist, würde freiwillig hineingehen. Also muß man Vorkehrungen treffen, um sie zu vermeiden, und das geht. Man entzieht sich der Polizei und der Verhaftung. Man hat Freunde. Aber der Tatbestand des Tötens ist nicht zu leugnen. Ich meine, der moralische Tatbestand. Egal wer alles bestraft wird, wofür und von welcher Machtinstanz auch immer, ich selbst muß bestraft werden, weil ich ein Mörder bin. Viele meiner Überzeugungen beruhen auf solchen Prinzipien.

Ein Problem. Die Lösung? Kinderspiel. Ich strafe mich selbst.

Ich mache mir das eigentliche Wesen meines Verbrechens klar. Das Maß an Schmerz und Lust, das ich verursacht habe. Meine Lust, seinen Schmerz, obwohl das nicht immer der Fall sein muß. Ich berücksichtige die aktuelle Diskussion zu Verbrechen und Strafe, die empörten Stimmen der Öffentlichkeit und erkenne auf eine Strafe von acht Jahren. Ohne Strafmilderung. Das Urteil gilt ab dem Tag der Missetat.

Schwer in die Tat umzusetzen. Schwer zu organisieren. Ich kann mich schließlich nicht selbst einsperren. Ich muß meinen Lebensunterhalt verdienen, essen, meine Angelegenheiten regeln, aber irgendwie muß ich auch im Gefängnis sein. Man muß sich etwas einfallen lassen, aber schließlich ist es ganz einfach.

Ich versage mir jede Freude. Unerschrocken und gründlich verbanne ich sie aus meinem Leben.«

Margaret hörte, daß sich die Stimme kurz unterbrach, und drehte sich um, aber der Mann sah sie nicht an. Er hatte sich zurückgelehnt; knochige, graue Hände strichen das Haar aus seiner Stirn, Augen und Lippen waren geschlossen. Er schien sich zu recken, atmete durch, ließ dann seinen Kopf ein wenig nach vorn sinken, um ihr zuzulächeln und fortzufahren. Sie blickte in seine Augen und konnte sie nicht ergründen. Sie waren wie blaues Glas oder Porzellan.

»Es war ein schwieriges Unterfangen, wirklich sehr schwierig. Acht Jahre lang lebte ich in dieser Stadt, träumte, arbeitete, begegnete Männern und Frauen, sprach mit ihnen, sah und roch Dinge, gab mein Geld aus, fickte und aß und lief durch den Regen und hatte keinerlei Freude an alledem. Ich versichere Ihnen, ich ließ keine Freude aufkommen. Das ist eine sehr anstrengende Sache. Es stählt einen an Stellen, von denen man nichts weiß, es trainiert Seiten in einem, die man nicht gekannt hat. Ich wurde zu einem Mann im Dauertraining, und niemand wußte davon.

Aber meine Zeit eilte mir voraus, stand dann still; die acht Jahre waren um, und ich erlebte meine Entlassung; alles wurde anders. Ich war frei. Frei in Großbuchstaben. EFF-ER-E-I. FREI. Niemand wird das je verstehen.

Niemand wußte, wenn ich in der Stille vor der Mittagszeit durch den kleinen Park lief und die feuchte Erde der Beete, die eine Stunde zuvor umgegraben worden waren, lebendig und beunruhigend duftete und vor mir eine Taube aufflatterte, niemand wußte dann, warum mir die Tränen kamen. Ich setzte mich auf eine Bank und weinte. Vor Freude. Und auch aus Angst; anfangs macht es einem manchmal geradezu Angst, zu spüren, wie lebendig man sich fühlen kann.«

Margaret lächelte, ohne es zu merken. Der Mann stand auf und ging hinüber zum Aquarium. Er klopfte gegen das Glas und trieb einen Raum ins Wasser und zwischen die Fische.

»Wie dem auch sei, ich verlasse Sie jetzt. Ich kann hier nicht länger herumhängen. Es gibt viel zu tun.«

Er drehte sich um und lächelte sein weißes Lächeln, das Margaret erwiderte, so gut sie konnte.

Er strich seine Krawatte in seinen Hosenbund und begann, seinen Mantel zuzuknöpfen. »Wissen Sie, was das Dumme war? Die ganze Zeit über, als ich meine Strafe abbüßte, paßte ich gut in die Welt. Ich schien wie alle anderen zu sein, ich sah, was ich sehen sollte, und nichts weiter. Jetzt fühle ich mich unbehaglich, ich bin zu anders. Keiner versteht meine Art, die Dinge zu sehen. Das ist nicht recht. Das muß die Freude in meinem Leben einfach schmälern. Das muß doch meinen natürlichen Gerechtigkeitssinn verletzen, nicht wahr?«

Als sie ihre Füllung bekommen und den Mund ausgespült hatte, fragte Margaret den Zahnarzt nach dem Mann.

»Ich weiß nicht. Es könnte Mr. Scott sein. Er bleibt manchmal noch ein wenig nach der Behandlung; er beobachtet gern die Fische. Sonst beachtet sie kein Mensch; sie entsprechen wohl zu sehr dem Klischee, nehme ich an.«

Der Mann heißt nicht Scott, und Margaret trifft ihn nicht wieder. Er heißt Webster, und in ein paar Monaten wird er Colin treffen und ihm unter anderem erzählen, daß er schöne Zähne hat.

Nach dem Zahnarztbesuch ging Margaret den Hügel hinauf. Höher und höher arbeitete sie sich zwischen den Häuserblocks hinauf und fühlte die Stadt um sich herum, hautnah. In einer Fußgängerzone setzte sie sich auf eine Bank, während sich Tauben um ihre Füße scharten und nach Krümeln Ausschau hielten. Sie dachte an den Mann im Wartezimmer und an seine flachen blauen Augen und fragte sich, ob er wohl die Wahrheit gesagt hatte.

Sie nahm einen Zettel aus der Tasche und las ihn noch einmal. Vielleicht zum fünften oder siebten Mal.

LIEBLING,

Es ist ein Brief von Colin McCoag, der sie Liebling nennt. Ab und zu.

ICH WILL DICH JETZT UND AUF DER STELLE. ICH MÖCHTE MEINE ZUNGE IN DEINEN MUND SCHIEBEN UND DEINE OHREN LECKEN UND DEINE AUGEN KÜS-

SEN. ICH WILL DICH VERDAMMT DRINGEND.

ICH WILL MEINE HAND AUF DEINE MÖSE LEGEN, IN DEINE MÖSE SCHIEBEN, WILL MEINEN ARM IN DEINE MÖSE SCHIEBEN, ICH WILL GANZ IN DICH HINEIN.

Margaret fand diesen Brief heute um 7.40 Uhr. Er hatte auf dem Wecker geklebt, und sie mußte ihn ablösen, um die Zeit erkennen zu können. Jetzt ist es fast sechs – 18.00 Uhr –, und Colin ist vielleicht in ihrer Wohnung, wenn sie zurückkommt, denn er hat einen Schlüssel.

HEUTE MORGEN GEHST DU ZUR ARBEIT UND ICH AUCH. ICH WERDE NICHT DA SEIN, WENN DU AUFWACHST, DENN JETZT IST GESTERN ABEND, UND ICH GEHE NACH HAUSE. ICH WILL GAR NICHT GEHEN. ICH WILL ZURÜCKKOMMEN UND DIE DECKEN ZURÜCKZIEHEN UND DICH ANSEHEN. DU WÜRDEST AUFWACHEN MIT MEINEM SCHWANZ IN DIR. DU HÄTTEST KEINE ZEIT, AUF ANDERE WEISE AUFZUWACHEN. ABER ICH WEISS NICHT, OB DIR DAS GEFALLEN WÜRDE, UND DESHALB WERDE ICH NUR DIESEN BRIEF HINTERLASSEN.

WÜRDE DIR DAS GEFALLEN? ICH IN DIR, WÜRDE DIR DAS GEFALLEN?

ICH WÜNSCHTE, ICH WÄRE HEUTE SO MIT DIR AUFGEWACHT. EINMAL FRÜH,

UNGEFÄHR JETZT, UND EINMAL, BEVOR WIR ZUR ARBEIT GEHEN.

ABER ICH SEHE DICH HEUTE ABEND. BIN GESPANNT, WAS DU DAVON HÄLTST.

AUSSERDEM LIEBE ICH DICH.

GRÜSSE VON MCCOAG.

Sie streicht sich mit der Hand über die Wange. Noch ganz taub. Lippen und Zunge fühlen sich dick an, und sie hat das Gefühl, jemand anderes zu sein. Ihre Hand kann neutral sein, Haut streicheln, die einer Fremden gehören könnte, weil sie nicht reagiert. Fühlt sie sich so für Colin an? Sie stellt sich vor, ihre Finger seien seine, als sie damit über ihre Lippen streicht.

Eine Weile denkt sie darüber nach, daß es im Leben sehr unfair zugehen kann. Wenn sie ihn sieht, wird sie ihn küssen wollen, aber ihr Mund wird noch nicht richtig funktionieren. Es könnte damit enden, daß sie, ohne es zu merken, plötzlich an seiner Nase saugt. Im Mund wird sie dann einen Geschmack von Blut und Zahnstaub haben.

Nicht, daß Colin ihr das nicht verzeihen würde, es nicht vielleicht sogar irgendwie aufregend finden könnte. Aber im Moment erinnert sie sich daran, wie unangenehm ein Kuß sich anfühlen kann und daß alle Küsse, die sie in den nächsten ein bis zwei Stunden zustande bringt, von der unangenehmen Sorte sein werden. Alle Küsse ihres Vaters wurden unangenehm, nachdem er seine Zähne eingebüßt hatte.

Als Margaret in ihrem zweiten Studienjahr zu Weihnachten nach Hause kam, holte ihr Vater sie vom Bahnhof ab, und sie sah sein neues Gesicht. Sein Mund war zu rosa und weiß, seine Wangen eingefallen, seine Lippen sehr kalt und eine Spur zu feucht. Daddy hatte ihr nicht gesagt, daß sie ihm die Zähne ziehen würden. Er hatte nicht einmal erwähnt, daß er beschlossen hatte, sich so gehenzulassen und alt zu werden.

An diesem Abend hielten sie sich eine Weile im Arm, bevor ihr Vater zu Bett ging. Margaret drückte ihn fest an sich und roch den Duft seines Pullovers und der Seife. Sie schloß die Augen und schmiegte sich an ihn, aber sie küßten sich nicht. Es schien ihr, daß sie sich danach so gut wie nie mehr küßten. Und sie sprachen nie über das, was mit seinen Zähnen geschehen war, ob es weh getan hatte, oder über seine Angewohnheit, die oberen Zähne draußen zu lassen, weil sie ihn zum Würgen brachten. Es war einfach weniger von ihm da, und daran mußten sie sich gewöhnen.

Sie gewöhnten sich an vieles; zum Beispiel auch daran, daß auch Margarets Küsse sich verändert hatten. Küssen, das verband Margaret jetzt mit Colin, und obwohl sie nicht oft jemand anderen küßte, war sie dabei immer etwas auf der Hut, fühlte sich seltsam, als könne sie etwas Unanständiges tun. Bei Tanten und Freunden und bei Daddy hatte sie Angst, sie könnte die Augen schließen, nicht mehr genau wissen, wen sie im Arm hielt und etwas Falsches tun.

Als sie in das Haus ihres Vaters zurückkam, war sie verunsichert. Wegen der Dinge, die sie sagen könnte, die sie im Traum herausschreien könnte; sie fürchtete, sich zu verraten. Denn natürlich behielt sie die Geschichte mit Colin zunächst für sich. Dadurch wurde sie zu ihrem Geheimnis und Colin zu ihrem ganz persönlichen Eigentum, und wenn er sie verlassen sollte, bräuchte sie ihrem Vater nicht einzugestehen, daß sie einen Fehler gemacht hatte. Sie hätte dann nicht die zusätzliche Last zu tragen, daß er ihretwegen wütend wäre. Das war der Plan.

Als Colin sie dann tatsächlich verließ, hatte ihr Vater längst von ihm erfahren und behielt seine Wut für sich.

Margaret dagegen nicht. Sie verbrachte viele Wochen in England damit, nach Spuren zu suchen, vielleicht von ihm, vielleicht von ihrem eigenen Ich, und nur sehr langsam wurde sie wütend. Sie war verletzt. Die Freunde im Süden waren verständnisvoll, aber das letzte Semester war zu Ende, und die meisten reisten ab oder bereiteten sich auf die Abreise vor. Sie waren besessen von den Jobs, die sie hatten oder nicht bekommen konnten, oder von den Jobs, die sie anstelle richtiger Jobs angenommen hatten: von ihren Kompromissen, ihren Niederlagen.

Margaret schluckte ihre eigene kleine Niederlage. Sie hatte kein Geld mehr, verließ England und kehrte heim zu ihrem Daddy, an einen Ort, wo die Chance, Colin durch Zufall zu begegnen, gleich Null war; weg von London, wo sich, dem einzigen Hinweis zufolge, den sie je erhielt, Colin angeblich aufhalten sollte.

Wieder in Schottland, war sie monatelang wütend. Dann wurde sie immer konfuser und verlor an Gewicht. Die Leute legten die Verwirrung in ihren Augen manchmal als Dummheit aus. Auch das machte sie wütend.

Stundenlang wanderte sie durch die Stadt, um ihre Wut abzuarbeiten und sich müde genug zu laufen, um schlafen zu können. Sie kam an Paaren vorbei, die sich, solange es hell war, vielleicht küßten oder bei den Händen hielten, sich innig umarmten. Wenn es dunkel wurde auf den Straßen, ging es lockerer zu. In Autos und Hauseingängen sah man Gestalten, kurze Röcke und weiße Beine draußen vor den Nachtclubs in der Stadt, in den Cafés. Margaret fühlte sich von einer allgemeinen Bewegung umbrandet, an der sie nicht teilnehmen konnte, von der sie ausgeschlossen blieb.

Sie war allein, während man allgemein von den Menschen erwartete, daß sie in Paaren auftraten, wie Augenbrauen oder Handschuhe. Jedenfalls erschien ihr das so. Sie war eine alleinstehende Frau. Dabei sollte eine Frau doch niemals allein stehen, sie sollte vielmehr nach irgendeinem Mann Ausschau halten, oder nach dem richtigen Mann, oder einen Mann heiraten, oder mit einem Mann leben, oder daran denken, mit einem Mann zu leben oder ihn zu heiraten, oder mehrere Männer zum Narren halten, oder einen Mann verführen, oder einen Mann verlassen, oder versuchen, einen Mann zu verstehen oder zu bessern, oder sich scheiden lassen, oder einen Mann ermutigen, ermorden, kastrieren oder gern haben. Margaret war allein. Jeden Morgen im Spiegel sah sie allein aus.

Als Colin zurückkam, sagte er, er kenne das Gefühl.

»Das wird sich aber geben. Seit der Uni hast du dich verändert, und ich auch. Damals waren wir noch nicht reif genug für die Liebe. Ich jedenfalls nicht. Wir müssen uns aufeinander einlassen. Dann werden wir nicht mehr allein sein. Wir werden ein Doppel sein – zwei Hälften – ich weiß nicht genau.«

»Ich werde bestimmt nicht aufhören zu arbeiten und die brave Hausfrau spielen.«

»Du meinst eine, die Staub wischen und bügeln und leckere Mahlzeiten kochen kann?«

»Hm hm.«

»Also, Wunder erwarten wir nicht.«

»Hab ich dir je erzählt, daß sie dich damals McCoag Nae Pals genannt haben? McCoag, das sarkastische Schwein?«

»Du bist wunderschön, wenn du mich beschimpfst.«

»Du bist pervers.«

Als sie dort mitten in der Stadt, zwischen den Häusern auf ihrer Bank saß, kam es Margaret noch immer seltsam vor, daß Colin jetzt hier war. Sie wußte nicht, warum er zurückgekommen war, aber sie hätte es gerne gewußt. Obwohl es wunderbar war, ihn einfach dazuhaben, wußte sie doch nicht, wie die Dinge sich entwickeln würden, wenn alles so bliebe. Heute abend wollte sie mit ihm ausgehen, in die Stadt, wo die Pubs waren, wo es Gedränge gab und Geschrei und Händler, die einem schon die Zeitung vom folgenden Morgen verkauften. Sie konnten üben, ein Paar zu sein, unbemerkt von allen anderen, die mit sich selbst beschäftigt sein würden.

Wenn sie nach Hause kam, würde sie ihm das vorschlagen.

Auf dem Weg von der Bushaltestelle, fast schon in Sichtweite ihrer Wohnung, beobachtete sie, wie ein Lindensamen vom Baum fiel. Er fing das Sonnenlicht ein, leuchtete auf und kreiselte und leuchtete wieder, während er mit unvorstellbarer Langsamkeit zu Boden sank; sie hielt den Atem an und blinzelte nicht, bis er auf dem Pflaster gelandet und wieder ganz gewöhnlich war.

Als sie zu Hause ankam, war Colin schon da; die Tür war unverschlossen, und das Wasser kochte. Sie erzählte ihm von dem Lindensamen und genoß es ein zweites

Mal, weil er es genoß, weil Paare Freude teilen können. Das ist eines der Privilegien von Paaren.

Als Margaret aufwacht, wundert es sie nicht, daß sie noch immer in Bewegung ist. Der Zug hat Margaret tadellos befördert, ist nicht aus dem Gleis gesprungen. Sie läßt wieder etwas Tageslicht in ihre Augen fallen.

Ihr Waggon ist der letzte; der nächste Zug würde auf ihn prallen, wenn er zu schnell folgte. Seit jeher hat Margaret eine Abneigung gegen den vordersten und den hintersten Waggon, wo es immer etwas gefährlich scheint, aber ihr reservierter Platz ist nun mal hier, und Reservierungen auf langen Strecken muß man ernstnehmen.

Der Bahnhof von Carlisle taucht von hinten neben ihr auf, grau, fast verlassen, unter einem noch graueren Himmel. Endlich trifft der Regen auf ihr langsamer werdendes Fenster. Sie beobachtet, wie er mit dem Glas kollidiert, und stellt sich vor, wie seine Nässe beschaffen ist; die meisten Regengüsse allerdings sind auf ziemlich ähnliche Weise naß.

Der Zug scheint länger am Bahnsteig zu stehen als vorgesehen.

Wieder sausen wirbelnde Korn- und Gemüsefelder an Margarets Kopf vorbei, und der Zug beschleunigt, um aufzuholen, und nun wird auch der Grund für die Verzögerung offenbar. Getragen von einem stolpernden Schaffner erscheint ein Junge. Ein Junge oder vielleicht auch ein Mann, sein Gesicht wirkt älter als sein Körper. Seine Hände zittern leicht; den Kopf hält er in einem etwas unnatürlichen Winkel. Sein Gesichtsausdruck ist ängstlich, eigentümlich.

Der Schaffner prüft kurz die Reservierung und schaut zu Margaret hinüber, während er den Mann-Jungen in den Sitz neben ihr gleiten läßt. Zwei Frauen, die gefolgt sind, bringen ein Sortiment Kissen und Gurte und drapieren sie rund um einen Körper, der alles geduldig über sich ergehen läßt, aber nicht ganz stillhält. Er wird hergerichtet wie ein Blumenkorb, ein Arrangement von Gliedmaßen.

»Das ist James. Ich hoffe, es macht Ihnen nichts aus. Wir haben Platzkarten. Wir fahren alle nach Warrington, nicht wahr, James?«

James gibt einen Laut von sich, der »ja« heißen könnte oder auch »nein« oder »vielleicht« oder »Ich hasse Warrington und will nie wieder dahin zurück«. Eine Hand packt Margarets Ellbogen, der Daumen ist unmöglich verdreht.

»Stör die Dame nicht. Es ist eine lange Reise, und wir dürfen uns nicht gegenseitig stören.« Und dann zu Margaret: »Sie werden gar nicht merken, daß wir da sind. Nicht wirklich. Kaum.«

»Ist schon in Ordnung. Es ist schön, Gesellschaft zu haben.« Margaret fragt sich, ob sie merken, daß sie lügt, und wie lange sie warten muß, bis sie weiterschlafen kann. Das ängstliche Gesicht wendet sich ihr zu: »Ist schon in Ordnung.« Zwei Hände werden aneinandergelegt, die Daumen symmetrisch abgespreizt. »Er entschuldigt sich, nicht wahr, James?« Die Hände nicken, und Margaret muß noch einmal sagen: »Es ist in Ordnung.«

Die ältere der beiden Frauen, blond und mit einem breiten Gesicht, sucht in einer Korbtasche herum. Vier dicke Filzstifte und eine Kladde zusammen mit einem Stoß weißer Blätter tauchen auf. »Da, Jamie. Jetzt kannst du was über die Reise schreiben oder uns ein Bild malen, was meinst du?« Die Hände werden über den Tisch geschoben und kehren zurück mit dem, was sie finden; der Kopf wendet sich wieder Margaret zu, prüft sie noch einmal, während der Mund tonlos arbeitet.

»Hallo James.«

»Antworte der Dame, sei nicht unhöflich. James kann nicht mit Ihnen sprechen, aber er kann ein bißchen schreiben. Er hat auch eine Maschine zum Sprechen, aber die ist schrecklich laut. Sei nicht albern, James, sie ist viel zu laut für den Zug.«

Es dauert lange, bis James das Papier in die gewünschte Lage gebracht hat. Es ist schwer, die Kappe des Stifts festzuhalten und abzuziehen, es ist schwer, den Stift mit der Faust zu packen. Den Stift auf das Papier zu setzen, scheint Minuten zu kosten. Margaret schaut zu und weiß nicht, ob sie helfen soll.

»James?«

Seine Hand gibt zittrige Buchstaben frei.

VERBIS DICH

»Ich verstehe.«

»Hast du die Dame begrüßt, James?«

»So was Ähnliches.«

»Ignorieren Sie ihn einfach, wenn er Unfug macht. Er will nur auf sich aufmerksam machen.«

Die kleinere, dunklere Frau schlüpft in den Gang hinaus. »Ich hole Tee. Diese Thermoskanne ist dreckig.« James folgt ihr mühsam mit

VERBIS DICH AUCH

»James?« Margaret wartet, bis der Kopf sich ihr wieder zuwendet. »Hast du mir sonst noch was zu sagen?«

NEE

»Aha.«

DOCH

»Aha.«

WEA

»Aha.«

WEEEAAA

»Ach so, Margaret. Entschuldige. Margaret.«

JAMS OK

»Ja.«

?

»Okay.«

OK

Am liebsten redete Colin, während er in Bewegung war. Er erledigte Dinge gern beim Gehen und Laufen. Vor seinem Verschwinden war das anders gewesen. Als sie sich kennenlernten, hatte Margaret Monate gebraucht, um sich an Colins Anfälle von Bewegungslosigkeit zu gewöhnen. Manchmal konnte er dasitzen, ohne mit der Wimper zu zucken, ohne zu atmen; mit gedämpftem Puls, so daß sie in Panik geriet und fürchtete, er sei tot. Anschließend wollte sie immer wissen, wie er sich gefühlt hatte, aber er konnte es ihr nicht sagen, erinnerte sich nicht.

Vielleicht waren es die Drogen, die sein inneres Tempo verändert hatten. Jedenfalls konnte man sich vorstellen, daß ein Ball, den er warf, unter dem magischen Einfluß seiner Hand halb so schnell wie normal oder noch langsamer fliegen und zu Boden fallen würde. Wenn er sprach, schien seine Rede Fluß und Ziel zu verlieren, während die Pausen zwischen den Worten sich zum Schweigen dehnten. Es konnte Tage dauern, bis er auf Fragen antwortete, und so stellte sie ihm schließlich keine mehr. Am Ende blieb ihr nichts anderes übrig, als die Nuancen seines Schweigens zu interpretieren. Aber wenn sie ehrlich war, wußte sie nicht, ob sie überhaupt etwas bedeuteten.

Wenigstens konnte sie sich nicht darüber beklagen, daß er ihr mit Schnarchen auf die Nerven ging. Sie erwachte häufig mitten in der Nacht und mußte feststellen, daß sich seine Brust weder hob noch senkte, als habe die

Atmung ausgesetzt. Wenn sie ihn jedoch anstieß, sprach er manchmal.

»Finger weg von McCoag! Liegt im Tiefschlaf.«

Ob er in solchen Momenten wirklich wach wurde, blieb ungewiß. Am Morgen danach erwähnte er nie, daß er gestört worden sei.

Jetzt war sein Tempo ganz anders. Er war natürlich immer noch dünn, aber das sah jetzt nach Absicht aus. Er trainierte. Jogginganzüge und Sweatshirts, in einfachem Schwarz oder graumeliert, lagen überall griffbereit herum, ebenso Shorts zum Laufen oder für das Training im Fitness-Studio. Sie gewöhnte sich daran, daß sich in seinen Geruch ein scharfer Hauch von bereiftem Gras, von frischem Schweiß und Schwimmbad mischte. Wenn er nackt war, sah man, wie sich die Muskeln unter der Haut spannten, wie in einer anatomischen Zeichnung oder auf einem Schaubild beim Metzger. Er fühlte sich hart an – weiche Haut, aber darunter Härte.

Im Freien und in Kleidern trottete er neben ihr her wie ein sehr großer Hund, sprach beim Laufen auf sie ein, redete die Bürgersteige entlang, diskutierte weiter von Laden zu Laden. Sogar in der Wohnung konnte er so zappelig sein wie ein Kind.

»Setz dich doch hin.«

»Was sagst du, Schatz?«

»Warum setzt du dich nicht hin?«

»Ach, ich war nur in Gedanken.«

»Gönn deinem Gehirn doch mal 'ne Pause; du machst mich ganz schwindelig.«

Er kam zum Sofa herüber, setzte sich, ließ seinen Arm hinter ihrem Rücken heruntergleiten und legte sein Kinn sehr sanft auf ihren Scheitel.

Margaret mag das; genau deshalb tat er es.

»Fühlst du dich jetzt besser?«

»Mhmm.«

»Woran hast du gedacht?«

»Ach, ich war heute morgen ein bißchen joggen, und da sehe ich diesen alten Typen bei der Brücke. Ist ziemlich oft da. Ich glaub eigentlich nicht, daß er ein Alk ist, er sieht nicht danach aus, er sieht nur einfach durchgeknallt aus.

Manchmal liegt er zusammengerollt da und schläft, und ich wecke ihn, wenn ich vorbeilaufe; aber meistens sortiert er liebevoll seinen Papierabfall und seine Blätter. Ich dachte, er bewahrt sie auf, bis ich einmal sah, daß er eine ganze Ladung davon in den Fluß warf – ich glaube, das macht er immer so. Er stapelt alles fein säuberlich, dann schmeißt er es weg.

Aber egal, heute morgen war er also wieder da, und sein ganzes Gesicht war voll Blut – eine schaurige Riesenbeule auf dem Kopf, Blut im Haar, das ihm noch immer in die Augen lief. Eigentlich wirkte er nicht sonderlich erschüttert. Ich bin stehengeblieben, es hätte ja mit ihm zu Ende gehen können oder so, aber er wischte sich nur das Blut mit dem Hemdsärmel ab und lutschte ihn aus. Wieder und wieder. Dabei redete er. Er sagte dauernd: ›Das bin ich. Das darf ich nicht vergeuden. Das bin ich. Das darf ich nicht vergeuden.‹ Total übergeschnappt.«

»Der arme Kerl.«

»Dabei bin ich aus London zurückgekommen, um das alles hinter mir zu lassen – die Durchgeknallten, die Straßenkinder und die Bettler an allen Ecken. Aussätzige und Pestkarren am Straßenrand. Und was erwartet mich hier?«

»Bist du wirklich deshalb wiedergekommen?«

»Nein. Ich wollte zurückkommen. Das wollte ich schon seit Monaten. Ich wußte, daß du hier bist.«

»Woher?«

»Das hat mir jemand erzählt. Ich meine, ich hab alle möglichen Leute gefragt, und da hab ich es von einem erfahren. Ich wollte wieder hier leben, das ganze Klima da unten lag mir nicht. Außerdem dachte ich, ich könnte dich vielleicht wiedersehen. Also, genau gesagt hab ich auf mehr gehofft, aber wenigstens wollte ich dich wiedersehen. Hab ich dann ja auch gleich in der ersten Woche nach meiner Rückkehr.«

»Ich weiß, als du damals zum Zentrum kamst.«

»Nein, das war, als du mich gesehen hast. Ich war kurz vorher schon mal da. Vierzehn Tage vorher bin ich dir bis zu deiner Haustür gefolgt. Lesley und ihr Freund haben abgeschlossen . . .«

»Lesley hat keinen Freund.«

»Doch, hat sie, den kleinen Sammy. Hast du das nicht gewußt? Du lieber Gott, du arbeitest doch mit ihnen zusammen. Ich dachte, wenigstens das würdest du merken.«

»Im Ernst?«

»Ja, erzähl ich dir alles später. Lesley und Sammy haben also abgeschlossen, und du hast unten auf der Straße gestanden und überlegt, ob du den Stadtbus oder den privaten nehmen sollst. Du hast eine ganze Weile gewartet.«

»Das hast du doch bloß geraten.«

»Nix da. Da stand ein kleiner Junge mit rotem Pullover an der Haltestelle, der hat dich wegen einer Zigarette angehauen, und du hast ihm gesagt, daß du nicht rauchst.

Du sahst dünner aus, als ich erwartet hatte, und du warst erschöpft.«

»Ich weiß nicht recht, ob ich das gut finden soll, daß du mich beobachtest.«

»Das mache ich doch pausenlos.«

»Ja, aber jetzt weiß ich Bescheid.«

»Ich mach das doch nur, weil ich sicher sein will, daß dir nichts passiert. Und weil du so hübsch bist. Gib mir einen Kuß.«

Margaret gab ihm einen Kuß.

»Und tanz mit mir.«

»Was?«

»Tanz mit mir, Maggie. Nun komm schon!«

»Ich glaub nicht, daß ich Musik habe, nach der wir tanzen könnten.«

»Nein, nein, nein. Ich sag dir, was wir tun – ich halte dich im Arm – so. Ausgangsstellung für den Walzer. Hm?«

»Ich bin dabei.«

»Das ist gut. Ich fände es schrecklich, wenn es jemand anderes wäre. Weil wir uns jetzt nämlich hinlegen und tanzen werden. Ohne Musik.«

Sie steuerten einander zum Sofa.

»Ich glaub nicht, daß man das Tanzen nennt. Ich glaube, Tanzen ist was anderes.«

»Gut, nächstes Mal machen wir es so, wie du willst.«

Was folgte, war auch schneller als ein Tanz: als käme ein Bulldozer auf einen zu, ein eiserner Wille. Margaret wäre es langsamer vielleicht lieber gewesen.

An dem Abend, nachdem sie beim Zahnarzt gewesen war, fragte sie Colin noch einmal.

»Warum bist du zurückgekommen?«

»Hm?«

Sie schliefen schon fast, hatten sich in Margarets Bett eng aneinandergeschmiegt. Ihr Arm begann zu schmerzen, weil Colins Kopf schon so lang darauf lag.

»Warum bist du zurückgekommen?«

»Ich bin noch gar nicht wieder ganz da; bin noch ganz außer Puste.«

»Ich rede nicht von jetzt. Damals.«

»Hm, hm, hm.«

Er hustete leicht, und ihre beiden Körper vibrierten. Er wandte sich ihr zu.

»Warum ich zurückgekommen bin? Aus London?«

»Mm. Mm.«

»Ich wollte dich wiedersehen.«

»Und?«

»Warum sollte es ein ›und‹ geben? Warum muß es immer ein ›und‹ geben? Bist du es nicht wert, daß man deinetwegen zurückkommt? Oder belüge ich dich so oft, daß du mir nicht glauben kannst, wenn ich dir sage, daß ich deinetwegen zurückgekommen bin?«

»Ist ja gut!«

»Nein, es ist nicht gut. Ich bin deinetwegen zurückgekommen. Ich hab mit allen Mitteln versucht, dir das zu beweisen. Mehr kann ich nicht tun.

Es war nicht so toll in London, und ich gebe zu, daß es mir nicht gefallen hat, aber so schlimm war es auch wieder nicht. Ich bin schließlich als Untermieter bei Onkel Archie gelandet, und der hat mir die Leviten gelesen. Er hat ein Fischgeschäft. ›Du kannst nicht gleichzeitig ein nutzloser Junkie sein und im Fischladen arbeiten.‹ Das waren seine Worte. Jedenfalls die Worte, die ich zu hören bekam. Ich persönlich glaube immer noch, daß man

Dope geradezu braucht, wenn man in dieser Branche nicht durchdrehen will. Archie war völlig verrückt – die ganze Strahlung und der faulende Abfall, von den Fischen selber gar nicht zu reden. Aber es hätte schlimmer kommen können, und wo sonst sollte ich hingehen? Du glaubst, hier oben ist es schwer, eine Bleibe zu finden? Einen schnuckeligen kleinen Job im Stadtzentrum? Nun, da unten war es schier unmöglich. Alles war unmöglich. Es gab keinen Ort, wo ich hinkonnte. Es gab keinen Menschen, mit dem ich zusammen sein konnte, ohne daß ich Ärger bekam.

So mußte ich bei Archie bleiben, und er hat eine Menge für mich getan. Er hat mit meiner Mutter geredet, und ich hab sie noch einmal gesehen, bevor sie starb – wir haben uns ausgesöhnt. Archie wollte mir sogar seinen kleinen Fischladen vererben, mich zu seinem Partner machen. Ich sagte ihm, daß ich wieder zurückgehen würde. Da hat er mich für verrückt erklärt. ›Ich gehe ja überall hin, wenn es sein muß, aber für eine Frau würde ich mich keinen Zentimeter von der Stelle rühren. Ich nicht. Ihr Geruch steigt mir jeden Tag bei der Arbeit in die Nase, und das reicht mir völlig.‹ Genau das hat er gesagt.«

»Ich bin froh, daß du wiedergekommen bist.«

»Wirklich?«

»Ja.«

»Okay.«

Margaret haßte es, wenn sie sich im Bett stritten. Im Bett sollte man friedfertig und nett zueinander sein.

Außerdem war es der Ort, wo sie schliefen.

»Colin? McCoag?«

In der Dunkelheit wirkt Margarets Stimme lauter.

»Mm?«

»Colin?«

»Ooch. Diese Nacht wird's wohl nichts mehr mit meinem Schlaf, oder?«

»Sei nicht sauer.«

»Bin ich nicht. Ich bin nur hundemüde, und es ist mitten in der Nacht, eigentlich schon früh am Morgen, und ich möchte jetzt schlafen. Ich hab dich gefragt, ob ich bei dir schlafen darf. Ich weiß, das schließt ein bißchen Wachbleiben ein, aber jetzt möchte ich gern schlafen. Oder es wenigstens versuchen. Oder wie wär's, wenn du mir ein bißchen auf den Leib rücken würdest, statt mir nur auf den Geist zu gehen?«

»Ich wollte dir nur was sagen.«

»Ist es was Spannendes?«

»Komm mal ein bißchen näher.«

Er streckt die Hand aus, um ihr Gesicht zu berühren.

»Was ist los, Liebste?«

»Komm näher.«

Margaret bettet ihren Kopf an Colins Schulter, fühlt, wie seine Hand an ihrem Körper entlanggleitet und auf ihrer Taille zur Ruhe kommt. Sie fand schon immer, daß er das sehr gut macht.

»Also was ist?«

»Ich wollte nur sagen, wie froh ich bin, daß du hier bist. Ich meine überhaupt hier. Nicht nur hier im Bett.«

»Ich werde nicht mehr weggehen. Außer, du schickst mich weg.«

»Ich schicke dich bestimmt nicht weg.«

»Gut. Ich schlafe jetzt. Gute Nacht.«

Margaret liegt in der tiefen Dunkelheit und denkt an etwas, das sie Colin nicht erzählen, das sie nicht erklären kann, etwas, das sie nachts manchmal aus dem Schlaf hochfahren läßt, wie ein Schrei, der durch die Oberfläche eines klaren Sees bricht.

Sie war in ihrem Zimmer. Sie war einundzwanzig Jahre alt, hatte das Examen gerade hinter sich, lag im Bett und las im Schein der kleinen braunen Lampe, der Lampe, die Margaret nach England begleitet hatte; die alte Lampe, neben der sie, mit Unterbrechungen, seit zehn Jahren oder noch länger geschlafen hat. Die Lampe beleuchtete eine Szene, an die sie sich erinnert, von der sie aber nicht erzählen kann, weil sie wahrscheinlich nicht erzählbar ist.

Sie las ein Buch, das sie sich von ihrem Vater ausgeliehen hatte, weil die meisten ihrer eigenen Bücher noch in England waren und sie nicht einschlafen konnte, ohne vorher zu lesen, wenigstens ein paar Seiten.

Als es an der Tür klopfte, hatte sie fast vergessen, in welchem Haus sie sich befand, war sich nicht einmal ganz sicher, in welchem Land. Als das Gesicht ihres Vaters im Türrahmen auftauchte, war sie überrascht.

»Tschuldigung, Margaret. Ich hab dich erschreckt.«

»Nein. Nein, macht nichts.«

»Darf ich mich auf die Bettkante setzen?«

»Das hast du doch immer getan.«

»Aber jetzt bist du ein großes Mädchen. Jetzt muß ich erst fragen.«

Sie schwiegen eine Weile, bis Margaret ihm leicht über den Handrücken strich.

»Mm hm, also, weißt du, ich hab nachgedacht über das, was du beim Essen gesagt hast. Daß du wieder in den Süden zurückwillst, und ich dachte mir, du könntest es dir vielleicht noch mal überlegen. Hier werden ein paar interessante Jobs angeboten, ich hab mich umgehört. Ich meine, auf lange Sicht wirst du ja doch hierher zurückkehren. Vielleicht solltest du jetzt mein Zimmer nehmen – es ist größer, und du kannst es ganz nach deinem Geschmack einrichten. Wir werden das schon regeln. Mach dir keine Sorgen.«

»Ich muß aber wieder zurück.«

»Klar, du hast natürlich Freunde da unten – aber du wirst auch hier bald wieder Freunde finden. In letzter Zeit hab ich übrigens Susan und Barbara öfters getroffen. Erinnerst du dich, die aus deiner Schule? Sie fragen nach dir.«

»Dad. Vielleicht komme ich nicht zurück. Das heißt, ich komme natürlich zurück, aber nicht auf Dauer. Ich werde wahrscheinlich dort unten bleiben.«

»Nein.«

»Ein paar von uns haben zusammen eine Wohnung gemietet. Sie ist sehr hübsch. Du könntest mich besuchen kommen.«

»Nein.«

»Dad.«

»Du hast mir nie davon erzählt.«

»Na ja, ich bin auch immer noch nicht ganz sicher.«

»Wie heißt er?«

»Nein, so ist das nicht.«

»Ich wußte, daß es jemanden gibt, aber dann dachte ich, du hättest es mir erzählt. Ich dachte, ich müßte mich geirrt haben, weil du es mir sonst erzählt hättest. Du hast mir nichts erzählt.«

»Dad. Ich hätte etwas gesagt, wenn es ernst gewesen wäre.«

»Er hat dich doch nicht etwa angerührt?«

»Dad!«

»Sag bloß nicht, er hat dich angerührt. Ich will es gar nicht wissen.«

»Mach dir keine Gedanken, er würde dir gefallen.«

Sie fühlte, wie sein Griff um ihre Hand fester wurde. Die Haut dünn vom Alter. Aber kräftige Knochen. Seine Stimme war sehr leise, als er wieder sprach, und er sah sie nicht an.

»Geh bitte nicht fort. Laß mich nicht allein. Bitte. Bitte. Margaret, bitte! Ich kann nicht ... ich hab so auf deine Rückkehr gewartet. Bitte!«

Seine freie Hand flatterte zur Lampe, und Margaret knipste sie aus. Sie ließ ihn im Dunkeln weinen. Während sie ihn in den Armen hielt, spürte sie, wie er nach Luft rang. Sie fühlte, wie seine Tränen auf ihren Hals fielen, wie sie auf diese Stelle unterhalb ihres Ohres tropften und dann weiter hinabliefen. Sie fühlte auch, wie der Klang seiner Stimme in Kehle und Brust vibrierte, als er wieder anfing zu sprechen.

»Bitte! Du bist immer so ein gutes Mädchen gewesen. Wenn du mich verläßt, weiß ich nicht, was ich tun werde. Ich kann das nicht ertragen. Deine Mutter ist fortgegangen. Sie kam nie zurück. Du wirst auch nie mehr zurückkommen.«

Er atmete keuchend aus.

»Natürlich komme ich zurück. Dummkopf! Ich komme wieder. Mami kann nicht wiederkommen – sie ist gestorben. Ich hab *dich* lieb. Ich hab dich doch immer noch lieb.«

»Sie ist nicht gestorben, sie hat mich verdammt noch mal sitzenlassen. Hast du geglaubt, ich würde dir das erzählen? Daß deine Mutter eine verdammte Schlampe war? Daß sie bei der erstbesten Gelegenheit abgehauen ist, weil ich ihr nicht gut genug war? Sie hätte ebensogut sterben können. Ihr Baby im Stich zu lassen. Mich im Stich zu lassen. Du bist wie sie, weißt du, du warst immer wie sie. Ich hab's gewußt.«

»Ich hab dich lieb, Daddy, ich hab dich lieb.«

Es folgte ein undurchdringliches Schweigen. Margaret hätte nicht sagen können, wie lange es dauerte. Dann holte ihr Vater tief Atem und sprach.

»Laß mich los. Du brauchst mich nicht so fest zu halten. Ich weiß jetzt, wo ich stehe. Ich weiß jetzt wenigstens, wo ich stehe.«

Er schob sie von sich, aber sie faßte seinen Kopf mit beiden Händen, hielt ihn einen Moment lang und küßte ihn. Er hielt ganz still.

»Mir geht's wieder gut, Margaret. Du mußt jetzt schlafen. Mir geht es gut.«

Er berührte ihre Schulter und erhob sich vom Bett. Alles, was sie sah, war der Quader aus Licht, als er die Tür öffnete, und seine schwarze Silhouette. In dieser Nacht schlief sie nicht.

Am Morgen rief er sie zum Frühstück herunter, wie er es immer getan hatte, und sie aßen schweigend, während das Besteck auf den Tellern klirrte und kratzte.

Dann schließlich: »Margaret, es tut mir leid. Ich sage manchmal Dinge, die ich gar nicht meine. Ich werde wohl alt. Vergiß, was ich über deine Mutter gesagt habe, sie hat ihr Bestes getan, und ich hätte dir nie etwas anderes erzählen sollen.«

»Ist ja gut.«

»Nein, ist es nicht. Trink deinen Tee aus. Wir sollten heute morgen einkaufen gehen und dir etwas zum Anziehen besorgen. Du willst doch hübsch aussehen, wenn du wieder in den Süden fährst.«

»Dad.«

»Ich weiß, ich weiß.«

Aber Colin war nach London verschwunden, und das war's. Margaret mußte wieder nach Hause zurückkehren und Erklärungen abgeben. Ihr Vater war voller Mitgefühl. Sie wußte, daß er sich außerdem freute.

»Es tut mir so leid. Es tut mir so leid. Wenn er der Richtige ist, wird er zurückkommen. Wenn nicht, wird ein anderer auftauchen. Du bist sehr hübsch – du wirst keine Mühe haben, einen netten Mann zu finden. Komm schon, sei nicht traurig.«

»Ich kann nichts dagegen machen. Was soll ich denn deiner Meinung nach tun?«

»Sorg dafür, daß du nicht so allein bist. Mit dem Alleinsein muß man sich nicht abfinden. Das ist keine gute Angewohnheit, Liebes. Kapsel dich nicht ab.«

Er drückte sie an sich, und sie spürte jene stille Harmonie, die sich manchmal einstellte, wenn sie sich berührten.

Kuck mal

James erschaudert und läßt die Finger knacken, erlaubt sich ein Lächeln. Er beginnt die Sache zu genießen. Er macht sich über seine Kokoskugel her, nicht gerade mit der größten Sorgfalt, und Kokoskugeln sollte man immer mit der allergrößten Sorgfalt essen.

Fast fünf Minuten vergehen, bevor jemand etwas sagt.

»James Watt, das war das letzte Mal, daß du eins von diesen Dingern bekommen hast. Das war was ganz Besonderes zur Feier des Tages. Und jetzt hast du alles verdorben.«

James zuckt mit den Händen. Noch ein paar Kokoskrümel fallen auf die Tischplatte und bleiben dort kleben.

»James, das ist lächerlich. Jetzt reicht's. Tut mir leid, er ist ohne weiteres in der Lage, wie ein normaler Mensch zu essen. Er gibt sich nur keine Mühe. Irene, Liebes, es tut mir leid.«

»Das muß dir nicht leid tun. Er ist eben ein Ferkel, das ist alles. Du bist ein Ferkel.« Irene steht auf, taumelt ein wenig durch die Bewegung des Zuges und wischt sich mit einer mageren weißen Hand den Mund. James schweigt, schaut ihr ins Gesicht. »Ich hole jetzt Papiertücher, und dann gehe ich in den Speisewagen.« Die drei am Tisch schauen ihr nach, wie sie leicht schwankend den Gang entlanggeht. Ihr dunkles Haar, kurz geschnitten wie das eines jungen Mannes, berührt kaum den Kragen ihrer flaschengrünen Strickjacke. Margaret denkt, wie jung sie wirken würde, wenn man ihr Gesicht nicht sähe. Ihr Gesicht sieht viel älter aus.

»Tut mir leid, meine Liebe. Irene war immer schon ein Nervenbündel. Sie war – sie wurde enttäuscht. Hatte sich ein Mädchen gewünscht, verstehen Sie. Und zu allem Überfluß noch das andere. Der Typ hat sich einfach aus dem Staub gemacht. Sein Vater. Einfach aus dem Staub. Sie sagt manchmal Dinge, die sie nicht so meint. Hab ich recht, James?«

James streckt ihr die Hände entgegen, die sie sorgfältig säubert. Er hält still, bis sie ihm das Gesicht mit einem Waschlappen abgewischt und die Cremeflecken vom Sweatshirt getupft hat. Dabei schließt er einfach die Augen.

»So ist's brav, James, du bist ein braver Junge. Tu deiner Tante den Gefallen und halt still. So ist's gut.« May küßt ihn flüchtig auf die Wange, bevor Irene mit einer Rolle Toilettenpapier zurückkommt und den Tisch abzuwischen beginnt. Sie sagt nichts, nimmt ihr Portemonnaie aus der Handtasche und geht wieder.

»Wissen Sie, meine Liebe, ich glaube nicht, daß der Speisewagen schon geöffnet ist, und das wird uns alle wieder in eine unangenehme Situation bringen. James mag Sie, und er kommt gut allein zurecht, sehr gut sogar. Würde es Ihnen etwas ausmachen, eine Weile hier bei ihm zu bleiben? Er kriegt keine Anfälle.«

»Hm, nein, das geht schon in Ordnung.«

»Ich bleib nicht lange. Benimm dich, James, sei ein braver Junge. Manchmal bist du so ein Schmierfink, ich weiß auch nicht.«

James und Margaret schweigen eine Zeitlang. Er zerrt an einem Blatt Papier, schiebt es unter seine Hand und reibt sich die Augen.

HI

»Hi.«

SCEISE

»Was soll das heißen?«

SCEISE

»Warum bringst du sie auf die Palme?«

LANGWEILE

»Ist dir jetzt langweilig?«

JA

»Was würdest du gern machen? Gibt es etwas, das du gern machen würdest?«

NEIN

»Bestimmt nicht? Warum fahrt ihr nach Süden?«

WEISNICH WILNICH GLASGOW BLEIBEN FREUNDE DA

»Das tut mir leid. Ich will auch nicht weggehen, aber ich muß. Ich kann dir erzählen, warum. Du willst doch sicher wissen, warum, oder?«

NEIN

»Du kannst natürlich auch wieder herumschmieren.« James warf ihr einen Blick zu. Durchdringend. »Schon gut. Ich hab's nicht so gemeint. James Watt war nie und nimmer ein Schmierfink, was? Er war ein Erfinder, wußtest du das?«

JA TÜRLICH KEIN KIND MEHR DAMPF

»Entschuldigung. Ich hätte wissen müssen, daß du das weißt. Haben sie dich deshalb James genannt?«

WEISNICH

»Soll ich dir nicht doch erzählen, warum ich in den Süden fahre, ganz runter bis zur Endstation? Das bringt dich vielleicht auf andere Gedanken.«

NEIN

»Bestimmt nicht?«

NEIN MÜDE DAKE DANKE

Und er schiebt die Blätter weg, läßt die Augen zufallen.

»Ich hoffe, du schnarchst nicht, James Watt.«

James hebt eine Hand und lächelt, aber das ist alles, und Margaret wendet sich zur anderen Seite, um aus dem Fenster zu schauen.

Unter dem dichter werdenden Regen wachsen die Hügel zu Bergen. Hohe Tore mit Glöckchen an Querstangen huschen vorüber; wenn man mit dem Lastwagen die Glocken nicht berührt, kann man gefahrlos unter den Überlandleitungen hindurchfahren, die quer durch das Moor gespannt sind. Die Glocken sind Lebensretter. Margaret reist zu schnell, um zu hören, ob der Regen die Glocken zum Klingen bringt oder vielleicht der Wind. Ihr schießt eine Gedichtzeile durch den Kopf, ›Wem das letzte Glöcklein schlägt‹, doch bevor der Gedanke zu Ende gedacht ist, denkt sie an etwas anderes.

James Watt döst vor sich hin. Er weiß sehr wohl, daß er den Namen eines Helden der Industriellen Revolution trägt – eines Mannes, der den Nutzen der Dampfkraft entdeckte, aber Eisenbahnen mißtraute.

Margaret beobachtet die schwarzen Düsenjäger, die bei einem Übungsflug über den Bergen ihre Kreise ziehen. Sie mag sie nicht. Sie sehen aus wie dahingleitende Hände; Handflächen nach unten, Finger nach vorne gestreckt, Daumen eingeklappt. Die Hände bewegen sich paarweise, in dreidimensionalem Schwarz, und werfen blassere Schatten auf Heide und Wiesen. Margaret fragt sich, ob das Gras verdorrt, sobald ihr Schatten es berührt, und ob die Heide stirbt.

Um sich von den Flugzeugen abzulenken, schaut sie hinüber zu James, überlegt, was sie ihm über ihre Reise erzählen würde, wenn er es hätte hören wollen. Sie ist sich keineswegs sicher, daß sie ihre eigene Geschichte versteht, aber vielleicht würde es helfen, sie einem anderen Menschen verständlich machen zu müssen. Das wäre vielleicht nützlich gewesen.

Sogar jetzt noch erscheint ihr alles völlig verworren. Warum sie Glasgow verläßt, möglicherweise für immer – dafür muß es doch einen Grund geben. Nicht der Ceilidh. Nicht was an jenem Abend geschah. Es muß etwas vor oder nach dem Ceilidh gewesen sein; etwas, das, weil es geschah oder weil es nicht geschah, Margaret von zu Hause forttrieb.

Alles schien damit angefangen zu haben, daß ein Mann namens Graham seine Zigarette ausdrückte und dabei verkündete:

»Ich bin absolut davon überzeugt, daß Fische eine Seele haben.«

Einige von denen, die da um den Tisch sitzen, werden später erfahren, daß er sich diesen Satz vorher notiert hatte, so wie etliche andere Sätze, die er im Laufe der Woche bei mehreren Busfahrten sagen wird. Im Augenblick aber wirkt er so überzeugend und spontan, wie er es sich vorgenommen hat.

»Ich glaube, daß alle Fische eine Seele haben und Schmerz empfinden können. Ich glaube, daß die Fische, wenn ich sie mit meinem Angelhaken an Land ziehe und sie dort ersticken lasse, panische Angst haben und Todesqualen erleiden. Wenn sie mit mir kämpfen, während ich der Angelschnur Spiel gebe, kämpfen sie um ihr Leben; wenn sie am Ufer zappeln und sterben, mag es wohl sein, daß die Stimme ihres Leidens zurück ins Wasser schallt, daß sie auf eine Weise aufschreien, die für mich unhörbar bleibt. Vielleicht erwähnen sie sogar meinen Namen. Es ist eine ernste Angelegenheit, Fische zu fangen. Ich nehme sie nicht auf die leichte Schulter.«

Margaret ließ ihren Blick umherwandern, sah zu Grahams Frau und zu John vom Angelverein hinüber; zwei von den Bergsteigern, Lesley, Sam, Heather vom Café, Mr. Lawrence und das zuständige Mitglied vom Stadtrat waren auch da. Das einzige, was sich bewegte, waren die aufsteigenden Schwaden des Zigarettenrauchs, alles andere schien wie gelähmt von Grahams Rede. Mr. Lawrence starrte ihn an und durch ihn hindurch auf die dahinterliegende Wand. Graham schien das nicht zu bemerken.

»Aber ich glaube auch daran, daß Menschen eine Seele haben, und damit meine ich alle Menschen, egal welcher Herkunft. Für unser Seelenheil müssen wir essen und eine Aufgabe finden, eine Arbeit, die Gemeinsamkeit schafft und sinnvoll ist.

Ich töte Fische für mein Seelenheil. Ich angle gemeinsam mit meiner Frau, und so versorgen wir uns mit Nahrung. Meine Kinder und die Kinder unserer Bekannten wissen alles über Forellen. Gerade die Kinder von Arbeitslosen sollten den Geschmack von Lachs- und von Regenbogenforellen unterscheiden können. Fischen ist für mich die ideale Arbeit, beim Fischen bin ich Herr und nicht Knecht.

Unser Angelverein bringt Familien an Orte, die ihnen guttun, wo sie picknicken, laufen, herumwandern können. Wir mieten Busse, verleihen Angelruten, binden Fliegen und kaufen Köder. All das kostet Geld. Trotzdem haben wir das Zentrum nie um Geld gebeten. Unser Verein weiß sich zu benehmen und hält sich an die Gesetze, er bringt dem Zentrum Kunden, er hat eine große und bunte Mitgliedschaft. Alles was wir jetzt beantragen, ist die Nutzung eures Zentrums an einem Freitagabend, für unseren Wohltätigkeits-Ceilidh. Wir zahlen auch Miete, wenn ihr das verlangt.

Wir fordern das für das Seelenheil unserer Kinder.«

Die anderen fragten sich, ob sie Beifall klatschen sollten, und Heather stand auf, um in die Küche zu gehen. Dort saß sie am liebsten, wenn die abendlichen Sitzungen auf dem Plan standen – denn dann konnte sie ihr Buch lesen und ein bißchen Ruhe genießen.

Wie sie häufig sagte: »Das Problem mit den meisten Leuten hier ist, daß sie den Unterschied zwischen Freiwilligen und Sklaven nicht begreifen. Bezahlt wird keiner von beiden, da haben sie allerdings recht.«

Die Diskussion nahm kein Ende: Es gab Wichtiges zu sagen über den Ausschank und die Gläser, über die Zahl der Spülbecken und Notausgänge, über die Frage, ob auch warmes Essen angeboten werden sollte. Wurde hier nicht ein folgenreicher Präzedenzfall geschaffen? Ein Ceilidh würde immerhin auf Singen und Tanzen, Trinken und Glücksspiele hinauslaufen, oder nicht? Würden auch Kinder dabeisein? Könnte nicht eine sektiererische Minderheit den Ceilidh mißbrauchen? Und was, wenn die Aschenbecher geklaut würden, oder wollte der Verein die stellen?

Mr. Lawrence wartete, bis die Zeit reif war für ein Schlußwort.

»Nun, ich glaube, wir haben lange genug über Mr. ... Mr. ... Grahams Anliegen diskutiert. Wie Sie sich erinnern werden, war die Einrichtung dieses Komitees ein Entgegenkommen gegenüber den Nutzern des Zentrums.

Wir wollten sie über unsere Planungen auf dem laufenden halten. Entscheidungsbefugnisse hat es nicht. Aber Stadtrat Naylor und ich haben seit einiger Zeit die Möglichkeit erwogen, das Zentrum zu marktgerechten Gebühren an geeignete Gruppen zu vermieten; und da könnte dieser Ceilidh uns als eine Art Probelauf nützliche Dienste leisten. Außerdem können wir uns einem derart leidenschaftlichen, fast religiösen Engagement wie dem von Mr.... Graham unmöglich verschließen. Auf keinen Fall.

Vielleicht kann Margaret sich um alle notwendigen Einzelheiten kümmern. Gibt es noch irgend etwas zu besprechen? Gut, die Sitzung ist hiermit beendet.«

Als Margaret gerade das letzte Vorhängeschloß an der Außentür abschloß, kam Lawrence noch einmal von seinem Wagen zurück, quer über den dunklen Kies.

»Margaret, Sie verstehen es immer noch nicht, oder? Ich kann mir Entscheidungen nicht auf diese Weise aufzwingen lassen. Es geht hier ums Prinzip. Wir treffen die Entscheidungen, Margaret, wir allein. Das ist unser Job.

Ihr Job ist es außerdem, zu verhindern, daß solche Herren wie dieser Graham alle Grenzen vergessen. Ich kenne den Typ, glauben Sie mir, erst zur Volkshochschule getrottet, dann einen Abschluß per Fernkurs gemacht. Ich kenne ihn, Sie nicht. Er kann sich der Realität nicht stellen; keiner von denen kann das. Er lernt nicht aus Erfahrung. Ich sage Ihnen, Leute wie er richten nur Schaden an. Sie glauben, daß ihr kleiner Bildungsfunke die Welt retten kann. Aber wie wollen sie uns alle retten? Indem sie ihr kostbares Wissen für sich behalten. Sie bekommen, was sie wollen, und dann gehen sie – uns lassen sie zurück. Er wird in seinem ganzen Leben nie etwas verändern; solche Leute produzieren nichts als Unzufriedenheit, mit der Sie und ich dann fertig werden sollen. Schwingt Reden über seine Seele, und dabei können Sie sicher sein, daß er nicht einmal an Gott glaubt. Wir haben etwas Besseres verdient als Leute wie ihn. Sie und ich, wir machen uns nützlich. Wir dienen der Öffentlichkeit. Wir helfen.

Alles was die Leute wollen, ist glücklich sein. Sie wollen keine idiotischen Verheißungen, sie wollen nicht nachdenken. Sie mögen mich vielleicht nicht – es gibt viele, die mich nicht mögen –, aber ich erledige das Denken für die Leute, und ich mache niemals Versprechungen, die ich nicht halten kann. Die Existenz dieses Zentrums ist mir zu verdanken, wie übrigens auch Ihr Job. Niemand macht sich das klar, aber ich erfülle für euch diese kleine soziale Dienstleistung. Tag für Tag.«

Er hüstelte dezent, begegnete ihrem Blick, machte eine versöhnliche Pause, lächelte.

»Tut mir leid, daß ich hier Vorträge halten muß, aber ich bin enttäuscht. Ich habe Sie damals zu einem Vorstellungsgespräch eingeladen. Und ich habe Sie eingestellt, habe Sie ausgewählt, weil ich Ihre Fähigkeiten erkannt hatte. Sie haben das Potential. Nehmen Sie meinen Rat an, meinen freundschaftlichen Rat.«

Erneutes Lächeln.

»Sehen Sie zu, daß Sie zu Graham und Leuten seines Schlages Abstand halten, oder Sie werden es bereuen. Sie sind ein kluges Mädchen. Sie wissen schon, was ich meine. Seien wir ehrlich, Sie gehören eigentlich gar nicht hierher. Ihr Weg führt nach vorne und nach oben. Zu besseren Dingen.«

Lawrence drückte kurz ihre Hand, bevor er sich zum Gehen wandte.

»Und außerdem gäbe es für Sie viel bessere Gesellschaft.«

»Wovon sprechen Sie?«

»Wenn Sie wirklich einen guten Freund brauchen, einen, zu dem man immer kommen kann, wäre ich für Sie da. Verstehen wir uns?«

»Ich ...«

»Gute Nacht.«

»Ich wünschte, ich wäre dabei gewesen.«

Colin machte Tee für sie, als sie nach Hause kam, zog ihr die Schuhe aus und massierte ihr die Füße.

»Bei meiner Mutter hat das immer geholfen.«

»Danke. Danke, Liebster. Aber ich bin froh, daß du nicht dabei warst.«

»Wieso? Ich hätte doch gar nichts getan. Hätte ihm nur eine gewischt, dem geilen alten Bock. Nur eine winzige kleine Ohrfeige.«

»Eben. Ich gebe ja zu, daß ich das selber gerne getan hätte. Es ist kompliziert. Und ich brauche den Job.«

»Niemand braucht so einen Job.«

»Weißt du, wie viele Bewerber es für meine Stelle gab? Einhundert. Ich wette, mehr als die Hälfte von ihnen hatte einen akademischen Abschluß.«

»Und die andere Hälfte wäre für den Job qualifiziert gewesen.«

»Verbindlichen Dank, ich *bin* dafür qualifiziert. Aber wie soll man mit Menschen aus der Gemeinde arbeiten, wenn dein Boss die Menschen haßt und wenn der Gemeinschaftssinn mehr und mehr aus der Mode kommt, weil er dem Geschäftserfolg und der Reiselust im Weg steht? Ich hab geglaubt, Lawrence haßt mich – die Alternative ist kaum weniger beunruhigend.«

»Du sagst mir sofort Bescheid, wenn er irgend etwas versucht.«

»Das wird er nicht. Wahrscheinlich ist es nur so ein Gefühl. Wahrscheinlich ist es gar nichts.«

»Was er auch anstellt, erzähl es mir. Aber laß uns jetzt nicht mehr darüber reden, laß uns das Thema wechseln. Du solltest dich nach etwas anderem umsehen, aber nicht in diesem Moment. Jetzt solltest du dich auf keinen Fall nach etwas anderem umsehen.«

Er ließ seine Hand unter ihren Pullover gleiten, kannte den Weg schon genau. Die andere Hand umfaßte sie und zog sie näher heran.

»Ich rieche nach Zigarettenqualm.«

»Na und, ich rieche nach Whisky.«

»Ich denke, du bist im Training.«

»Heute ist mein freier Abend.« Er leckte ihre Augen und schob ihr dann die Zunge zwischen die Zähne. Das bittere Aroma des Whiskys schwand allmählich, während ihre Münder gemeinsam nach neuen Erlebnissen suchten.

Er war inzwischen sehr geschickt, wenn er sie entkleidete, sehr geschickt mit den kniffligen Büstenhaltern und widerspenstigen Reißverschlüssen. Er ließ ihr keine Zeit zum Nachdenken, riß sie einfach mit sich. Sie legte die Arme um seinen Nacken, während er sie in sich hineinsaugte. Seine Hände auf ihrem Rücken fühlten sich kalt an. Sie begann sein Haar zu küssen, wußte, daß die Dinge ins Rollen gekommen waren und eine ganze Weile nicht zur Ruhe finden würden. Colin verwandelte sich unter ihren Lippen, so wie es immer geschah. Er wurde fast wieder zum Jungen, folgte nur noch seinem Instinkt, wie ein Tier oder vielleicht wie ein Blinder.

Hatte ihr Vater sich auch so verwandelt, wenn er mit ihrer Mutter zusammen war? Margaret hatte eigentlich nicht den Eindruck, daß sie selbst sich in irgendeiner Weise verwandelte, war aber nicht sicher, ob Colin so etwas überhaupt bemerkte. Er hatte sich nie beklagt, daß sie etwas falsch machte.

Sie gingen nackt ins Schlafzimmer hinüber, stießen sich die Ellbogen und Hüften, weil sie Arm in Arm nicht durch den Türrahmen paßten. Margaret trat als erste hindurch, merkwürdig befangen, als sie ins Bett glitt; sie hielt die Knie zusammengepreßt, den Kopf gesenkt, ließ das Laken zurückgeschlagen und rutschte auf die andere Seite, um Colin Platz zu machen.

»Du hast ja das Bett frisch bezogen.«

»Die Laken sind nicht frisch, sie sind neu. Ich hab sie gekauft. Du bist vielleicht eine Hausfrau! Wußtest du, daß du gerade mal zwei Paar Laken hattest?«

»Und diese hier, welche Farbe haben sie?«

»Sie sind lila. Hast du nicht gemerkt, daß sie lila sind? Sie fühlen sich lila an. Du fühlst dich rosa an. Naß und rosa, läßt du mich da hinein, ich möchte da hinein. Hinein in dich zwischen unseren lila Laken. Da, es geht los, da geht's los. Da.«

Margaret gefiel es da. Sie genoß es, wenn sie Bauch an Bauch lagen, die Arme um den Rücken des anderen geschlungen. Aber sie wußte nicht, warum es ihr gefiel, sie wußte nicht, warum ihre Gedanken manchmal auf Wanderschaft gingen, wenn sie hinterher beieinander lagen. Selbst wenn er noch in ihr lag und wie ein schläfriger Fisch zuckte, war es vorgekommen, daß sie seine Existenz vergaß.

Margaret hoffte, daß sie heute kommen würde. Er freute sich, wenn sie kam, er küßte sie dann auf die Stirn, strich ihr über die Wangen und lächelte sie an. Sie hatte in diesem Punkt immer ungern gelogen. Obwohl das eigentlich netter gewesen wäre.

»Maggie, Maggie, ich nehme dich mit zum Zentrum, wir gehen mitten in der Nacht hin, du hast ja die Schlüssel, wir gehen hinein und schließen von innen ab und treiben es, ich zieh dir den Schlüpfer aus, zieh dir den Rock hoch, und dann in der Küche gegen den Kühlschrank gelehnt, mit deinem Arsch gegen den Kühlschrank, und dann gehen wir in Lawrences Büro, ich sitze in seinem Sessel und du kannst mir einen blasen und dich selbst an meinem Schwanz schmecken, du kannst auf seinem Schreibtisch sitzen und ich fummel an deinen Titten und wir werden auf seinem Schreibtisch bumsen, ich in dir drin, nackt in seinem Büro, auf seinem Schreibtisch, und ich schieß dir eine ganze Ladung rein, mitten auf seinem Schreibtisch.«

Margaret kam.

Am nächsten Morgen stand Lawrence in seiner Bürotür und rief sie herein.

»Margaret. Ich erwarte, daß Sie die Organisation dieses Ceilidh in die Hand nehmen; Sie kennen sich ja mit den ganzen Details aus: Sondergenehmigung einholen, die Polizei informieren, aufpassen, daß das Programm im anständigen Rahmen bleibt... Aber wenn Sie Hilfe brauchen, stehe ich bereit. Mehr habe ich eigentlich nicht zu sagen. Sie vielleicht? Wollten Sie noch etwas sagen?«

Margaret schüttelte den Kopf.

»Gut. Meine Frau und ich, wir werden auch kommen. Ich finde, Sie sollten sich kennenlernen. Meine Frau und Sie.«

In seinem Gesicht schien es zu zucken; dann stieß er kurz den Atem aus und sagte Margaret, sie könne gehen. Die Unterhaltung an den Tischen des Cafés wurde für einen Moment gedämpfter, Lawrences Tür schnappte hinter Margarets Rücken ins Schloß, und irgendwo seufzte jemand. Ein Streichholz wurde angestrichen und flammte auf, und die Dinge entspannten sich.

»Nervt das alte Ekel dich schon wieder?«

Heather lehnte sich über die Theke, ganz Beichtmutter.

»Wie hast du das erraten. Könnte ich einen Kaffee haben, und ein Gläschen E 605?«

»Er würde es runterkippen und hinterher noch das Glas aufessen. Möchtest du einen Schokoriegel auf Kosten des Hauses oder einen Vanillepudding?«

»Nein danke, ich würde nichts runterkriegen.«

»Ja, mich macht er auch krank. Immerhin wird es einen Ceilidh geben.«

»Woher weißt du das?«

»Ich habe gehört, wie Graham gestern auf dem Herrenklo seine Ansprache geübt hat. Außerdem hat der kleine Hughie es uns gerade gesagt.«

»Das bedeutet mehr Arbeit für dich.«

»O nein, wenn die Jungs einen Ceilidh wollen, dann können sie auch die Arbeit machen. Ich werde hier sein, um ihre Talente zu würdigen, das ist alles. Keinen einzigen Teebeutel werde ich anfassen.«

»Also genau wie jetzt, was?« Graham knallte seinen Becher auf die Theke.

»Wolltest du den etwa gefüllt haben?«

»Ja, mein Schatz.«

»Na dann weißt du ja, was du tun kannst.«

»Klar. Ich schleiche rüber zum Büro des kleinen Napoleon, bohre seine Halsschlagader an, schlage meinen Zapfhahn ein und trinke mich satt an seinem eisigen Blut. Nun gib mir schon meinen Becher zurück.«

»Ich glaube, ich gehe lieber, Heather.«

»Ich brauche ihm nur zu sagen, daß du den letzten Schokoriegel verspeist hast, dann sollst du mal sehen, wie er flennt.«

»Aach, komm schon, Heather, sei nicht so. Übrigens, Maggie, was den Ceilidh angeht, mach dir keine Sorgen. Wir werden das schon schaukeln. Der Abend wird ein Erfolg.«

»Lawrence sagt, daß er auch kommt, und zwar mit seiner Frau.«

»Jesus, Marx und Lenin, da wird die Bar aber Umsatz machen!«

»Wieso das?«

»Es macht durstig, Mrs. L. zu sein. Deshalb geht sie auch nicht so oft unter die Leute – eine Lokalgröße wie William Lawrence und dann eine Partnerin, die den Abend regelmäßig damit beendet, daß sie sich die Seele aus dem Leib kotzt. Wenn wir Glück haben. Nein, nein, das geht nicht gut. Wenn Dirty Daisy kommt, werden wir unser blaues Wunder erleben. Großartig.«

Graham zwinkerte Margaret zu, klopfte ihr kurz auf die Schulter und sah ihr nach, wie sie den Gang zu den Toiletten entlangging.

Sie wartete, bis sie saß und die Toilettentür verriegelt war. Dann beugte sie den Kopf nach vorne in ihre Hände, um zu weinen. Zunächst kam nichts, weil sie es so lange unterdrückt hatte, aber dann spürte sie die Tränen auf ihren Handflächen und einen Schluchzer in ihrem Hals.

Als sie fertig war, fröstelte ihr, und der Hals tat ihr weh. Sie ließ Wasser ins Waschbecken laufen, schüttete sich ein paar Handvoll ins Gesicht und trank zitternd ein wenig. Einen Spiegel gab es hier nicht, so daß sie nicht hätte sagen können, wie sie aussah. Schlecht jedenfalls, soviel stand fest.

Das Jugendtheater wollte etwas zum Ceilidh beitragen.

»Geht das?«

»Hm?«

Tam überraschte Margaret mit der Frage; er hatte sich von hinten herangeschlichen, wie er es oft tat.

»Können wir was vortragen – auf dem Ceilidh?«

»Ich hätte nie gedacht, daß ihr euch für einen Ceilidh interessiert.«

»Tun wir auch nicht, weil das eine große Pleite wird – aber wenn *wir* etwas bieten, kommen die Leute.«

»Genau, wir könnten Massen von Leuten anlocken.«

Margaret sah sich inzwischen einer ganzen Meute gegenüber.

»Was für Leute? Wohl die Drogenfahnder.«

»Ehrlich, wir würden ganze Scharen anlocken, und unsere Lehrer – die meisten von denen sind doch sowieso alte Hippies – die wären begeistert.«

»Unsere kleine Chrissie könnte alle ihre Sozialarbeiter mitbringen. Dann wäre die Bude voll.«

»Und du könntest alle deine Freier anschleppen.«

»Leck mich, du Schlampe.«

»Fick dich selber.«

Margaret mag das Jugendtheater. Irgendwie liegen sie auf einer Wellenlänge. Sie geht zu den Proben und kann sich entspannen, während die Mitglieder der Truppe das Fluchen für sie besorgen, herumtoben und sich in die

Haare geraten und über Mr. Lawrence in einer Sprache reden, die sie sich verbietet, weil sie unprofessionell, um nicht zu sagen unklug wäre. Sie sind einfach *Fun.* Gus, Elaine und Susan und der Rest der Truppe, sie alle haben etwas, das Margaret gern hätte: eine unverschämte Lässigkeit, eine besondere Art von Stolz. Es ist eine Haltung, über die sie gern mehr wüßte.

»Was wollt ihr auf dem Ceilidh machen, Gus?«

»Was jeder da tut, Tante Maggie, singen natürlich.«

»Wenn wir jeden Abend proben, kommen wir ganz groß raus.«

»Tam, vergiß nicht, als ihr letztes Mal soviel geprobt habt, endete das mit eurem Rausschmiß. Ich glaube sogar, ihr habt immer noch Hausverbot.«

»Letztes Mal haben wir es darauf angelegt, rausgeschmissen zu werden. Diesmal ist das anders.«

»Vielen Dank für die Klarstellung. Ich hab da nicht so ganz durchgeblickt. Wenn man erst mal so alt ist wie ich, wird man langsam senil.«

»Nee, das kommt von deinem lasterhaften Leben. Wir kommen direkt nach der Schule. Vier Uhr.«

»In Ordnung, um vier.«

»Und dann werden wir für den Gig proben.«

»Wie viele Abende?«

»Jeden Abend.«

»Nee. Freitags und montags wollen wir frei haben.«

»Warum dürfen wir nicht montags kommen?«

»Susan kann natürlich immer kommen, aber wie! Stimmt doch, was?«

»Woher willst du das wissen, du Schwanz?«

»Ich weiß es von der Blaskapelle der Pfadfinder. Alle vierunddreißig Bläser haben es bestätigt.«

»Du würdest ihn doch ohne Schiene gar nicht hochkriegen, du bist nur scheißeifersüchtig, Gus.«

Margaret wußte, daß sie sich am Ende einigen würden, und sie hatte gelernt, in aller Ruhe abzuwarten. Das Jugendtheater weigerte sich, Ungeduld zur Kenntnis zu nehmen – aus Prinzip.

»Halt's Maul. Also. Mal sehn. Wir fangen nächste Woche an. Am nächsten Dienstag. Maggie, kannst du jeden Abend kommen?«

»Na, keine Reaktion, Tante Mags?«

»Ich kann an den meisten Abenden hier sein, aber ab und zu muß ich auch nach Hause.«

»Das müssen wir auch.«

»Ja, aber sie hat einen Macker, zu dem sie gehen kann.«

»Klar, Colin. Hab ich schon getroffen. Knackiger Arsch.«

»Ich geh nach Hause, will zu Abend essen, ein bißchen fernsehen und zu Bett gehen. Was normale Leute so tun, schon mal davon gehört? Und da wir grad davon sprechen, es ist Zeit, nach Hause zu gehen. Höchste Zeit sogar, ich sterbe vor Hunger.«

»Aber wo ist denn hier der Rausschmeißer? Wir können doch gehen, wann wir wollen.«

»Ich bin hier der Rausschmeißer. Los, los, macht euch vom Acker, oder ich schließe euch ein.«

»Jaaah!«

»Die Lichter gehen gleich aus, der Alarm schaltet sich ein – ihr habt noch zwei Minuten. Eine Minute und achtundfünfzig Sekunden, siebenundfünfzig …«

Das Jugendtheater ergoß sich auf die Straße, johlte in die Nacht, Stöcke klapperten gegen die Fenstergitter. Allmählich verlor sich das Wolfsgeheul in der Ferne. Sie benahmen sich, wie es von ihnen erwartet wurde, und waren stolz darauf. Verlassen konnte man sich darauf aber nicht.

Gus, dessen richtiger Name Raymond war, hatte gerade seinen Sonntagsjob im Supermarkt verloren. Er hatte ein altes ausgestopftes Wiesel aus dem Zeichensaal seiner Schule entwendet und unter den Würsten der Frischfleischtheke versteckt.

Gus hatte langsam eine Lage von Wurstketten entwirrt, und eine freundliche, zierliche Dame war zu seinem Entzücken prompt in Ohnmacht gefallen. Als ihr Blick auf zwei blanke schwarze Äuglein und auf einen endlos langen Wieselschwanz fiel, schwanden ihr die Sinne.

Keiner wußte, warum er das gemacht hatte, nicht einmal Gus selbst. Er brauchte den Job, oder zumindest das Geld, das der Job einbrachte. Aber der Gesichtsausdruck der netten Dame, als sie an der Fleischtheke hinabglitt, die lässige Eleganz, mit der das Wiesel sich zwischen den Würsten lümmelte – all das fand er sehr befriedigend, zutiefst befriedigend sogar. Selbst als sein Vater ihm eine langte, weil er sich wie ein Arschloch benommen hatte, fühlte Gus noch eine gewisse Befriedigung.

Margaret saß im Bus nach Hause und dachte noch immer an Gus und wie er so etwas hatte tun können. Sie selbst war nur als Kleinkind rebellisch gewesen.

Ihre Erinnerungen an die Babyzeit sind voller Beispiele verblüffenden Eigensinns. Sie schaute in den Himmel hinauf durch die viereckige Öffnung des Kinderwagens und sah eine gerahmte Welt, im gleichen Format wie jene Welt, in der die Spaghetti-Western spielten. Cinemascope. Vielleicht funkelte sie deshalb alles außerhalb ihres Kinderwagens so wütend an wie ein winziger Revolverheld, aggressiv, ungebärdig und trotzdem unwiderstehlich.

Noch heute findet sie ihre Expeditionen ins Kino merkwürdig tröstlich, aber in ihrem Kinderwagen war der Himmel über ihr immer sehr hell gewesen, eher weiß als blau, und sie hätte viel lieber auf dem Bauch gelegen und ins Dunkle geschaut.

Allem Anschein nach war sie schon mit festen Eigenheiten geboren worden. Bei schlimmstem Wetter wollte sie ohne Schuhe, Strümpfe und Fäustlinge nach draußen. Sie wurstelte sich immer aus ihnen heraus, nur um zu erleben, wie sie ihr wieder angezogen wurden – wegen der Erkältungsgefahr. Sie schrie dann und fing gleich wieder zu wursteln an. Margaret legte sich gern auf den Bauch und nicht auf den Rücken, und ihr Vater drehte sie pflichtbewußt immer wieder um – wegen der Erstickungsgefahr. Mit Wonne ließ sie sich kopfüber vom Schoß ihres Vaters herunterbaumeln, was ebenfalls verboten war – wegen der Schielgefahr. Zentimeter für Zentimeter robbte sie sich an die Kante seiner Knie, eben wie ein kleiner Seehund, bis ihr Kopf frei nach unten hing. Sie besaß sogar ein Foto, auf dem sie genau in dieser Lage zu sehen war.

Margaret bereitete ihrem Daddy ernsthafte Sorgen, weil sie sich so exzentrisch benahm und weil er nur ein Mann war, der nicht genau wußte, was zu tun war. An Ladentheken und Straßenecken gaben ihm Frauen, die er kaum kannte, gute Ratschläge, was ihn davon überzeugte, daß er als Vater eine Niete war: Seine Fehler waren ja offenbar Stadtgespräch.

Als Margaret heranwuchs, schien ihr Charakter zu schrumpfen, und als sie so alt war wie Gus heute, hatte sie fast vergessen, wie sie einmal gewesen war. Ironischerweise waren es Mr. Lawrence und die *Fun Factory,* die in diesem Punkt eine sehr erzieherische Wirkung ausübten.

»Graham?«

Sie erwischte ihn im Café, wie er gerade zwei Kartoffelküchlein mit Käse aß. Eine Spezialität des Hauses.

»Ich weiß, Mädchen, reg dich nicht auf. Wir haben eine Stripperin aus einem feministischen Kollektiv angeheuert, die wird aus einem Riesen-Haggis springen, mit einem nuklearen Brennstab in jeder Hand, gerade wenn wir die letzte Strophe von ›Dainty Davie‹ singen. Wie findest du das?«

»Was?«

»Wolltest du nicht mit mir über den Ceilidh sprechen? Nachfragen, wie alles läuft?«

»Ja, auch, aber eigentlich wollte ich dir etwas über ein paar Mitwirkende erzählen. Wenn ich darf.«

»Du darfst alles singen, was du willst. Solange es vom Obersten Folklore-Sowjet abgesegnet ist. Da ich der Generalsekretär bin, hast du nichts zu befürchten.«

»Nein, ich kann nicht singen. Ich kann die Texte nie behalten. Es geht um das Jugendtheater. Einige von denen wollen etwas machen.«

»Wahrscheinlich ein bißchen LSD unter das Labskaus mischen.«

»Sie wollen singen. Sie werden gut ankommen. Elaine hat eine sehr schöne Stimme.«

»Okay, okay, ich kenne ihre Stimme, sie ist meine Nichte. Da siehst du, von wem sie das hat. Die Kleinen können singen, wenn sie wollen. Lawrence wird allerdings nicht begeistert sein.«

»Das ist mir egal.«

»Ich glaub's nicht!«

»Vielleicht bin ich sogar froh, wenn es ihm nicht gefällt.«

»Genau die Einstellung, die ich von einer bürgerlich-intellektuellen Parasitin erwarte. Gib ihnen einen Job, und sie werden es dir nicht danken. Du würdest dich anders benehmen, wenn du den Krieg mitgemacht hättest.«

»Graham.«

»Was ist?«

»Verpiß dich.«

»Okay, Mädchen, das werd ich wohl tun. Da steht noch eine Plastikdose voll Würmer im Kühlschrank. Die Kälte macht sie schläfrig. Ich geh die kleinen Burschen holen. Wir wollen doch nicht, daß Heather sie findet. Sie würde nur kreischen und sie aufwecken. Tschüß denn.«

»Graham? Graham!«

Er kehrte ihr den Rücken zu, und Margaret sah seine Mütze beschwingt davonsegeln.

Margaret ging hinaus und setzte sich auf das Mäuerchen am Parkplatz. Es war kalt, ihr Atem bauschte sich und schwebte bis auf die Straße, bevor er sich auflöste. Man glaubte ja nicht, wie weit der eigene Atem reichte. Ständig mußte man durch die Atemluft anderer Leute spazieren. Man war sich viel näher, als man dachte.

Heute war schon November. Letzte Woche war noch Oktober gewesen, dies war jetzt der November, und der würde vorwärts marschieren, bis zu seinem Ende, man konnte einen Monat nicht mehr stoppen, wenn er einmal begonnen hatte.

Jedes Jahr im November starb ihr Vater. Im März hatte ihr Daddy Geburtstag, im Juni kam der ihre; dann noch

Halloween und Guy Fawkes Day, und dann würde er sterben.

Er war zu Hause gestorben, ohne jemandem Bescheid zu sagen, irgendwann am Elften oder Zwölften. Margaret wollte es unbedingt genauer wissen, sie hätte so gern den Zeitpunkt gespürt, als er starb, gespürt, wie ein kalter Hauch ihre Seele berührte. Sie hätte es einfach ahnen müssen.

Die Nachbarn konnten ihr nicht viel erzählen. Das Licht in seiner Wohnung war abends eingeschaltet und später nicht mehr gelöscht worden. Seine Vorhänge waren und blieben zugezogen, er kam nicht heraus, um die Zeitung und frische Brötchen zu holen. In der Nacht hörte Mrs. Mitchell, die unter ihm wohnte, nicht die vertrauten ruhelosen Schritte über sich.

Die Sanitäter fanden ihn in seinem Lehnsessel, die Füße auf eine Fußbank gestützt, mit seinem Bademantel über Hemd und Hose, mit roten Pantoffeln und schwarzen Socken. Seine Hände ruhten auf Flann O'Briens *At Swim Two Birds,* einem Buch, das er alle zwei oder drei Jahre wiedergelesen hatte. Seine Augen waren geschlossen.

Sie vermißte ihn.

»Hallo?«

»Hi, ich bin's.«

»Selber hi. Was ist los?«

Meist merkte Colin sofort, wenn etwas nicht stimmte. Vielleicht hörte er es an dem Ton, mit dem sie sein Telefon klingeln ließ.

»Ich hab's satt.«

»Hat dich Lawrence wieder mal angemacht?«

»Nein, nein, er ist momentan nicht mal im Büro. Nein, ich fühl mich einfach mies. Wieso bist du zu Hause?«

»Hab heute früher Schluß gemacht. Hatte genug verkauft. Ich wäre beinahe in deine Wohnung gegangen.«

»Weshalb?«

»Ich wollte deine Wäsche plündern – mir ein paar von deinen Unterhosen holen.«

»Warum kommst du nicht hier vorbei? Wenn du Lust hast.«

»Irgend etwas stimmt doch nicht.«

»Es ist diese fürchterliche Jahreszeit.«

»Oh, Mist! Verzeih mir, Liebes, ich hab's vergessen. Bin gleich bei dir. Ich hab den Lieferwagen hier. Okay?«

»O ja. Danke.«

»Okay. Bis gleich.«

»Okay. Colin?«

»Ja?«

»Ich ... danke. Bis gleich.«

Er kam mit zwei Zitronen-Doughnuts in getrennten Tüten, zwei Styropor-Bechern mit Kaffee und einer Schinken-Champignon-Pizza.

»Gibt dir Kraft.«

Sie fuhren mit dem Lieferwagen hinaus und hielten dann, um ihren Snack zu essen, in Sichtweite des langen, grauen Flusses, der die leeren Docks umspülte. Der Wagen stand quer auf braunen Metallschienen, die unter zugeketteten Toren hindurchglitten und verschwanden.

»Er ist morgen gestorben.«

»Ich weiß, ich hab mich wieder erinnert. Ich hätte früher daran denken müssen.«

»Schon gut. Ich bin froh, daß du gekommen bist.«

Colin holte Papierservietten hervor, und sie wischten sich die Hände ab, bevor sie sich fest umarmten. Colins Mund schmeckte nach Zitrone und Zucker. Die Heizung und ihr Atem ließen die Fenster völlig beschlagen.

»Willst du nach Hause?« Er sprach sehr leise und nach einer langen Pause.

»Nein, ich muß zurück. Es geht schon wieder.«

»Ich bleibe, bis ihr zumacht.«

»Mußt du aber nicht.«

»Ich weiß.«

Als Margaret ihn verließ, saß er im Café des Zentrums und sah fern, während das Krabbelkind von irgend jemandem mit seinen Füßen spielte.

Als er vor seiner leeren Tasse saß und in der Zeitung blätterte, bekam er zufällig eine Unterhaltung mit.

»Ich verstehe ja Ihr Problem, junge Frau. Mein Gott, in so einer Lage sind wir doch alle schon gewesen, aber es gibt eine Lösung, und die sag ich Ihnen jetzt. Alles, was wir brauchen, sind genug Leute, die sich hier einschreiben, und dann können wir einen Kreditverein gründen. Überlegen Sie sich das – ein Pfund ist nicht viel, aber wenn man hundert Leute zusammenbekommt, die alle ihr Pfund beisteuern... Wieviel haben Sie denn?«

»Hundert Pfund. Aber einen Kredit könnte ich mir nie leisten. Ich könnte ihn nicht zurückzahlen.«

»Bei einer Bank nicht, das würden Sie nicht schaffen, aber hier würde der Verein Ihnen helfen, Ihr Geld wirklich zu sparen, es vor Ihrem Mann in Sicherheit zu bringen, Sie verstehen schon. Sie bekommen ein paar Zinsen, und wenn Sie einen Kredit aufnehmen wollen, kostet Sie das nur niedrigste Zinsen. Das ist nicht wie bei einer

Bank – das ganze ist in den Händen von Leuten wie Sie und ich. Diese Leute verstehen, wie das ist mit den Rechnungen und mit dem Geburtstagsgeschenk für den Kleinen und den Anschaffungen, wenn die Kinder wieder einmal aus ihren Sachen herausgewachsen sind. Die haben dafür Verständnis.«

Colin verkaufte den Leuten Satellitenschüsseln; er wußte, wie es sich anhörte, wenn ein Verkäufer auf Kundenfang ging.

»Entschuldigen Sie.«

Colin stand auf, drehte sich um und sah eine Frau an einem der Tische sitzen, neben sich einen unruhig wakkelnden Kinderwagen. Ein scharflippiger Mann in einem dunkelblauen Anzug saß dicht neben ihr. Während er sprach, wippte sein Kopf auf und ab wie eine stolzierende Taube oder ein pickendes Huhn.

»Entschuldigung.«

»Ja?« WIPP.

»Ich habe Ihr Gespräch zufällig mitgehört. Sie haben da über einen Kreditverein geredet.«

WIPP, WIPP. »Das habe ich, mein Lieber, und zwar zu dieser Dame hier. Wenn Sie mehr Information möchten«, WIPP, »schreibe ich mir gerne Ihren Namen und ihre Adresse auf, sobald wir fertig sind.« WIPP.

»Nein, nein, schon gut. Ich dachte bloß, Sie müßten einen Freund von mir kennen – Bobby Sinclair – er hat mir alles über diese Sache erzählt, als ich ihn das letzte Mal getroffen habe.«

»Ach ja,« WIPP, »natürlich, Bobby,« WIPP, »netter Bursche.«

»Ist er immer noch versessen aufs Bergsteigen?«

»Klar, ja, ja.« WIPP.

»Und immer noch seine scharfen Pferdchen und seine beknackte Taubenzucht?«

»Es geht ihm blendend.« WIPP. »Ich werd ihm sagen, daß Sie nach ihm gefragt haben.«

»Ja, tun Sie das bitte. Wissen Sie, er hat mir gesagt, daß Kredithaie ihre Agenten ausschicken, sobald sie hören, daß sich irgendwo ein Kreditverein formiert. Diese Agenten tun dann so, als kämen sie vom Verein, sie finden heraus, wer in der Gegend Geld braucht, dann machen sie ihnen Angebote, die sie unmöglich ablehnen können. Die Kredithaie mögen keine Vereine. Ich glaube übrigens, ich habe eben Ihren Namen nicht mitgekriegt.«

»Nein«, WIPP, »nein, das glaube ich auch nicht.« WIPP, AUF, WIPP. »Mrs. Muir, ich fürchte, ich muß jetzt dringend weiter.« WIPP. »Aber ich melde mich wieder bei Ihnen, ich hab ja Ihre Adresse.« WIPP, WIPP.

Er griff nach seiner Mappe und wollte gerade gehen, als Colin seine Stimme erhob.

»Meine Damen und Herren, dürfte ich Sie für einen Augenblick um Ihre Aufmerksamkeit bitten! Dieser kleine Gauner hier, der gerade das Zentrum verläßt, arbeitet für einen Kredithai. Ich habe keine Ahnung, für welchen, aber das ist mir auch egal. Er hat euch vielleicht erzählt, er arbeitet für einen Kreditverein. Das war eine Lüge. Wenn er für einen Verein arbeitete, würde er Bobby Sinclair kennen, der im Rollstuhl sitzt, weil er MS hat. Viele Berge klettert der nicht mehr rauf, unser Bobby.

Ich denke mal, bevor er geht, sollte dieser Mann noch sein Adreßbuch bei uns lassen, damit die Dinge draußen nicht allzu häßlich werden müssen ... Vielen Dank. Ich glaube nicht, daß Sie sich noch einmal hier sehen lassen sollten, wir werden Ihr Gesicht nicht vergessen.«

Der Mann ging kopfwippend auf den Ausgang zu, im Rücken ein bedrohliches Schweigen. Er drehte sich kurz um und schaute Colin an.

»So, jetzt kenne ich auch Ihr Gesicht, Sie Wichser. Ich werde Sie wiedererkennen.«

Ein paar von den Männern wollten hinterher, einer traf sogar noch mit einem Ziegelstein seinen Wagen, als er losfuhr. Colin blieb drinnen bei dem Kinderwagen und Mrs. Muir. Er lud sie auf einen Tee ein, aber ihre Hände zitterten noch so sehr, daß sie den Becher kaum halten konnte.

In seinem späteren Leben hat Colin eine Erinnerung, nämlich diese: Mr. Webster beugt sich tief über ihn und spricht.

»Um zu beweisen, daß ich nichts gegen Sie als Person habe, will ich Ihnen etwas Nettes sagen: Sie haben schöne Zähne.«

Manchmal träumt Colin jetzt beinahe davon, aber es bleibt immer ein bißchen im Nebel. Obwohl er mit dem Geschmack des Atems eines anderen Mannes im Mund aufwacht, versteht er es nicht und hat deshalb auch keine Angst. Heute Nacht hat Colin auch geträumt, diesmal eine sonnige Szene, und die Luft in seinem Zimmer wurde heiß und sandig.

In einem anderen Bett, vier Meilen entfernt, einen Katzensprung für Colin, wenn er joggt, rührt Margaret sich. Sie dreht sich auf die Seite und kneift die Augen fest zu, hält den Schlaf fest, die angenehmen Bilder.

Es ist Sommer. Ein breiter Streifen honigfarbenen Lichts fällt durch das Küchenfenster auf den Holztisch, der, wie Margaret sich erinnert, in der Mitte des Raumes stand. Sie beobachtet sich selbst, ihre Seele im Körper eines kleinen Mädchens, das mit hängenden Beinchen und schweren Füßen auf der Tischkante sitzt. Ihre Haut ist so kindlich hellbraun, wie sie es heute nie mehr wird, und ihre beiden Knie bluten.

Das kommt von einem Sprung. Sie ist auf einer Mauer balanciert und dann gesprungen, ein Sturz auf die Knie. Das tat weh.

Ein Knie wird von der Sonne beschienen, das andere nicht, daher fühlt sich das eine wärmer und angenehmer an als das andere. Beide brennen so sehr, daß Margaret von Zeit zu Zeit weinen muß.

Dann, ganz plötzlich, ist sie glücklich, weil sie ihren Vater summen hört. Während sie auf ihren eigenen Kopf herabblickt und zugleich aus den Augen einer Dreijährigen schaut, hört sie dieses Geräusch. Er schnippelt und klappert irgendwo und summt dabei, wie er es immer macht, wenn er herumwerkelt.

Dann kommt er zu ihr, lebendig und voller Schwung, mit dichtem dunklen Haar, die Ärmel seines blauen Hemdes sind aufgekrempelt, und man sieht die muskulösen, hellen Arme. Er schaut sie an, beugt sich herab zu ihr und etwas vor, so daß sie von oben in seine Augen sieht.

»Jetzt lege ich das alles hier neben dich. Das Pflaster und die anderen Sachen. Nein, guck nicht hin. Du brauchst nicht hinzugucken.«

Er holt Atem und seine Augen lächeln.

»Bist du tapfer? Ich nicht. Ich kann kein Blut sehen.«

Margaret hört ein Lachen, dann kommt eine Frau auf den Tisch zu, von der sie weiß, daß es ihre Mutter sein muß, obwohl sie sich nicht an ihr Aussehen erinnern kann. Das Lachen ist eines, das Margaret heute selbst benutzt, und kommt aus einem vage vertrauten Mund. Augenbrauen, die sie sehr an ihre eigenen erinnern, werden hochgezogen. Margaret wird bewußt, wie wenig sie ihrem Vater ähnelt. Nur seine Eigenarten hat sie geerbt, nicht sein Aussehen, was ihr irgendwie undankbar vorkommt. Margarets Mutter spricht.

»Ted, ich mache das nicht. Das ist deine Aufgabe. Du machst das, ich nicht.«

Sie lacht noch einmal, dann verblaßt ihr Bild und verschwindet schließlich ganz, während Klein-Margaret sich ihrem Vater und seiner Jodflasche zuwendet, seinem angedeuteten Lächeln.

»So, es ist also entschieden. Es wird uns gar nicht gefallen. Es wird weh tun. Aber nur ein bißchen, nur eine Minute, und dann wird alles wieder gut. Danach wird es ganz schnell heilen. Halt dich fest. Vielleicht solltest du dich ... halt dich an mir fest.«

Er stellt die Flasche hin und hält nur ein jodgetränktes Läppchen in der Hand. Die freie Hand streckt er ihr entgegen.

»Halt meine Hand fest. Hm? Wenn du meine Hand hältst, hab ich keine Angst.«

Margaret sieht, wie der Kopf ihres Vaters sich über den ihren beugt und er sie aufs Haar küßt, und sie spürt, wie etwas wie Feuer nach ihren Beinen greift.

Die ersten Windstöße eines vorhergesagten Sturms heulen die Straße entlang und singen in den Telefondrähten, angenehm melancholisch, und nach unserer Zeit ist es 1 Uhr 23. Draußen vor Margarets Fenster glitzern die geparkten Autos, während feiner Regen in Schleiern auf die Windschutzscheiben fällt, Perlen bildet und herunterläuft. Reifen quietschen, nicht weit entfernt. Colin liegt im Dunkeln auf dem Rücken und hört zwei Frauen lachen und dann leise fluchen.

Margaret wacht kurz auf und spürt, wie eine Träne, bestimmt von ihrem Daddy und nicht von ihr, herunterfällt und einen warmen Fleck auf ihrem Arm macht. Daddy nimmt sie auf den Arm und drückt sie fest in etwas hinein, das nicht weh tut, aber wie Feuer brennt.

Ihr Geist taucht ein in einen anderen Sommertag. Im vorigen Jahr? Im Jahr davor? So ungefähr.

Einige vom Jugendtheater liegen bäuchlings im Gras und hören Songs von den Talking Heads. Gus und Tam und Susan spielen mit Feuer. Sie haben das schon oft gemacht. Es macht ihnen Spaß.

An schönen, windstillen Tagen wie diesem trinken sie erst einen Schluck Milch, um den Magen auszukleiden, und dann her mit den Fackeln, dem Spiritus, der Flamme. Wahrscheinlich brauchen sie gar kein Training und machen das mehr zum Vergnügen. Weshalb auch immer, sie trainieren jedenfalls. Sehr konzentriert. Sie sind sorgfältig – und weit weg von Lawrence – ausgebildet worden, von einem eigenartig aussehenden Mann ohne Haare, was offensichtlich den Umgang mit dem Feuer sehr erleichtert hat.

»So ist es leichter, Mann. Du mußt glatt sein. Glatt, Mann. Und vorsichtig.«

Sagte er an einem kühlen, bleichen Morgen streng in das grinsende Gesicht von Gus hinein.

»Wenn du damit Scheiße baust, bist du am Ende der Angeschissene. Es nimmt keine Rücksicht. Und du mußt dich mehr darauf konzentrieren als alle anderen hier. Deine Einstellung ist tödlich. Aber keine Sorge, normalerweise nur für dich selbst.«

Sie waren jetzt alle gut im Konzentrieren. Und im Spiel mit dem Feuer. Wenn Lawrence mal einen Tag fort war, befreiten sie das Feuer aus der Flasche und ließen es davonfliegen. Das machte Margaret manchmal Sorgen.

»Eines Tages, Kinder, wird er zu früh zurückkommen und euch alle als gefährliche Waffen einstufen. Und ich werde meinen Job verlieren.«

»Ach Maggie, reg dich nicht auf. Es ist einfach zu heiß.«

Gus nahm einen großen Schluck aus der Flasche und blies ihn als brüllende, beißende, orange-rauchige Flamme wieder aus. Und noch einmal.

»Los, packt zusammen; wir schließen gleich.«

»Dann schließ doch, wir sind ja eh draußen.«

Susans Stimme war plötzlich dicht an Margarets Ohr.

»Warum versuchst du's nicht auch mal? Ist kinderleicht.«

»Ach du Scheiße. Willste's nich versuchen?«

»Los, mach schon!«

Die Sonnenstrahlen fielen schräger und schienen den Kies einzuebnen.

»Nein.«

»Is kinderleicht. Brauchst nur zu spucken.«

»Nein.«

»Probier's mal. Wenn du's mit Wasser kannst, kannst du's mit allem.«

»Wie zum Beispiel Feuer.«

»Jau.«

»Nein. Seh ich aus, als wär ich verrückt?«

»Würdest du's machen, wenn wir ja sagten?«

»Und was denkt ihr?«

»Jaaaaa! Klasse, Maggie!«

»Nein! Das war ein Nein. Das hieß nein.«

»Für mich sieht sie völlig verrückt aus. Was meinst du, Tam?«

»Die Verrückte Maggie. Vollkommen verrückt.«

Das hatte was. »Die Verrückte Maggie« genannt zu werden. Die kleinen Teufel, sie wußten, was zog. »Die Verrückte Maggie« zu sein.

»Ihr Satansbraten!«

»Das sind wir. Also los!«

Es war wunderbar. Anfangs schloß sie die Augen, aber beim vierten Mal schaute sie einfach zu, was ihr Atem hervorbringen konnte. Es war, als führe ihre Seele aus ihrem Körper. Sie hatte schon immer gewußt, daß ihre Seele diese Farbe hatte.

Aber sie war nicht dabeigewesen, als das, wovon sie jetzt träumt, geschah. Sie war hineingegangen, um ihr Gesicht zu waschen und ihren Mund auszuspülen, der wirklich ekelhaft schmeckte. Sie hatte über den Applaus gelächelt, als sie fertig war, war sogar einen Moment stehengeblieben, um ihn entgegenzunehmen, bevor sie hineinging. Ihr Geist bleibt draußen in der Sonne, schaut zu.

Gus beschloß, die Spiritusflasche zu leeren. Die meisten waren schon gegangen, nur ein paar saßen noch auf der Wiese, und er stand da, den Kopf in den Nacken gelegt. Die Sonne ließ das braune Glas aufleuchten, als er die Flasche an die Lippen setzte. In dem Moment hielt Lawrences Auto unten auf der Straße, und er stieg aus. Gus spuckte kräftig aus. »Du da! Du. Was machst du da? Trinkst du etwa? Wenn du trinkst, rufe ich die Polizei, und dann bekommst du Hausverb ...«

»Ich trinke nicht. Wenn man nicht schluckt, trinkt man nicht.«

Lawrence war jetzt näher gekommen. Wer Gus' Gesichtsausdruck sehen konnte, wußte, daß er schon zu nah gekommen war. »Was machst du da also? Erklär mir das.«

Als Gus keine Antwort gab, richtete Lawrence die Frage an die Runde. »Was macht ihr hier?«

Über die Schulter hinweg sagte Gus zu Susan:

»Dreh die Musik auf, und wir werden ihm zeigen, was wir proben, okay?«

»Aha, das hier soll also eine Probe sein. Und ich soll glauben ...«

»Schade, daß es nicht ›Burning Down the House‹ ist. Das wäre perfekt gewesen.«

»Vielleicht nächstes Mal. Vielleicht.«

»Also los dann. Los.«

Gus begann, einen weiten Bogen zu gehen, und zwang damit Lawrence, ebenfalls einen zu machen, zum Klang der Musik, die in der Hitze und der frischen Luft seltsam unberechenbar wirkte. Tam gab Gus eine neue Fackel, und der prüfte die Windrichtung, beobachtete, wohin sich die Flamme wölbte. Als Gus die Flasche hob, berührte Susan Lawrence am Arm.

»Mr. Lawrence, an Ihrer Stelle würd ich lieber aus dem Weg gehen. Sie wollen sich doch nicht verbrennen, oder?«

Margaret träumt vom Züngeln und Flackern des Feuers, das sich in Fensterscheiben spiegelt, flimmernde Hitze über Mauern jagt und Augen in seltsamen Farben leuchten läßt.

Sie träumt von Gus; sein Hals ist zurückgebogen wie der eines Vogels. Er läßt seine Füße tanzen, nur ein wenig, achtet darauf, ob sich der Wind plötzlich dreht, achtet auf die Flamme. Er geht kein Risiko ein, aber in seinem Gesicht taucht etwas Wildes auf. Er läßt den Rest des Spiritus in einem letzten Atemstoß explodieren.

Als Gus den Arm hob, um sich über den Mund zu wischen, schien es, als schrecke Lawrence vor ihm zurück.

»Was halten Sie davon, Mr. Lawrence? Toll für Kinderparties und Rentnerausflüge. Oder was meinen Sie?«

Lawrence schien eine Entscheidung zu treffen. Keiner hätte sagen können welche, aber er nickte ein paarmal zur Bekräftigung, bevor er sprach.

»Ich finde, das ist eine interessante Kunst. Nicht nützlich, aber interessant. Das Personal ist im Zentrum?«

»Ich glaube ja; hab niemanden gesehen, seit wir hier sind. Hier draußen ist nicht ihr Revier, oder?«

»Wie heißt du? Ich darf doch fragen, oder?«

»Klar, ich frag mich nur, warum Sie das wissen wollen.«

»Weil es mich interessiert. Sagt dem Personal, daß ich vorbeigekommen bin.«

»Warum?«

»Wie bitte?«

»Sind Sie aus einem besonderen Grund vorbeigekommen?«

»Nein.«

Als das Auto abgefahren war, stellte Susan die Musik ab.

»Und du mußtest auch noch die blöde Musik dazu haben. Du cooles großes Arschloch. Du bist ja völlig durchgeknallt, ist dir das klar?«

»Hmm?« Gus schien an etwas anderes zu denken. Er stieß mit der Fußspitze in den Kies und summte leise vor sich hin. »›Three hun-dred ... sixt-ty five deg-rees. Burning down –‹«

»Aber ich habe ihm Angst eingejagt, oder?«

Susan lächelte. »Das hast du.«

»Ich habe *ihm* Angst eingejagt! Das hab ich fertiggebracht. Und es war ganz einfach. Ich hab nicht gedacht, daß das so einfach wäre.«

»Was wäre so einfach?«

Und Margaret kommt heraus in die sinkende Sonne, spürt sie auf Gesicht und Schultern, spürt, wie der Kies unter ihren Füßen nachgibt, wittert den sauren Geruch von verbranntem Spiritus und Schweiß, in den sich der süße Duft welken Grases mischt.

»Was wäre so einfach?«

»Das jeden Tag zu tun, Maggie. Das und nichts anderes zu tun, jeden Tag.«

Margaret überläßt sich jetzt ganz der Wärme ihres Bettes, seufzt auf und blendet die Sonne aus.

Das erste Mal, als Gus und die anderen das Feuer vorführten, die Flammen in die feuchte Dämmerung lodern ließen, fragte sich Margaret, wie vorbildlich ihre eigene Rolle war. Wohin führte sie diese Menschen?

Bei einer abendlichen Galavorstellung, als die Hitzewellen beinahe die Zuschauer streiften, mußte sie daran denken, daß die Kids sich den ganzen Tag angestrengt hatten, nur um am Ende die Münzen aus dem Dreck zu klauben. Sie hatten ihre Possen gerissen und ihre Rollen gespielt; Susan und Elaine hatten jongliert; sie hatten hart gearbeitet, und nun mußten sie sich bücken, um den Obolus aufzusammeln, den man ihnen wie eine wortlose Beleidigung vor die Füße warf.

Das hatte etwas Beklemmendes. Häßliche Blicke der Zuschauer lasteten auf ihnen, wenn die Vorstellung zu Ende war und der Hut herumging, Hände Geld hineinwarfen. Die heutigen Einnahmen waren für ein Krankenhaus bestimmt, aber das änderte nichts. Sie schrieen sich heiser, um dieses Gefühl zu übertönen.

»Behaltet's in der Tasche oder werft's in den Hut, nur keine Hemmungen! Helft der Dialysestation! Wenn ihr's nicht tut, tut's keiner. Hofft, daß ihr sie nie braucht, aber zahlt für den Ernstfall – so ist's recht. Alle Scheine bitte falten. Helft Leben retten. Danke, danke, danke.«

»Ist das nicht beschissen? Man bittet die Leute, ihre eigene Haut zu retten, und sie gucken dich an, als hättest du ihnen ins Gesicht gespuckt. Da wird einem doch kotzübel.«

Das gleiche Gefühl legte sich über die *Fun Factory,* wenn die bleichen jungen Frauen und Männer hereingeschlurft kamen, in der Hoffnung, eine Mahlzeit zu ergattern, eine warme Mahlzeit. Man fing an zu frösteln, wenn man nah bei diesen Leuten stand.

Solange Lawrence nicht hinschaute, bekamen sie ihre Portion – ohne Bezahlung – und gingen wieder. Eben waren sie da, und wenn man wieder hinsah, waren sie weg. Was blieb, war ein Frosthauch.

Margaret beobachtete die Kids vom Jugendtheater und fragte sich, was aus ihnen werden würde, wenn sie hier fortgingen. Falls sie überhaupt irgendwohin gingen. Auch sie selbst war in einer Sackgasse, hatte den Punkt fast überschritten, an dem sie sich eine Veränderung zum Besseren, ja überhaupt eine Veränderung vorstellen konnte. So jedenfalls fühlte sie sich. Noch so jung und schon am Ende.

Sie predigte diesen Leuten, sauber und anständig zu bleiben, ihr Leben in die Hand zu nehmen, aber was hatte das mit ihnen zu tun? Margaret wußte nur zu gut, daß sie selbst in diesem Alter weder sauber und anständig geblieben war noch ihr Leben in die Hand genommen hatte. Manchmal wurde sie um Rat gefragt, und was konnte sie ihnen dann sagen? Was wußte sie? Hatte sie etwas gelernt?

Manchmal hatte sie Lust, ihnen von jener Nacht unten im Süden zu erzählen, als sie, mitten im Herzen Englands, das Zigarettenpapier mit Öl bestrichen und dann englisches Gras und Mentholtabak hineingerollt hatte.

Sie hatte am Fenster gesessen, den Rauch zu den Sternen geblasen und sich nach Colin gesehnt. In diesem Haus hatten sie zusammengelebt, und jetzt war er nicht mehr da. Sie mußte zu ihrem Vater zurückkehren und sein Mitgefühl ertragen, während sie sich unaufhörlich Colin zurückwünschte. Sonst gar nichts.

Sie rauchte, bis ihre Lungen durchsichtig wurden, dann schwarz, dann eine andere, heiße Farbe annahmen; bis sie Lust bekam, sich auf den Boden zu legen, den Rauch aufsteigen und sich selbst fallen zu lassen.

Die Bretter des Fußbodens drückten gegen ihre Ellbogen, Fersen, Rückenwirbel, den Schädel, bis sie glaubte, auf diesen Punkten freischwebend zu balancieren. Eine Kraft wuchs in ihrem Kopf, oder das Echo einer Kraft, und es schien ihr, als müßte Colin es fühlen, wenn sie sich jetzt selbst berührte. Wenn sie seinen Namen nur intensiv genug dachte, würde er sich in seinem Kopf zu einem Wort formen. Wenn sie ihr Begehren in Schweiß und Bewegung verwandelte, würde er es spüren. Diese geballte Energie würde eine Botschaft ins Universum jagen.

Am Morgen wachte sie mit nassen Füßen auf, es hatte in ihr Fenster geregnet. Ihre Bewegungen hatten etwas Schweres, Unförmiges, Geschwollenes. Sie hoffte, daß sie den Grund dafür, daß sie auf dem Fußboden lag, nur geträumt hatte. Wenn es kein Traum war, bedeutete es, daß sie viel törichter war, als sie sein wollte.

Nicht verrückt. Töricht. Margaret möchte, daß das Jugendtheater weiß, wie töricht sie sein kann.

Margaret wunderte sich über die Art, wie sie Dinge lernte. Jemand, den sie sehr gut kannte, konnte etwas sagen, was ihr vollkommen einleuchtend erschien, doch wenn ein völlig Fremder den vertrauten Satz anders formulierte, war er plötzlich da – der Sinn, den sie schon verstanden zu haben glaubte, da war er, ganz deutlich und ganz neu. Und wieder einmal begriff sie, daß sie nichts begriffen hatte.

Oder vertraute Menschen lehrten sie etwas auf ungewohnte Weise.

Oder Worte, die sie in der Schule gehört hatte, gingen ihr plötzlich auf, und sie begriff, daß sie Täuschungen gewesen waren, Halbheiten, Ausflüchte, Bruchstücke von etwas Größerem, bei dem sie nicht zugehört hatte. Ebenso ging es ihr auf der Universität. Jetzt würde sie gern noch einmal zurückgehen, denn jetzt wäre sie aus eigenem Antrieb dort und nicht ihrem Vater zuliebe.

Oder sie ging schlafen und wachte am nächsten Morgen mit einem Gedanken auf, den sie noch nie zuvor gedacht hatte. Manchmal wußte sie, daß ihr Vater ihn eingepflanzt haben mußte.

»Prinzessin? Hallo, meine Prinzessin. Schläfst du?«

Er flüsterte so leise, daß Margaret ihn kaum hören konnte. Sie wußte, daß er eigentlich mit sich selbst sprach. Er ließ einen Lichtstrahl in ihr Zimmer fallen, trat ein und sperrte ihn wieder hinter sich aus. Auf Zehenspitzen kam er näher, und die eine Seite des Betts gab unter seinem Gewicht nach. Margaret rührte sich nicht, machte die Augen nicht auf. Sie wußte, daß er bei ihr sein wollte, sonst nichts. Das war irgendwie schön, nicht so schön wie miteinander reden, aber schön.

»Da liegt sie. Schläft tief und fest. Was machen wir nur? So kann es nicht bleiben. Am Ende werde ich nicht mehr da sein. Am Ende wirst du für dich selber sorgen müssen. All die Sorgen, all das Schwere. Wir sollten immer so zusammen bleiben, dann könntest du nachts immer ruhig schlafen, und schließlich würde vielleicht auch ich schlafen. Das wäre gut.«

»Prinzessin?«

Sie zuckte ein bißchen zusammen, fühlte, wie er sie ansah, spürte seinen Blick.

»Pscht! Ich will dich nicht aufwecken. Will dich nicht wecken. Ist ja schon gut. Alles ist gut. Mach dir keine Sorgen, gar keine.

Nicht mal ich mache mir welche. Weißt du das? Ich schicke sie weg, verstehst du. Ich stell mir ein Eisenbahngleis vor, die beiden Schienen, silberne Linien. Und ich stell mir einen Bahnhof vor; irgendeinen Ort, wo der Zug ankommen und einfahren soll. Man kann auf dem Bahnsteig auf und ab spazieren und weiß genau, daß der Zug hier halten wird, denn er hat kein anderes Ziel.

Und was ist, wenn der Zug ankommt? Dann lade ich alle meine Sorgen darauf, damit er sie mitnimmt. Und er nimmt sie mit, die silbernen Schienen entlang. Ich versprech dir was. Ich mache dir auch so einen Zug, das verspreche ich dir. Er wird auf Silber fahren, schnurgerade und sicher. Nichts wird ihn aufhalten, Prinzessin, er rollt einfach weiter. An mir vorbei und fort. An mir vorbei.«

Das klang so traurig, daß Margaret sich räusperte und sich umdrehte, bis ihr Bauch durch die Decken den Oberschenkel ihres Vaters spüren konnte.

»Oh, jetzt hab ich dich geweckt. Das tut mir leid.«

»Hallo.«

»Das ist meine Margaret. Die Augen voller Mondlicht, die Ohren voll Wasser. Womit habe ich so eine Tochter verdient? Schlaf schnell wieder ein, es tut mir leid.«

»Erzähl mir was!«

»Was denn?«

»Irgendwas. Eine Geschichte.«

»Du hast schon zu viele Geschichten gehört. Schluß jetzt. Morgen ist Schule.«

»Ich brauch ja nicht hinzugehen.«

»Doch, du mußt. Schlaf weiter. Na gut! Wir werden den Gepäckträger bestellen, damit er dich abholt, mein Schatz. Wohin soll die Reise denn gehen?«

»Nach Blackpool.«

»Wieso Blackpool?«

»Ich spiel bloß. In Wirklichkeit bin ich lieber hier, aber jetzt will ich nach Blackpool.«

»Wie willst du hinkommen?«

»Mit dem Schiff.«

»Alles klar. Ist die See stürmisch oder ruhig?«

»Ganz ruhig.«

»Nicht ein ganz kleines bißchen stürmisch?«

»Nein.«

»Na, mal sehen, was sich machen läßt. Siehst du die See, siehst du sie? Nicht schlecht für diese Nachtzeit. Halte du nach Taifunen Ausschau! Und mach dir nichts draus, wenn andre Leute dich auslachen.«

Und ihr Vater stemmte sich mit den Händen auf ihre Matratze und ließ sie federn, erst sanft, dann heftiger, und schließlich ließ er das Bett so wild hüpfen, daß sie kreischte, und dann wieder sanfter und sanfter, bis die Schwingung aufhörte und sie beide wieder zur Ruhe kamen.

»Mehr!«

»Morgen gibt's mehr.«

»Jetzt ist morgen.«

»Dann gibt's übermorgen mehr.«

Er küßte sie auf die Stirn und wickelte die Decke so fest um sie, daß es unbequem war. Aber es war trotzdem schön wegen der liebevollen Absicht, die dahintersteckte.

Er war immer liebevoll zu ihr, doch in seinem Inneren gab es einen Ort, zu dem er sie nicht vordringen ließ. Sie konnte nichts dagegen ausrichten, daß er einsam war und in seinem Schlafzimmer auf und ab ging und auf etwas wartete, das sie nicht verstand. Eine große Hilfe war sie ihm dabei nicht gewesen, und auch sonst nicht. Eine ziemlich nutzlose Tochter eigentlich, wenn sie so darüber nachdachte.

Als James sie auf die Schulter tippt, wendet Margaret sich ihm automatisch zu, ohne zu überlegen, wer es ist. Wieder überrascht sie sein Anblick, als müßte er eigentlich jetzt, da sie weiß, wie normal er im Inneren ist, auch normaler aussehen. Seine blauen Augen blicken leicht spöttisch. »Was ist los? Möchtest du etwas?«

Würde sie es notfalls schaffen, ihn auf die Toilette zu bringen? Was würde sie tun, wenn sie dort angekommen wären?

James verschränkt die Hände und stützt seinen Kopf darauf.

»Hast du geschlafen?«

Er nickt und zeigt auf sie.

»Nein, ich hab nicht geschlafen.«

Er lächelt und nickt mit dem Kopf, klopft mit der Hand aufs Papier.

SCHNARCHEN HAS MICH GEWECKT

»Was? Ich hab nicht geschnarcht. Hab ich wirklich geschnarcht?«

James kichert und klatscht in die Hände.

»Meinst du das ernst? Ich hab geschnarcht? Vor all diesen Leuten? Im Ernst, James?«

James kichert wieder und krakelt aufs Papier.

SCHERZ

»Bloß ein Scherz?«

Nicken und ein breites, flüchtiges Lächeln.

»Ein Scherz also.«

Verzeihungsgeste mit den Händen.
»James, du hast einen seltsamen Humor.«
Geschlossene Augen, hängender Kopf.
»Ich könnte jetzt böse sein.«
James will sich abwenden, Margaret beugt sich zu ihm und zeigt auf das Papier.
SCHERZ
»Ich hab bloß einen Scherz gemacht. Ich bin nicht böse. Ich mach bloß Spaß, James. Ich mach bloß Spaß, okay?«
SCHERZ
»Ja, ich hab nur einen Scherz gemacht. Sei nicht traurig.«
James dreht sich um und schüttelt den Kopf. Er zeigt auf seine Brust.
»Ach, du hast auch bloß Spaß gemacht.«
Nickt.
»Okay. Dann werd ich einfach wieder böse.«
James kichert und schlägt sich die Hände vor den Mund, zeigt wieder aufs Papier.
SCHERZ
»Du bist mir einer! Gleich pack ich dich und werf dich durchs Abteilfenster und dann seh ich im Vorbeifahren zu, wie du hopst wie ein Gummiball!«
SCHERZ
»Mm hm. Und du kannst dann gerade noch den letzten Wagen erwischen, dich am Zug entlanghangeln, durchs Fenster klettern und als Rache meinen Kaffee vergiften.«
SCHERZ GUT ABER
»Aber was?«
KANNICH KLETTERN KANNICH GEHN

»Ja. Weiß ich, aber Scherze müssen nicht wahr sein, oder?«

James nickt und sieht an ihrem Kopf vorbei aus dem Fenster. Margaret weiß nicht, was sie sagen soll. Als sie versucht, seine Hand zu streicheln, schreibt er wieder.

BIN GEHEIM

»Du bist geheim? Was meinst du damit?«

KEINER WEISS BESCHEIT NIEMANN

»Worüber weiß keiner Bescheid?«

MICH

»Ah, jetzt weiß ich, was du meinst, James, ich glaube, ich weiß, was du meinst.«

SCHERZ

»Nein, James, ich weiß wirklich, was du meinst.«

Margaret und James fangen an, Trictrac zu spielen und ziehen die Linien zwischen James' Worten.

»James, warum schreibst du nicht einmal GEMOGELT hin, und zeigst dann einfach drauf, wenn du willst? Und ich kann auch drauf zeigen.«

Die Hügel um sie herum werden allmählich flacher, und kleine Ortschaften schmiegen sich in die Senken dazwischen. Graue Steinhäuser und Straßen ziehen vorüber, in den Schoß braun-grüner Hänge gebettet. Ein Städtchen liegt im Schatten brodelnder Wolken, wird aber vom gleißenden Licht hervorbrechender Sonnenstrahlen getroffen, als zeige Gott mit dem Finger darauf. Es scheint, als wolle er aus einem geheimen Grund darauf hinweisen, während der Zug, hin und wieder von Bahndämmen verborgen, südwärts rollt.

Margaret spielt immer noch mit James, weil sie beide gern Spiele spielen. Beide wissen, daß sie durchaus zu größeren und tieferen Dingen fähig sind, haben aber jetzt gerade keine Lust darauf.

Colin war versessen auf Spiele.

Margaret hatte ihn mit derselben eigentümlichen Hingabe Billard, Fußball, Badminton und Domino spielen sehen. Wenn sie in einem Pub zufällig in einen Quiz-Abend gerieten, konnte er es nicht lassen, mitzumachen und auch noch das Endergebnis abzuwarten. Er liebte jede Art von Wettkampf.

Wenn sie beide allein waren, war es für Margaret ein untrügliches Zeichen seiner guten Laune, wenn er anfing zu spielen.

»Okay. Die Katze des Ministers ist dran.«

»Was?«

»Spielen ist dran. Die Katze des Ministers.«

Er schob seinen Schwanz noch ein bißchen behaglicher hinein und küßte sie auf die Nase.

»Manche Leute könnten der Meinung sein, daß dies kaum der richtige Augenblick ist, meinst du nicht?«

»Unsinn, ich versteh nicht, was du meinst. Sei nicht so. Nur ein Spiel. Wir können dabei auch andre Sachen machen.«

Und er machte eine von den anderen Sachen. Nur einen Moment lang.

»Du bist pervers, weißt du das.«

»Mm hm. Du darfst übrigens anfangen.«

»Aaah! Die blöde Katze des Ministers ist amourös.«

»Das reicht für den Anfang. Komm her.«

»Ich bin doch hier.«

»Nicht nah genug.«

Margaret spürte, wie er an ihrem Ohr knabberte, etwas, das sie nicht immer mochte, das ihr aber jetzt gefiel. Er lag eng an ihren Bauch gepreßt und war fest in ihr, fast bewegungslos, geschmeidig und prall. Sie staunte manchmal, wie gut er hineinpaßte.

»Du bist dran, Baby.«

»Ich ... äm ... die Katze ist amourös, bukolisch, cholerisch, dominant, was noch?«

»Du konzentrierst dich nicht.«

Sie hatten einen Rhythmus gefunden, bewegten sich beide, was ganz ungewöhnlich war. Der erste Schweiß brach ihnen aus.

»Amourös, bukolisch, cholerisch, dominant, ekelhaft, fickerig, gigantisch, haarig, intelligent, juxig, kriegerisch, lüstern. Jetzt bist du dran, kleines Baby, mein kleines Baby.«

Margaret beobachtete ihn in dem Bewußtsein, daß er sie seinerseits nicht beobachten konnte, weil er beide Augen geschlossen hielt und sich auf etwas zu konzentrieren schien, das sich gerade hinter ihrem Kopf befand. Sie spürte, daß er durch sie hindurch etwas anderes zu erreichen versuchte, von dem sie nichts wußte.

»Amourösbukolischcholerischdominantenergisch, nein ekelhaft, ekelhaftfickeriggigantischhaarigintelligent, intelligentjuxigkriegerischlüsternmiefigniedlichordentlichputzigquengelig. Quengelig. Da! Colin?«

»Ich denke nach, ich such nach einem richtig guten – einen Moment. Oh!«

Wenn sie ihn in seinem Innersten erreichen könnte, wäre es anders. Das dachte Margaret. Und sie wollte, daß es anders würde. Es gab etwas, an das er sie nicht heranlassen wollte. Er wollte nicht loslassen, sich für sie öffnen. Sie wußte es, weil sie dasselbe tat; sie war nie ganz da. Obwohl sie es versuchte.

»Putzigquengeligrattenscharfseiltänzerisch.«

»Was?«

Colin hielt einen Moment inne, und Margaret spürte, wie sein Bauch vor unterdrücktem Lachen bebte. Sie hatte es gern, ihn lachen zu fühlen, und fast ebenso gern, wenn er mit dem Lachen kämpfte.

»Seiltänzerisch.«

»Nein.«

»Warum nicht?«

»Nein.«

»Aber warum nicht, sag doch.«

»Du nimmst es nicht ernst, nicht wahr? Hmm? Und wie ist es hiermit? Ist das ernst? Was ist mit ... Hmmm? Ist das ernst?«

»Sehr ernst.«

»Gut. Dann wollen wir die Katze rausschicken. Bring die Pussi zu Bett.«

»Colin?«

»Was?«

»Ich liebe dich.«

»Ich weiß.« Er sprach sehr hastig. »Wirklich, ich weiß, du brauchst es nicht ein zweites Mal zu sagen. Ich weiß.«

Und eine Zeitlang trieben sie ernsthafte Dinge miteinander.

Wenn Margaret sich richtig erinnert, geschah das alles an einem Samstagabend oder früh am Sonntagmorgen. Bevor sie einschliefen, lag schon ein heller Schimmer über ihrer Straße. Sie haßte es, diese Dinge an Samstagabenden tun zu müssen; Freitag und Samstag bleiben die einzig möglichen Termine, weil sie sonst beide am nächsten Morgen hätten müde zur Arbeit gehen müssen.

Sie ließ sich nicht gern so einengen, aber es gab Momente, wo es so war wie jetzt – sehr schön und locker –, und der Wochentag keine Rolle spielte. Margaret kam zu Colin oder er zu ihr, oder sie gingen zusammen aus, und von Arbeit, von Anstrengung war keine Rede mehr, es zählte nur die Freude, zusammenzusein. Sie lächelte an Colins Gesicht vorbei oder hinunter auf ihre Füße und dachte an den einzigen Ratschlag zum Thema Sexualität, den ihr Vater ihr je gegeben hatte.

»Weißt du, manchmal muß man an diesen Dingen arbeiten. Man muß wirklich hart daran arbeiten. Es ist nicht wie mit uns beiden, es ist nicht etwas, mit dem man geboren wird. Ihr beiden müßt einander auswählen und euch dann beweisen, daß es die richtige Wahl war. Das ist ganz schön schwierig.«

»Könnte ich nicht statt dessen ein Baby bekommen?«

Margaret war noch ein Kind gewesen, als es zu diesem Gespräch kam.

»Ein Baby? Was meinst du damit? Hat irgend jemand das gesagt?«

»Nein, aber ich könnte doch ein Baby bekommen, und dann bräuchte ich sonst niemanden. Ich könnte so leben wie jetzt mit dir. Und du hättest dann ein Enkelkind.«

»Dein Baby würde aber doch einen Daddy brauchen, oder?«

»Es hätte doch dich!«

»Ach, das ist ja noch lange hin. Aber, Margaret?«

»Ja?«

»Sag mir Bescheid, wenn irgend jemand dir was von Babys erzählt. Versprichst du mir das?«

Das Thema tauchte nicht wieder auf, bis ihr Verhältnis sich fast ins Gegenteil verkehrt hatte. Margaret besuchte ihren Vater, um nachzusehen, ob er ordentlich aß, und ihn zu drängen, weniger im Garten zu arbeiten. Um ihn zu bemuttern.

»Es ist nicht allein dein Garten. Er gehört zu allen Wohnungen, und sie bezahlen doch jemanden, der ihn bearbeitet.«

»Margaret, das einzige, was der tut, ist Rasen mähen. Er ist bloß eine Junge. Wenn ich den ganzen Tag drin sitzen und zusehen müßte, wie das Unkraut wächst, würde ich verrückt. Willst du, daß ich verrückt werde?«

»Natürlich nicht.«

»Na also.«

An Sonntagen zelebrierten sie oft das volle traditionelle Mittagsmenü, wobei beide, um den anderen zu beruhigen, mehr aßen, als ihnen gut tat.

»Das war gut!«

»Ich kann mich kaum noch rühren.«

»Ich werd mich mal an den Abwasch machen.«

»Margaret Hamilton, seit wann bin ich außerstande, meinen eigenen Abwasch zu machen? Bleib auf deinem Allerwertesten und verdaue deinen Nachtisch. Ich glaube, da ist noch Tee.«

»Nein danke, trink du ihn aus. Ich kriege nichts mehr runter.«

»Mm hm.«

Margaret nahm das Tablett von seinem Schoß und trug es in seine winzige, blitzsaubere Küche. Eine Weile saßen sie da und hörten, wie die Uhr die Viertelstunde schlug; sie schien nicht zu ticken, hatte es nie getan. Margaret atmete die Düfte ein, die ihren Vater immer umgeben hatten, selbst hier in dieser kleinen Wohnung. Das einzige, was fehlte, war ein Hauch von Teerseife. Sie hatte ihm zu Weihnachten eine andere geschenkt, und nun benutzte er die wohl. Nicht so gut wie Teerseife.

Sie ließ ihre Augen über die Nippesfiguren wandern, die meist älter waren als sie selbst, und erinnerte sich, wo sie in seiner alten Wohnung gestanden hatten. In ihrer gemeinsamen Wohnung. Sie ließ sich auf den Boden gleiten und setzte sich zwischen seine Beine, lehnte den Rükken gegen den Sessel und ließ die Arme über seine Knie baumeln.

»Hallo Spatz.«

»Hallo.«

»Du bist dünn geworden.«

»Du auch.«

»Einer Frau steht das nicht. Du machst dir zu viel Sorgen.«

»O je, o je!«

»Weißt du, ich glaube, ich bin in den Wechseljahren.«

»Wie meinst du das denn?«

»Ich fühl mich einfach anders als früher. Ich hab Mrs. Mitchell von unten befragt. Sie hat bloß gelacht. Nette Frau.«

»Inwiefern fühlst du dich anders als früher?«

»Vor allem sind es meine Gedanken. Ich muß viel an deine Mutter denken. Wirklich ziemlich viel.«

»Aber das ist doch ganz natürlich.«

»Nein. Es ist überhaupt nicht natürlich. Ich habe sie seit wann? – seit 1963 nicht mehr gesehen. Warum um Himmels willen sollte ich jetzt an sie denken? Ich werde dir was sagen, Margaret, etwas, worüber ich nachgedacht habe. Es ist wichtig.«

»Ich höre.«

»Falls, wenn du dich mit jemandem zusammentust... Seufz nicht! Ich will nur was sagen. Wenn du je mit jemandem zusammen sein solltest, denk an eins: Man muß dieselbe Art von Humor haben. Das ist das Allerwichtigste. Auf alles andere kann man verzichten. Deine Mutter und ich, wir haben nie über dieselben Dinge gelacht. Das einzige, worüber sie lachen konnte, war ich. Das ist ganz bestimmt nicht das, was man braucht. Such dir einen Mann mit dem gleichen Sinn für Humor.«

»Okay.«

»Ich meine es ernst. Versprich es mir. Mach nicht meine Fehler.«

»Ich versprech's. Ehrlich.«

Er legte seine Hände auf ihren Kopf und küßte sie aufs Haar. »Braves Mädchen.«

Margaret und Colin hatten tatsächlich den gleichen Sinn für Humor. Manchmal arbeiteten sie nicht ganz so intensiv an ihrer Beziehung, wie sie hätten tun sollen, aber sie lachten sehr oft über dieselben Dinge.

Weil ihr der Anblick das Herz erwärmt, hat Margaret sich schon lange ein Bild von Colin gewünscht, auf dem er lacht. Alle Fotos, die sie bisher von ihm hat, zeigen ihn entweder gerade im Begriff zu lachen oder im Augenblick danach. Natürlich hat sie ein Bild im Kopf, aber das reicht nicht. Sie möchte ein verläßlicheres Zeugnis, als könnte er eines Tages verschwinden und sie müßte seine Existenz beweisen. Mit seinem Lachen.

Sein Lachen ist wichtig für Margaret. Als Colin nach Schottland zurückkehrte, beschloß er, Margaret lieber erst einmal zu beobachten, ohne daß sie ihn bemerkte.

Teil seiner Strategie war, an der *Fun Factory* vorbeizugehen. Er beobachtete die Straße und gewöhnte sich an Margarets Anblick aus wachsender Nähe. So war er, als er Margaret nach mehr als drei Jahren zum ersten Mal besuchte, darauf vorbereitet, sie aber nicht.

Sie saß allein im Blauen Zimmer und schrieb ein Schild für das Café. DIE KUNDEN WERDEN GEBETEN, NICHT MIT IRISCHEN MÜNZEN ZU ZAHLEN. Sam klopfte an und kam herein.

»Da ist ein Typ, der sagt, er kennt dich, Mags.«

»Kennt mich?«

»Du bist die einzige Margaret Hamilton, die wir hier haben. Soll ich ihn reinschicken? Sieht ganz in Ordnung aus.«

»Wo ist er jetzt?«

»Sitzt im Café. Lesley glaubt, sie hat ihn schon mal gesehen. Müßten wir davon wissen?«

»Sag du's mir. Ich komm raus.«

Colin hat sie später gefragt, ob sie ahnte, wer es war, der da an einem leeren Tisch an der Tür saß. Sie kann nur sagen, daß sie ein seltsames Gefühl hatte, als sie sich im Café umschaute, und dann doch nicht sehr überrascht war, als sie sein Gesicht sah.

»Oh!«

»Kennst du ihn? Kann ich jetzt gehen?«

»Klar, Sammy. Ich kenne ihn. Ich glaube, ich kenne ihn.«

Kaum hatte er sie gesehen, stand Colin auf, strich sich das Haar aus der Stirn und machte einen Schritt auf sie zu. Margaret drehte sich um und ging zurück ins Blaue Zimmer, unsicher, ob er verstanden hatte, daß er ihr folgen sollte. Sie ließ die Tür offen.

Es dauerte vielleicht eine Minute, bevor sie ihn eintreten hörte.

»Hi.«

»Selber hi.«

»Wie geht's dir?«

Sie fragte sich, ob er dieses Jahr meinte oder voriges Jahr oder vorvoriges. Oder meinte er nur heute?

»Ich weiß nicht, heute morgen ging's mir noch gut.«

»Gut, gut. Ich bin selber ziemlich nervös.«

»Ach.«

»Ja. Ich bin noch nicht lange aus London zurück ... da war ich nämlich ... ich wollte dich einfach sehen. Wie ist es dir ergangen? Hab ich das schon gefragt?«

»Ganz gut. Du hättest anrufen können.«

»Ich weiß, ich weiß. Ich hab auch dran gedacht. Ich wollte auch, dann wollte ich schreiben, dann wollte ich raufkommen und dann wieder nicht. Tut mir leid, tut mir leid. Ich weiß.«

»Ich meine, du hättest anrufen und dich ankündigen können.«

»Scheiße. Ja, ja, klar. Hm. Ich hatte mein touristisches Programm schon geplant, wollte alles abklappern, weißt du, die Burrell Gallery, den alten Friedhof, das Stadtmuseum und all das, aber deine Nummer stand in keinem Führer. Ich hab's versucht. Sogar beim Verkehrsverein. Verdammt frustrierend. Ich hab überall gesucht.«

Margaret wußte nicht, ob das witzig gemeint war, bis er zu lachen begann, gluckste und prustete, aber sich noch bremste, um ihr Gesicht zu beobachten. Wenn sie beschlossen hätte, nicht zu lachen, wäre er wieder fortgegangen. Das wäre vermutlich das Ende gewesen.

Statt dessen lachte sie, nicht weil er einen Witz gemacht hatte, sondern weil er lachte, und das war witzig, und daß sie zusammen über etwas lachten, das nicht witzig war, das war sicher witzig, es war tatsächlich so witzig, daß es weh tat. Bald sahen sie so aus, als hätten sie geweint, und darüber hätte jeder lachen müssen. Das taten sie dann auch.

Und einer von ihnen streckte die Hand aus, und einer von ihnen nahm sie, und Margaret dachte, sehr klar: »Es ist gut. Jetzt ist es gut.«

Als hätte jemand irgendwo einen Hahn aufgedreht oder einen Schalter angeknipst, war der Frühling da. Den ganzen Tag über spürte Margaret einem feinen Unterschied in der Luft nach, fühlte eine gewisse Sanftheit im Regen, beobachtete eine gewisse Gelöstheit in Gesichtern, die sonst immer angespannt wirkten.

Lesley und Sam, die aus sicherer Quelle erfahren hatten, daß Lawrence ein verlängertes Wochenende genommen hatte und nicht in der *Factory* auftauchen würde, konnten im Büro die Finger nicht voneinander lassen und hielten beim Mittagessen Händchen. Die Dominospieler lächelten ihnen väterlich zu; einige von ihnen verzehrten Snacks, die sie verbotenerweise mitgebracht hatten.

Als Margaret von der Arbeit kam, war sie nicht so erschöpft wie sonst, und es war noch so hell, daß sie kein Licht anmachen mußte, um das Abendessen vorzubereiten. Es war gegen Ende Februar, ein bißchen mehr als ein Jahr, bevor sie ihren Job verlieren sollte. Colin besaß noch keinen Schlüssel zu ihrer Wohnung, aber er hatte sich angewöhnt, unter den verschiedensten Vorwänden ohne Vorwarnung bei ihr aufzutauchen.

»Hallo, störe ich dich? Ich wollte fragen, ob ich mal bei dir baden kann.«

»Baden?«

»Es ist das Frühlingswetter, verstehst du? Ich habe mir den Nachmittag frei genommen – und fast den ganzen

Vormittag – bin nach Hause gegangen und den ganzen Tag gelaufen. Ganz um den Park rum und am Fluß entlang und weiß der Henker wo. Hab mich dumm und dämlich gelaufen. Und du weißt ja, ich hab bloß 'ne Dusche. Ich brauche ein Bad.«

Er stand bereits im Flur, schälte sich aus einem Sweatshirt und zog sich die Schuhe aus.

»Mann, werd ich morgen Muskelkater haben!«

»Selber schuld. Ich kann mich noch gut an Zeiten erinnern, als du nicht mal zu Fuß gehen wolltest.«

»Ich weiß, ich erinnere mich auch. Aber ich und Onkel Archie haben es in den Griff bekommen. Und manchmal mußte ich auch auf mich selbst aufpassen. Es ist besser, in Form zu sein. Sicherer. Wenn du willst, kannst du mal mit mir laufen.«

»Das soll wohl ein Witz sein! Soll ich irgendwas von deinen Klamotten waschen?«

»Nein, ich brauch sie noch für den Heimweg. Ich nehme doch an, daß ich nach Hause gehen muß, oder?«

»Ich kann dir einen großen Pullover leihen, und ich glaube, ich hab noch eins von deinen Hemden.«

»Einen großen Pullover!«

»Für deinen großen Körper. Geh ins Badezimmer, wenn du baden willst; so machst du nur die Pferde scheu.«

»Komm und schrubb mir den Rücken!«

»Ich muß heut abend noch einen Bericht schreiben.«

»Ach.«

»Er ist fast fertig. Den größten Teil hab ich schon tagsüber gemacht. Wenn Sam und Lesley nicht den ganzen Nachmittag Herr und Frau Kaninchen gespielt hätten, wäre ich schon fertig.«

»Sie haben doch hoffentlich nicht das getan, was Kaninchen normalerweise so tun?«

»Bloß herumgealbert und gekichert und sich gegenseitig verrückte Kosenamen gegeben.«

»Klingt gut.«

»War es auch. Ich mußte immer wieder unterbrechen, um ihnen zuzusehen, wenn ich ehrlich sein soll.«

»Es ist eine Freude, Verliebten zuzusehen.«

»Colin!«

»Was, was habe ich gesagt?«

»Komm her!«

Sie schubste ihn ins Badezimmer und drängte sich dann selbst hinein. Ihre Abbilder warteten im Spiegel über dem Becken. Das ihre küßte seins.

»Da. Da hast du Verliebte. Ich geh jetzt und mach mein Zeugs fertig. Tu das weg. Ich mach mein Zeugs fertig, und wenn du gebadet hast, gehöre ich ganz dir.«

»Das fänd ich toll.«

»Ich auch.«

Colin lag eine Weile auf dem Sofa, sein Kopf, noch warm und ein bißchen feucht, ruhte tief in ihrem Schoß. Margaret fragte sich, warum sie das nicht schon öfter gemacht hatten, es fühlte sich so gut an. Er schlief, bis im Fernsehen die Nachrichten kamen und die Musik ihn weckte.

»Ouh!«

Er trug ihren Morgenrock, der ihm zu kurz war, und als er sich umdrehte, fiel er über den Beinen auseinander.

»Was ist los?«

»Ach, ich hatte ganz vergessen, daß ich hier bin. Hallo! Ich glaub, ich fang an, mich hier festzusetzen. Mein Nacken tut weh.«

»Ich hab dir doch schon gesagt, daß du nicht mit deinem Nacken laufen sollst. Nimm lieber die Füße!«

»Aber ich muß doch meinen Nacken mitnehmen. Komm zu mir runter!«

»Kann nicht.«

»Warum nicht?«

»Du bist im Weg.«

Sie wollten sich auf dem Sofa lieben, aber etwas Seltsames passierte und zwang sie aufzuhören.

Colin lag mit seinem ganzen Gewicht auf ihrer Brust und nahm ihr fast den Atem, als sie plötzlich einen Schmerz fühlte. Je weiter er eindrang, desto schlimmer wurde der Schmerz, und dann verselbständigte er sich und wurde überwältigend. Margaret hörte sich aufschreien.

»Was hast du? Baby, was ist los? Was? Was? Okay, ist schon gut! Sag's mir, wenn du kannst, ist ja gut, ist ja schon gut. Baby, liebes Baby, es ist ja gut, ist ja gut!«

Sie lag in seinen Armen und keuchte. Ihr war übel. Ein Teil von ihr wollte, daß er sie in Ruhe ließ. Sie spürte, wie Colin sich ein bißchen bewegte und dann den Atem anhielt.

»Liebling, da ist Blut an mir. Hab ich dir weh getan? Es tut mir leid, tut mir so leid. Liebes, Liebling, wir sollten was tun. Was ist denn bloß los?«

Nach einer weiteren kleinen Ruhepause löste Colin sich von ihr und holte einen warmen Waschlappen und ein Handtuch. Margaret setzte sich vorsichtig auf.

»Laß mich das machen. Leg dich wieder hin.«

Und Colin machte sie sauber, sehr sanft, sorgte dafür, daß sie das Blut nicht sah, und küßte sie auf den Bauch, während er sie mit dem Handtuch abtupfte. Er wollte nachsehen. Sie spreizte die Beine nur ein kleines bißchen, spürte seinen Atem auf ihren Schenkeln und von neuem einen nadelspitzen Schmerz. Auf seinem Gesicht konnte sie Schweiß glänzen sehen.

»Schsch! Du sollst nicht wund sein, sei nicht wund! Du bist gerissen, hast einen kleinen Riß in der Scheide. Lieg still! Es wird ja wieder gut, wird wieder gut. Bitte.«

Seine Stimme hörte sich an, als würde er gleich anfangen zu weinen, und sie spürte, daß sein Atem sehr heiß war. Sie wußte nicht, wie ihr zumute war; das Seltsamste war, daß ihr Schmerz ihm so viel ausmachte, jetzt, da sie sich allmählich an ihn gewöhnte.

Colin saß auf dem Boden neben ihr und hielt ihren Kopf, bis sie fast eindöste.

»Liebling, Liebling, du solltest hier nicht einschlafen, du fängst sonst an zu frieren. Komm, ganz langsam, ganz langsam, wir bringen dich ins Bett.«

Und Margaret wurde für ihn zur Kranken, wurde schwach in seinen Armen und hörte sich einwilligen, daß sie einen Tag freinehmen und am Morgen zum Arzt gehen würde. Colin verschwand, um das Blut abzuwaschen, und kam dann wieder und schlüpfte neben sie. Er berührte sie nicht, lag sehr still.

Als sie nachts einmal aufwachte, war der Schmerz schon vor ihr da, und es kam ihr vor, als müßte sie sich für etwas entschuldigen. Sie hatte das Gefühl, etwas Unrechtes getan zu haben. So etwas passierte anderen Leuten nicht, andere Männer schliefen mit anderen Frauen, und die bluteten nicht. Würde sie jetzt jedesmal bluten? Würde sie immer auf den Schmerz warten? Colin würde das nicht verstehen, nach einer Weile würde es ihn bestimmt stören.

Am Morgen verabschiedete er sich mit einem Kuß, und sie tat, als ob sie noch schlief. Sie wußte nicht, was sie zu ihm sagen sollte.

Margaret war überrascht, daß sie sofort einen Termin bekam. Oft konnte man nicht mal für dieselbe Woche einen bekommen, vom gleichen Tag ganz zu schweigen. Nichts mehr frei, hieß es meist. Hausbesuche waren anscheinend gar nicht mehr möglich. Am besten fragte man seinen Apotheker nach etwas; am besten behalf man sich so und sparte die Kosten für das Rezept. Wenn sie gesagt hätte, es handle sich um einen Notfall, wäre es leichter gewesen, aber dann hätten sie nach Einzelheiten gefragt. Sie konnte ja wohl kaum verkünden, daß sie einen Riß in der Scheide hatte. Sie wußte nicht, ob sie das dem Doktor erzählen konnte. Aber als Margaret anrief, hatte sie Glück: Jemand hatte abgesagt.

Margarets Arzt war ein semmelblonder Mann mit der Gesichtsfarbe eines Schlachters, ein fleischiges Rosa. Er trug Fliege und Weste und schien stark zu schwitzen, obwohl die Hitze natürlich nicht bis zu seinen Händen vordrang. Die blieben medizinisch kühl.

»Ach, Sie schauen sich meine kleine Statistik an. Sie zeigt unseren Praxisdurchschnitt bis heute. Sehr aufschlußreich. Sehen Sie mal hier: Verschreibungshäufigkeit, Alter, Geschlecht, Medikamente. Bei den älteren Patienten wird es natürlich ein bißchen anders. Da verhindern wir eigentlich nur den Tod. Schieben ihn ein bißchen hinaus, verstehen Sie?«

»Machen Sie das nicht bei allen?«

»Ha, ha, ha! Ja, natürlich, wenn man es von der düsteren Seite betrachtet. Sehen Sie die Dinge oft von ihrer düsteren Seite?«

»Ich weiß nicht. Ich bin hier, weil ...«

»Ja. Es macht Ihnen doch nichts aus, wenn ich einen Keks esse? Wenn ich nicht in regelmäßigen Abständen etwas esse, werde ich grantig. Reden Sie weiter; warum sind Sie hier?«

»Ja, also, gestern Abend hatten wir Schwierigkeiten ...«

»Alles klar. Zeit, sich auf die Couch zu legen. Ziehen Sie sich aus und sagen Sie Bescheid, wenn Sie fertig sind. Ich will mir nur die Hände waschen; Krümel, verstehen Sie.«

Margaret zeigte sich nicht gern auf diese Weise. Sie empfand ihren Körper als Privatbesitz, als etwas, das sie freiwillig mit jemandem teilen mochte, das aber kein Objekt zum Anstarren war. In Arztpraxen hatte sie immer das Gefühl, nicht ganz sich selbst zu gehören, weil die dort besser als sie selbst wußten, was sie war und wie sie funktionierte. Ein seltsames Gefühl. Vermutlich konnte man sich daran gewöhnen, wenn man mußte.

Über der Couch hing ein großes, gut lesbares Plakat in schwarzweiß, auf dem die Gebühren für eine Reihe von Leistungen aufgelistet waren: Impfscheine, mehr oder weniger gründliche Behandlungsmethoden, Röntgenaufnahmen und Tests.

Der letzte Satz lautete: »Entfernung eines Herzschrittmachers aus dem Körper nach Eintritt des Todes: £ 31.30.«

Margaret las es und schaute weg. Sie fragte sich, wo sie so etwas wohl machten. Und warum? Konnte man einen Schrittmacher wiederverwenden? Waren sie secondhand billiger? Wieviel kostete es wohl, ihn vor dem Tod zu entfernen? Ob man sich wohl dagegen versichern konnte, daß so etwas aus Versehen passierte? Darüber sagte das Plakat nichts.

»Hier haben Sie einen ziemlich tiefen Riß und ... noch einen innen. Hat es weh getan? Der hier innen ist ziemlich häßlich. Mangelhafte Lubrikation, würde ich sagen. Könnte an Ihrer Pille liegen, vielleicht ändert sich Ihr Zyklus auch gerade. Könnte eine Menge Ursachen haben. Wie fühlen Sie sich?«

»Wund.«

»Ja, natürlich. Aber wie ist Ihnen zumute? Finden Sie Ihren Partner attraktiv? Hm hm. Nicht deprimiert, oder?«

»Nein, es geht ihm gut.«

»Ich meine, sind *Sie* deprimiert?«

»Also, im Moment bin ich nicht gerade glücklich.«

»Klar. Anziehen.«

Der Arzt gab Margaret zwei Rezepte, eins für ein Antidepressivum und eins für jodhaltige Creme.

Als Margaret die Praxis verließ, erschien ihr der Himmel unangenehm blau. Auf den Bürgersteigen jagten Spatzen Tauben hinterher, die ihrerseits auf der Jagd nach Krümeln waren. Nach der Untersuchung hatte sie noch mehr Schmerzen, wenn sie sich bewegte, und sie hatte nur einen Wunsch: nach Hause gehen und sich hinlegen.

Sie lag gerade, als Colin anrief. Eben hatte sie eine Schicht klebrige, brennende gelbe Salbe aufgetragen, aber das Antidepressivum hatte sie nicht genommen. Das Rezept dafür hatte sie weggeworfen. Sie wollte lieber ohne Hilfe glücklich sein oder eben gar nicht. So würde sie wenigstens wissen, was mit ihr los war. Einige der

Frauen in der *Factory* nahmen Ativan, Librium, Valium, Tamazepan und das ganze Zeug, und niemand wußte, was mit ihnen los war. Sie vergaßen mitten in einer Mahlzeit zu essen, sie starrten zwischen Mauern hindurch, die keiner außer ihnen wahrnahm, sie weinten. So wollte Margaret nicht werden.

Colin wollte wissen, ob sie sich deprimiert fühlte.

»Es geht mir gut. Ich habe eine Salbe bekommen. Es ist nichts Schlimmes. Wenigstens nicht der Riß – die Salbe ist gräßlich.«

»Armer Schatz! Soll ich vorbeikommen?«

»Es geht schon.«

»Ich hab dir Schokolade besorgt.«

»Es geht wirklich. Ich möchte jetzt lieber allein sein.«

»Ich möchte sehen, wie es dir geht.«

»Es geht mir gut, aber ich brauche keine Gesellschaft. Dich nicht.«

»Vielen Dank!«

»So hab ich's doch nicht gemeint.«

»Ich denke, du hast dich klar genug ausgedrückt.«

»Und ich denke, du hast mich mißverstanden. Ich fühle mich komisch. Ich weiß nicht, wie mir zumute ist. Ich weiß nicht, wann wir uns wieder lieben können.«

»Seltsamerweise habe ich nicht bloß daran gedacht. Du lieber Gott, ich mache mir Sorgen um dich. Hat der Arzt gesagt, es sei meine Schuld? Kann ich irgend etwas tun?«

»Es ist meine Schuld – ich bin nicht gut genug geölt für dich. Wie ein altes Auto. Es tut mir leid. Ich möchte für dich da sein.«

»Verdammt noch mal, glaubst du, ich komme nicht ein, zwei Wochen ohne mein Loch aus?«

»Nein.«

»Aber *was* zum Teufel denkst du dann? Außer, daß du mich nicht bei dir haben willst.«

Das war nicht die Art von Unterhaltung, die Margaret sich gewünscht hätte; sie konnte fühlen, wie sich ihr Magen zu einem kalten Gewicht zusammenzog, fühlen, wie ihr die Worte ausgingen. Seine Stimme hatte sich verändert. Er klang wütend, wenn auch nicht sehr.

»Es tut mir leid. Ich fühle mich nicht wohl.«

»Verdammt noch mal, natürlich nicht. Ich auch nicht. Was hat dir der Arzt gegeben? Nimmst du es auch?«

»Salbe. Hab ich doch gesagt. Sie brennt scheußlich.«

»Denk bloß nicht, du kannst was dran ändern, wie zum Beispiel eine andere Salbe holen oder Paracetamol nehmen. Leide ruhig einsam weiter! Okay? Ich ruf dich irgendwann mal an.«

Als Margaret seinen Namen sagte, hatte er schon aufgelegt. Sie blieb eine Weile sitzen, ohne sich zu rühren, und überlegte, wer wen wieder anrufen sollte. Im Lauf der Jahre hatte sie den Aberglauben entwickelt, daß ein Streit nur dann ernsthaft war, wenn sie ein klopfendes Gefühl in der Brust zurückbehielt. Das war das Zeichen, daß ein bleibender Schaden angerichtet war, weil sie dieses Gefühl immer dann bekam, wenn etwas wirklich Schlimmes passiert war. In diesem Moment aber fühlte sie sich gut: merkwürdig und wund und leicht verärgert, aber nicht schlecht.

Sie wollte sich etwas zum Abendessen machen, hatte aber auf nichts recht Appetit. Sie schaltete den Fernseher ein und zappte durch eine Reihe von Nachrichtensendungen. Sie ging in den Flur und zog ihren Mantel an. Der Plan, Colin zu besuchen, lenkte sie von dem Riß ab. Und wenn er nicht zu Hause war, würde ihr doch der Spaziergang guttun. Nur langsam angehen lassen, kleine Schritte machen.

Die U-Bahn war fast leer. Ihr Wagen donnerte und kreischte den Tunnel entlang, ohne irgendwelche alarmierenden Zeichen. Margaret betrachtete das vorbeisausende Mauerwerk und die hellen, blauen Funken und schalt sich töricht, weil sie das immer wieder nervös machte. Die Kurve verlief unter dem Fluß, und manchmal mußte sie an hereinbrechendes Wasser denken oder an Züge, die ganz in der Nähe zusammenstießen und dann auf der Lauer lagen. Und dann ein Krachen und noch eins und noch eins. Weil sie wußte, wie ihr Gehirn arbeitete, überlistete sie sich mit dem Gedanken, daß Katastrophen immer dann eintrafen, wenn man sie am wenigsten erwartete; also war sie im Augenblick in Sicherheit.

Unversehrt fuhr sie mit der Rolltreppe hinauf und fragte sich, ob Colin wohl da wäre, was er wohl sagen würde.

»Lieber Gott, ich habe keine Angst. Ich fühle mich gut. Ist das richtig, was ich hier mache? Ich möchte, daß es richtig ist. Laß ihn nicht sauer sein! Laß ihn nicht ausgegangen sein!«

Schon als sie durch den Hausdurchgang in den Hof ging, roch sie die besondere Mischung seiner Gerüche. Seine Tür war ganz unten am Fuß der Treppe; honigfarbenes Licht schimmerte durch die Scheibe. Sie klingelte und beobachtete seinen Schatten im Flur.

»Hallo!«

»Das ist aber eine Überraschung!«

»Ich bin gerade zufällig vorbeigekommen.«

»Ich dachte, du wolltest mich nicht sehen.«

»Sei nicht so! Kann ich reinkommen?«

»Wo du schon mal da bist. Ja. Warum nicht.«

Auf dem Weg ins Wohnzimmer blieben sie dicht nebeneinander im Türrahmen stehen. Normalerweise hätten sie sich jetzt geküßt. Colin wandte sich zu ihr und strich ihr über die Wange.

»Hallo!«

Sie sah ihn an.

»Hallo.«

»Du machst mich sehr wütend, weißt du das? Nie glaubst du mir, daß ich mir Sorgen um dich mache. Ich bin einmal weggegangen und habe dich verlassen: klar, ich weiß das. Aber du kannst das einfach nicht vergessen, nicht hinter dir lassen. Was soll ich denn machen? Hm?«

»Ich weiß, daß du dir Sorgen machst. Aber ich fühle mich im Moment so komisch.«

Colin merkte eher als sie, daß sie weinte. Er strich ihr mit dem Finger unter einem Auge entlang, und plötzlich waren da Tränen, eine Schwäche, die aus ihrer Brust in die Kehle aufstieg. Sie gingen zum Sofa, setzten sich, und Colin leckte ihr langsam die Augen ab, während sie fest die Arme um seine Taille schlang.

»James? Kann ich dich mal was fragen?«

Er dreht mühsam den Kopf, bis er Margaret voll im Blick hat.

»Was hältst du von Ärzten? Gehst du manchmal zum Arzt?«

ASCHLOCH

Margaret lacht so laut, daß die Köpfe im Abteil herumfahren, James sehen und wieder zurückfahren.

»Komisch, daß du das sagst! Wir müssen denselben Arzt haben.«

NEE ANNERS

»Ja, glaube ich eigentlich auch.«

WOLLN MICH ANNERS SAG ICH NEE

»Ich verstehe nicht, James.«

ANNERS

»In der Mitte steht ND.«

ANDERS SCHEISS

»Okay, nimm's nicht so ernst.«

MEINE SIE MICH NICH MÖGEN WIE ICH BIN

»Ich bin sicher, sie mögen dich. Ganz bestimmt.«

NEE

»Ich mag dich, wie du bist.«

GEMOGELT

»Ich spiele jetzt nicht. Keine Spielchen.«

SCHERZ

»Nein, ernst, sehr ernst.«

James hält ihren Blick fest.

»Lassen wir das; aber noch mal zu den Ärzten. Du und mein Vater, er hieß Ted. Ted. Schöner Name. Er ... also du und er und ich, wir sind uns alle einig über Ärzte. Er ließ keinen an sich rankommen, wenn er es vermeiden konnte. Er sagte immer, es wäre kein Zufall, daß die Krankenhäuser voll von Leuten sind, die vor kurzem beim Arzt waren. Und man konnte ihn nie umstimmen, da war er eisern.«

Es hatte geregnet, als ihr Vater aus dem Krankenhaus kam; einige Donnerschläge früher hatte Margaret die Wohnungstür aufgeschlossen, den Kühlschrank aufgefüllt, die Heizung angedreht, den Kessel vielleicht zwanzigmal zum Kochen gebracht, immer wieder aus dem Fenster geschaut.

Er stieg in Hemd und Jacke aus dem Krankenwagen, ohne Schlips; als käme er gerade aus dem Gefängnis. Die Last des Regens schien ihn niederzubeugen. Als sie die Tür öffnete und ihm von Angesicht zu Angesicht gegenüberstand, fielen ihr keine passenden Worte ein. Lose Haarsträhnen hingen ihm über ein Auge, und seine Kleider schienen ihm zu groß.

»Hallo, Prinzessin.«

Ein Arm schnellte nach oben, fast unkontrolliert, eine Hand legte sich flach auf ihre Schulter. Sie küßte ihn auf die Stirn, strich sein Haar zurück.

»Oh!« Er versuchte ein Lächeln.

»He, komm rein! Du wirst ja klitschnaß.«

»Halb so schlimm. Bin nur müde. Mein Gott, bin ich müde.«

»Das Wasser kocht gerade.«

»Natürlich. Wäre ja kein Zuhause ohne Tee.«

Auf dem Weg ins Wohnzimmer blieb er stehen, während Margaret weiterging. Beim Atemholen schwankte er ein wenig.

»Margaret?« So hatte er es noch nie gesagt. Noch nie genau so. »Margaret?«

»Was?«

»Nimmst du mich in die Arme?«

»Wa – natürlich.«

»Danke.«

Sie weiß nicht, warum sie es nie zuvor bemerkt hatte, aber als sie spürte, wie er sein Gesicht in ihrem Haar vergrub, wurde ihr klar, daß er ihren Geruch einsog. Er atmete ihr Wesen ein, um es festzuhalten. Vielleicht bemerkte sie es damals, weil er ein wenig verzweifelt war, in Endzeitstimmung.

»Meine Prinzessin.«

»Mm hm.«

Sie versuchte, nicht zu ihm aufzuschauen, denn ihre Beunruhigung hätte wiederum ihn beunruhigt. Und vielleicht hätte sie weinen müssen.

»Worauf warten wir denn? Wenn das Wasser gekocht hat, hätte ich gern einen Tee.«

»Es ist deine Wohnung, du brauchst nicht zu fragen.«

»Weiß ich doch. Aber du hast dafür gesorgt, daß es schön ist, nach Hause zu kommen.«

»Na ...«

»O ja, dieser Stuhl ist besser als die im Krankenhaus. Die wollen, daß du die ganze Zeit liegst, also stellen sie Stühle hin, auf denen man nicht sitzen kann. O Gott, o Gott!«

Als sie in der Küche war, fühlte Margaret sich sehr weit weg.

»Geht es dir gut?«

»Jetzt ja. Ich geh nicht noch mal da rein.«

»Was?«

»Mach nicht so ein Gesicht. Ich geh nicht mehr ins Krankenhaus, das ist alles. Keine Panik.«

»Und wenn du mußt?«

»Ich geh nicht noch mal da rein.«

»Dad!«

Sein Hemd war feucht. Der Regen. Er hätte es ausziehen sollen.

»Mach dir keine Sorgen. Sieh mal, sie wissen, daß etwas mit meinem Herzen nicht stimmt, und sie können nicht mehr viel für mich tun, aber sie würden liebend gerne trotzdem ein bißchen an mir herumfummeln. Das werde ich nicht zulassen. Es würde mich umbringen. Wirklich. Ich werde nicht sterben. Ich meine, ich werde nicht deshalb sterben, weil ich nicht mehr ins Krankenhaus gehe. Am Ende werde ich natürlich doch sterben. Ich werde abtreten.«

»Schschsch.«

»Entschuldigung, ich bin müde und fühl mich elend. Tut mir leid.«

»Ist schon gut.«

»Nein, es ist nicht gut. Diese Anstalten sind nicht für Menschen gemacht, und ich bin ein Mensch und will es auch bleiben.«

»Okay.«

»Danke.«

Als der Tee eingeschenkt war und sie beide saßen, hustete er und ließ einen Satz in die Stille zwischen ihnen fallen.

»Ich hab mein Bestes getan.«

»Ich weiß.«

»Ich hab es so gut gemacht, wie ich konnte. Ich wußte es nicht besser. Jetzt würde ich es anders machen.«

»Das bräuchtest du nicht.«

»Ich würde anders mit dir umgehen.«

»Bloß nicht!«

»Doch, ich würde es anders machen.«

»Schschsch. Ich liebe dich. Ich liebe dich.«

Dieses Mal drückte sie ihr Gesicht in sein Haar. Ganz langsam schob er sie von sich weg.

»Dein Tee wird kalt. Los, trink aus. Manchmal solltest du dich wie eine Frau anziehen, hörst du?«

»O Gott!«

»Nix o Gott. Los, setz dich hin!«

James stößt sie mit dem Unterarm an.

?

»Mm? Ach, ich habe gerade an Ärzte gedacht, solche Sachen.«

LANGWEILIG

»Was?«

DU LANGWEILIG

»Na, dann solltest du mich lieber unterhalten, sonst versinke ich wieder in Gedanken und werde noch langweiliger. Frecher Lümmel!«

OOOO GESCHOCKT

Zum zweiten Mal lachte Margaret so laut, daß sie allgemeine Aufmerksamkeit erregte, und James fiel ein und applaudierte ihr leise.

Margaret mußte nicht noch einmal zum Arzt gehen. Die Verletzung heilte sehr schnell, und der Schmerz verschwand. Ein wenig später verflog auch ihre Angst vor dem Schmerz. Ein weiteres Jahr wird vergehen, bis Colin seinen Schmerz erleidet, einen Schmerz, der sie beide überraschen wird.

Er wird an einem kühlen, nebligen Morgen aufwachen nach einer klaren, klaren Nacht, und Mr. Webster wird auf seinen Armen knien. Websters Gesicht beugt sich über ihn, verkehrt herum. Colin wird feststellen, daß er nicht sprechen kann, aber er wird Mr. Webster so aufmerksam zuhören, daß er sich später an alles erinnern wird, selbst an die Pausen, in denen Mr. Webster Luft holt.

»Guten Morgen. Ich mag Sie. Sonst würden Sie nämlich alleine aufwachen, etwas, das immer äußerst unangenehm ist und in Ihrer Lage besonders scheußlich. Nein, nicht bewegen! Entspannen Sie sich, bleiben Sie einfach liegen, hören Sie zu. Nicht bewegen!

Lassen Sie mich Ihnen erklären, warum Sie hier sind. Warum dies hier passiert ist. Was ich glaube. Colin, mein guter Freund, ich glaube, daß wir aus allem lernen müssen. Ich glaube, daß nichts zufällig geschieht.

Während Sie hier sind, können Sie etwas lernen. Sie müssen. Riechen Sie die Luft! Ich habe die Fenster für Sie geöffnet, riechen Sie die Luft. Sie sagt Ihnen alles über die Stadt, Colin, alles. Riechen Sie, wie die Ziegel und der

Sandstein sich langsam erwärmen; riechen Sie den Dunst des Verkehrs, die beginnende Hitze. Riechen Sie die Pisse von gestern Abend und die Tauben und den Betrunkenen, der neben seinem Hut auf der Straße sitzt, an die Mauer gelehnt. Ich kann riechen, wie er stirbt, während die Stadt erwacht. Ich seh das alles genau vor mir, ganz klar, ich kann es einatmen. Es gibt nichts Tiefe-res in mir als meine Lungen, und ich kann all das einat-men. Ganz tief.«

Colin beobachtet Mr. Websters Mund, der verkehrt herum über ihm hängt, und die Zähne, die auf und zu klappen, auf und zu. Ziemlich volle Lippen.

»Ich will Ihnen ein Geheimnis anvertrauen. Es ist das größte und einfachste Geheimnis der Welt. Die klarste aller klaren Sachen, so einfach, daß ich lachen muß. Ganz laut werde ich lachen. Immer wieder.

Was es ist? Ich werd's Ihnen sagen. Wir werden ster-ben. Sie und ich, Colin, wir werden sterben.

Schschsch. Nicht jetzt. Selbst Sie werden jetzt nicht ster-ben. Schschsch, mein Kleiner. Aber wir werden alle ster-ben. Die Leute vergessen das immer, wissen Sie? Hören Sie zu!«

Colin fühlt, wie kühle, glatte Hände unter seine Ohren gleiten und seinen Nacken umspannen. In Websters Stimme ist eine Spannung, eine Härte, die als etwas Wei-ches, Tiefes, Heißes erscheint.

»Sie dürfen das nicht vergessen. Niemals vergessen. Sie müssen die Kerze an beiden Enden brennen lassen, Colin, alles in sich einsaugen, alles in sich tragen. Tun Sie alles, was Sie tun wollen, auch die kleinsten Dinge. Ge-rade auf die kleinen Dinge kommt es an. Gerade die klei-nen Versäumnisse werden Sie bereuen; das eine Mal, als

Sie das Gesicht ihrer Freundin nicht gestreichelt haben; die Tage, an denen Sie durch den Frühling gegangen sind und Ihre verdammten Augen nicht aufgemacht haben; die Sonne. Haben Sie jemals über die Sonne nachgedacht? Wie sie untergeht, wie sie aufgeht, welche Bahn sie zieht? Kein Tag wird Ihnen ein zweites Mal geschenkt, Colin, er ist ein für allemal vorbei, und Sie müssen einen anderen leben, man kann die Zeit nicht zurückdrehen. Füllen Sie die Zeit aus, fühlen Sie sie, Sie müssen. Wenn Sie das nicht tun, dann verliert das, was wir hier getan haben, seinen Sinn. Vielleicht müßten wir das Ganze dann noch einmal machen, und das wäre doch reine Zeitverschwendung. Bleiben Sie lebendig, Colin, vergessen Sie das nicht.«

Mr. Webster legt seine Daumen auf Colins Augenlider und klappt sie zurück.

»Sehen Sie mich an, Colin, und vergessen Sie nicht! Sie müssen herausfinden, wie man lebt.«

Dann werden die Daumen zurückgezogen, und Colin spürt einen Kuß auf seiner Stirn, dann einen Atemhauch, bevor das Gewicht von seinen Unterarmen weicht. Er spürt einen unerklärlichen Schmerz, eine Welle und noch eine, und klobige Schuhe entfernen sich von ihm. In der Luft schwebt eine Spur von Aftershave. Mr. Websters Stimme ertönt noch einmal, weit weg und von links her, sie hallt zwischen bloßen Fußbodenbrettern und kahlen Wänden.

»Wenn ich jetzt gehe, werde ich einen Krankenwagen rufen, und die werden dann die Polizei rufen. Sie können ihnen alles sagen, was Sie wollen. Schließlich sind wir in einem freien Land. Wir müssen nur unseren gesunden Menschenverstand gebrauchen. Nicht wahr?«

In Websters Stimme schwang ein Lächeln. Colin konnte es spüren, selbst als es sich zurückzog und er es nicht mehr sah.

»Dies war eine gute Lektion, Colin, vergessen Sie sie nicht! Vergessen Sie nicht!«

Der Ceilidh war jetzt beschlossene Sache, ein Datum war festgelegt. Graham verkündete es offiziell an einem Nachmittag Anfang Oktober. Er stand am Tresen des Cafés und klopfte sachte mit einem von Heathers Vorlegelöffeln gegen einen Becher.

»Ich bitte um eure ungeteilte Aufmerksamkeit! Meine Damen und meine Herren Dominospieler, mit ungetrübter Freude gebe ich kund, daß der Grandiose, Unaufhaltsame Ceilidh der Angler am Freitag, den 8. Dezember stattfinden wird, von halb neun bis zum frühen Morgen, woraufhin ein komplettes englisches Frühstück auf dem Krocketrasen serviert werden wird. Ich möchte euch bitten, euren Freunden und Verwandten die gute Nachricht zu übermitteln, dringende Telegramme an Wirtschaftsflüchtlinge in entfernten Ecken des Landes zu versenden und ganz allgemein die Trommel zu rühren. Der Abend kann nur als Erfolg gewertet werden, wenn Dutzende von euch in einer wilden Gesangsorgie glückselig dahinscheiden. Ich danke euch.«

Grahams Rede endete mit einer Erscheinung, die viele verwirrend fanden, wenn sie nicht gar an Hexerei glaubten.

Mr. Lawrences Tür sprang auf und gab Mr. Lawrences Silhouette frei. Alle Augen richteten sich auf ihn. Graham schnellte hoch, schien einen Augenblick lang zu schweben und verschwand dann so blitzartig hinter dem Tresen, daß sein Hut kaum nachkam. Mr. Lawrences schweifender Blick erreichte schließlich den Tresen und zog die Aufmerksamkeit des ganzen, verstummten Raums mit sich. Etwa dreißig Augenpaare starrten auf den Fleck, wo Graham sein mußte, entdeckten aber nichts als die Ahnung eines fallenden Huts, eine flüchtige Störung des normalen Blickfelds. Lawrence stolperte fast, zurückgezerrt von der eigenen Hand, die noch immer den Türknauf umklammert hielt. Er räusperte sich und flüsterte dann fast: »Bitte etwas leiser!«, bevor er wieder in seinem Büro verschwand.

Langsam, erst an einem Tisch, dann an den anderen begannen die Leute zu applaudieren, in vollkommener Stille, weil ihre Handflächen sich nicht berührten. Es gab ersticktes Gelächter und ein großes lautloses Hallo. Normalität kehrte erst wieder ein, nachdem Graham von der Herrentoilette zurückgekommen war und sich verbeugt hatte.

Während Graham sich Tee, etwas zu essen und einen Platz besorgte, trafen alle ihre Entscheidung. Jeder wußte, daß Graham hinter den Tresen gesprungen war und sich nicht etwa in Luft aufgelöst hatte, jeder wußte, daß er an der Wand entlanggeschlichen und von der Küchentür in die Toilette gehechtet war. Er hatte sich nicht etwa unsichtbar gemacht. Aber alle entschieden sich dafür, lieber an Hexerei und magisches Verschwinden zu glauben.

Margaret verpaßte die ganze Sache. Sie war im Büro und nahm gerade einen Anruf entgegen.

»Hallo, Graham.«

»Hi, Maggie! Hallo, du verrücktes Huhn! Hast du schon das Datum eingetragen? Achter Dezember.«

»Hm? Ach ja. Ja. Aber was höre ich da von dir und deinem Verschwinde-Trick?«

»Ach, das war gar nichts. Bloß die Dummheit anderer Leute. Ignorier sie einfach, Mädchen.«

»Nein wirklich, es klang sehr eindrucksvoll. Ich wünschte mir, ich könnte immer verschwinden, wenn Lawrence hinter mir her ist.«

»Das kannst du doch.«

»Wie denn?«

»Reich deine Kündigung ein, hau ab. Er wird sich nicht mehr ändern, dieser Laden hier wird einfach eingehen. Wir ziehen weiter, wenn es sein muß. Geh einfach.«

»Ich kann nicht.«

»Wir werden es dir nicht danken.«

»Das erwarte ich auch gar nicht; ich bleibe nicht euretwegen. Ich würde woanders keine Stelle kriegen. Ich bin nur für das hier qualifiziert.«

»Dann mach es doch woanders.«

»Es wäre dasselbe.«

»Dann kann ich dir nicht helfen. Du kannst nur verschwinden, wenn du willst; wenn du weißt, wie. Oder wenn andere Leute dir helfen. Polypen, die sind gut darin, andere verschwinden zu lassen. Um die Wahrheit zu sagen, Mädchen, der ganze magische Quatsch kotzt mich an. Scheint so, als hätte ich die Phantasie der Jungs beflügelt. Weiß du, wie sie mich jetzt nennen? Graham, den Zauberer. Also, wenn ich zaubern könnte, wäre ich wirklich verschwunden. Raus aus der Bude mit der Hure über mir und dem Junkie unter mir; ich hätte keine Steuerschulden. Ich wäre irgendwo da draußen, würde meine Romane schreiben, meine Lieder singen und feierlich beschließen, nicht bei Marks & Spencer's einzukaufen, weil ihre Lebensmittel viel zu teuer und beschissen sind und der ganze Mistladen überhaupt völlig pervers ist.

Hissen ihre Fahne mit den Melton Mowbray Schweinepasteten drauf überall in Europa, während wer weiß wie viele Leute in dieser Stadt, allein in dieser Stadt, sich gar nicht erst fragen müssen, ob sie da reingehen wollen oder nicht. Sinnlos. Was sollten wir da schon kaufen? Was wäre für uns erschwinglich? Graham, der Zauberer? Nix Zauberer! Von meinem Privatleben ganz zu schweigen.«

»Das tut mir leid.«

»Natürlich. Welchem menschlichen Wesen würde das nicht leid tun. Etwas daran ändern, das wäre Zauberei.«

»Graham ...«

»Ist schon gut. Mir stinkt's nur. Es liegt nicht an dir. Bestimmt nicht an dir.«

»Ist was passiert?«

»Nein, eigentlich nicht. Nichts besonderes. Manchmal nervt es eben mehr als sonst. Nix ist passiert.«

»Wenn du dich aussprechen willst oder so, einfach mal deine Ruhe haben. Du weißt schon.«

»Dann würde ich schon was sagen. Wenn ich meine Ruhe haben will, geh ich einfach nach Hause. Da ist jetzt keiner mehr, wenn du verstehst, was ich meine. Alt, müde und wieder allein. Du bist ein nettes Mädchen, laß den Laden hier sausen, versprich es.«

»Vielen Dank!«

»Du weißt schon, was ich meine. Ich bin zur falschen Zeit geboren. Du vielleicht nicht.«

Spontan griff Margaret nach seinem Arm, zog ihn in eine Umarmung. Sie klopften sich gegenseitig auf den Rücken, im selben Augenblick schon ein bißchen verlegen, und ließen dann wieder los.

»Wie dem auch sei. Es reicht. Graham, der Zauberer, und die verrückte Maggie, wie? Die müssen jemand anderes gemeint haben.«

»Wer weiß.«

»Also, ich muß jetzt Fliegen binden, wie man in Anglerkreisen sagt. Tschüß!«

Margaret ging weg und mußte plötzlich an Colin denken.

Colin seinerseits dachte nicht an Margaret, weil er mit anderen Dingen beschäftigt war. Heute hatte er seine zweite Sitzung bei dem rundlichen, kichernden Akupunkteur. Während Margaret die Liste der Lebensläufe durchsah, die sie abtippen sollte, lag Colin in Hemd und Unterhose auf der verstellbaren Couch und dachte, wie warm und entspannend der kleine Raum wirkte – und daß er gleich einschlafen würde.

»Sie werden schläfrig?«

»Ja, ein kleines bißchen.«

»Das hier ist keine Hypnose, also ... «

»Aua!«

»Sie müssen wach bleiben, damit ich weiß, was Sie fühlen.«

»Das hat gerade weh getan.«

»Wenn Sie wollen, daß es weniger weh tut, müssen Sie zu einem europäischen Akupunkteur gehen. Ich bin nämlich davon überzeugt, daß es nicht so gut wirkt, wenn es weniger weh tut.«

»War das eine rassistische Bemerkung?«

»Nein, das war eine persönliche Bemerkung. Wenn Sie mich für einen chinesischen Rassisten halten, warum lassen Sie sich dann von mir Nadeln in die Haut stecken? Wenn ich zu solchen Gefühlen fähig wäre, wäre ich zu allem fähig.«

»Das sollte ein Witz sein.«

»Aha!« Und er fing an zu singen, melodisch, im Sinatra-Stil: »Into each life some rain must fall, but too much ... «

»Ist das hier eine Show?«

»Nein. Das mache ich zu meiner eigenen Unterhaltung und zur Freude aller einigermaßen musikalischen Menschen. Aber jetzt sollten wir uns konzentrieren. Ich werde jetzt die Nadeln setzen. Zuerst der Bauch.«

Mr. Ho wanderte um die gewölbte Oberfläche herum, beklopfte die Haut und zwirbelte Nadeln, schob sie tiefer hinein. Er summte und lächelte, und seine Hände waren kühl und merkwürdig glatt. Die Steifheit und der Schmerz, die Colin in seinem Fußgelenk gefühlt hatte, verschwanden, und Mr. Ho schuf ein neues Gleichgewicht zwischen Erde, Feuer, Wasser, Luft und Holz, weil er ein gründlicher Mann war und wollte, daß die Leute gesund wurden, nicht bloß schmerzfrei.

»Warum sind Sie zu mir gekommen? Warum haben Sie nicht einfach Schmerzmittel genommen? Es gibt ja jede Menge davon.«

»Ich nehme keine Drogen.«

»Manchmal muß man es.«

»Wem sagen Sie das!«

»Haben Sie ein Problem damit?«

»Nicht mehr. Ich will nur lieber nichts nehmen, für den Fall, daß ich auf den Geschmack komme. Das ist alles.«

»Kommen Sie schnell auf den Geschmack bei solchem Zeug?«

»Ist schon möglich. Wie gesagt, es ist kein akutes Problem.«

»Derartige Situationen sind dem Osten nicht fremd. Ihr Land hat uns freundlicherweise mit Opium versorgt, und heute macht das die CIA. Solches Zeug ist ideal für den Kapitalismus: Es erzeugt seinen eigenen Markt. Mit tödlicher Sicherheit.«

»Das war nicht mein Land, es war England.«

»Können Sie mir noch einmal verzeihen? Kolonialherren sehen im Ausland alle gleich aus.« Er kicherte, fast jungenhaft, obwohl er in den Fünfzigern sein mußte. Vielleicht sogar älter. »Ich möchte nur darauf hinweisen, daß ich Ihre eventuellen Abhängigkeiten mit Akupunktur nicht behandeln kann. In ihre Seele kann ich keine Nadeln setzen.«

»Hab ich Sie etwa darum gebeten?«

»Nur für den Fall, daß. Ich möchte gern eine Besserung erzielen, aber manchmal geht das nicht, und das deprimiert mich dann. Ich bin nicht gern deprimiert. Was Sie gleich fühlen werden, ist eine Welle von Energie, die durch Ihren Körper strömt. Ich öffne Tore, um den Energiefluß zu korrigieren und zu unterstützen. Seien Sie vorsichtig, wenn Sie die Praxis verlassen; Sie könnten etwas wacklig auf den Beinen sein. Wirklich, lachen Sie nicht. Warten Sie ab, bis Sie wieder stehen.«

»Mr. Ho?«

»Ja, Mr. McCoag?«

»Sie kennen sich doch mit Akupunktur aus.«

»Das sollten Sie hoffen.«

»Da gibt's also alle diese Punkte, und die sind mit all diesen anderen Punkten verbunden, und man kann auf einen von diesen Druck ausüben und erreicht eine Wirkung an einem ganz anderen.«

»Ich weiß, was Sie fragen wollen.«

»Woher denn?«

»Ich seh's Ihren Augen an.«

»Meine Augen sind doch zu.«

»Trotzdem. Soll ich es Ihnen sagen?«

»Ja, hören Sie in mich rein.«

»Also, Sie haben über die Akupunktur nachgedacht, vielleicht ein paar Broschüren gelesen, ein paar Diagramme gesehen, und Sie wissen, daß harmlose Körperteile wie Hände, Füße, Gesicht, sehr gewöhnliche und öffentliche Zonen ...«

»Ja, ja ...«

»... daß diese mit versteckteren Stellen verbunden sind. Sie möchten wissen, wo Sie Ihre Freundin berühren sollen.«

»Richtig. Eins zu null für Sie.«

»Sie fragen sich zum Beispiel, ob Sie ihre Hand auf der Straße auf eine besondere Art drücken und damit ganz erstaunliche Wirkung erzielen könnten. Andere Dinge, nicht auf der Straße ...«

»Ich merke an Ihrem Ton, daß Sie es mir nicht erzählen wollen.«

»Denken Sie mal nach, Mr. McCoag. Wenn ich Ihnen diese kleinen Geheimnisse verraten würde, was hätte ich dann davon, daß ich jahrelang Akupunktur studiert habe? Und Sie wollen es umsonst erfahren?«

»Nein, für zwanzig Pfund.«

»Für zwanzig Pfund bekommen Sie diese erstklassige Behandlung hier.«

»Ach ja, das hab ich ganz vergessen. Komisch, wie man sich an die Nadeln gewöhnt.«

»Nun, jetzt werden Sie eine Menge Zeit haben, sich daran zu gewöhnen. Ich werde mich an meinen Schreibtisch setzen, und Sie bleiben zwanzig Minuten liegen, damit die Wirkung sich entfalten kann. Jetzt. Psst! Danke.«

Colin lag da und fühlte die Wärme des Gasfeuers etwas mehr auf einem als auf dem anderen Bein, bemerkte ein Stechen oder Kribbeln in seinem Fuß, seinem

Bein, seiner Hand. Etwas wanderte Bahnen entlang, die er bisher nur gespürt hatte, wenn sie Schmerz leiteten. Er fühlte sich sehr merkwürdig.

Schließlich wurden die Nadeln entfernt, feinsäuberlich, aber mit einem letzten, spitzen, kleinen Schmerz, und Colin zog sich wieder an. Er schwankte und mußte sich setzen, als er sich die Hose anzog. Mr. Ho lächelte.

»Habe ich Ihnen nicht gesagt, Sie könnten etwas wacklig auf den Beinen sein?«

»Ja, das haben Sie gesagt, und ja, ich habe Ihnen nicht geglaubt.«

»So, so. Mr. McCoag, Sie sollten in zwei Wochen wiederkommen. Auch wenn Ihnen das Fußgelenk jetzt nicht mehr weh tun wird. Bis dann also. Ach ja, und noch etwas.«

»Was?«

»Wenn Sie die Bücher über Akupunktur gründlich lesen, werden Sie mehr Einblick in Ihre Gesundheit gewinnen, und Ihre Sichtweise wird sich zum Teil ändern. Und was die harmlosen und die versteckten Stellen angeht, an denen man Leute berührt, werden Sie alles herausfinden, was Sie wissen wollen. Ich bin viel verständnisvoller, als ich aussehe, nicht wahr?«

Mr. Ho stand da, die Arme vor der Brust verschränkt. Die Brille hatte er auf die Stirn geschoben – vielleicht, um für sein breites, breites Lächeln Platz zu machen. Colin lächelte zurück.

»Ich finde, Sie sind ein netter Mann, Mr. Ho. Ein sehr netter.«

Colin besuchte Dr. Ho weiter in unregelmäßigen Abständen, und wenn er zurückkam, hatte er überall dort, wo die Nadeln gesessen hatten, kleine rote Stellen. Margaret küßte diese Stellen manchmal und fragte sich, wie Colin wohl mit Nadeln in der Haut aussah. Es war keine angenehme Vorstellung.

Eines Tages kam Colin mit der Nachricht nach Hause, daß Dr. Ho gern auf dem Ceilidh der Angler singen würde. Sein Name, Ignatius Ho, wurde zusammen mit den Banjo- und Gitarrespielern, Schlagzeugern, Blechflötenbläsern, Sängern und einer Dame, die mit Löffeln Musik machte, auf die immer länger werdende Liste gesetzt.

In der ersten Novemberwoche hängte Graham ein vorläufiges Programm für den Ceilidh im Café aus.

»Sieh auf meine Taten, Lawrence, und verzweifle! Aus allen vier Himmelsrichtungen und allen Pubs der Stadt strömen sie herbei. Es wird eine tolle Nacht!«

In der toten Zeit kurz vor Schluß an einem Mittwochnachmittag bemerkte Margaret eine Besucherin, die vor der aktuellen Ausgabe des Programms stand. Bobby the Dug ließ gerade die letzten Dominosteine in die Schachtel zurückklickern, Heather wischte schweigend den Küchenfußboden, und alle waren schon drauf und dran, nach Hause zu gehen. Die Besucherin hatte den Kopf ein wenig vorgestreckt und betrachtete konzentriert das Programm. Mit beiden Händen hielt sie einen der farblosen hauseigenen Kaffeebecher umklammert. In ihrem hellbraunen Tweed-Kostüm und mit ihrem breitkrempigen Hut bot sie einen Anblick, der reichte, um Bobby vorzeitig aus dem Haus zu treiben. Margaret, die in der Tür stand, hörte ihn flüstern: »N'Abend.«

Der Zigarettenrauch des Tages senkte sich schwebend, milchig blau, und der murmelnde Fernseher flackerte aus.

»Entschuldigen Sie bitte.«

Bei Margarets Worten schnellte der Hut herum und enthüllte ein gelbliches Gesicht mit einem leicht abwesenden Blick.

»Entschuldigen Sie bitte.«

»Ja bitte?«

»Wir schließen gleich.«

»Das weiß ich, vielen Dank.« Kleine schwarze Augen blitzten Margaret an, und sie hatte den Verdacht, vielleicht etwas Falsches gesagt zu haben. Die Unterhaltung schien beendet zu sein.

»Es tut mir leid, aber jetzt müssen alle gehen. Ich muß abschließen.«

»Ich habe Ihr kleines Programm, für Ihren kleinen Ceilidh, gelesen. Was für einen aufregenden Abend Sie haben werden!«

»Hoffentlich. Sind Sie fertig mit Lesen?«

»Ja, ich bin fertig, ganz fertig. Und jetzt möchten Sie mich loswerden.« Sie lachte ein dünnes, abgehacktes Lachen. »Ich bin ja nicht schwer von Kapee. Ich spüre gleich, wenn ich unerwünscht bin.«

Margaret merkte, daß sie diese Unterhaltung sehr behutsam führen mußte, und wünschte, Lesley oder Sammy wären noch da.

»Sie sind nicht unerwünscht hier. Wir müssen nur einfach schließen. Jeder muß irgendwann mal schließen. Es tut mir leid. Wollten Sie noch irgend etwas über den Ceilidh wissen?«

Wieder das abrupte Lachen. »Etwas wissen! Es gibt nichts, was ich nicht schon darüber wüßte. Ich bitte Sie. Mein Mann langweilt mich seit Wochen damit zu Tode. Er hat beschlossen, daß ich hingehen soll. Ich bekomme

Ausgang für diesen Abend. Aber nur, wenn ich verspreche, mich zu benehmen. Und, Kleine, raten Sie mal, was dann?«

»Ich kann es nicht raten.«

»Ich habe es nicht versprochen. Wissen Sie warum?«

»Ich fürchte nein.«

»Nein, natürlich nicht. Ich nehme an, Sie hatten ein behütetes Leben, oder? Die Sache ist die, ich wollte dem kleinen Mistkerl nicht versprechen, daß ich ihm nicht ins Gesicht spucke. Keine Versprechungen. Sie haben einen Freund? Ja, natürlich haben Sie einen Freund. Versprechen Sie ihm nie etwas. Hören Sie auf mich. Versprechen Sie all den kleinen Mistkerlen einen Scheißdreck.«

Die Besucherin hob ihren Becher und ließ ihn fallen, so daß Margaret sich recken und ihn auffangen mußte. Langsam schritt sie auf die Tür zu, eine betäubende Parfümwolke im Schlepptau, etwas Schales und Teures und irgendwie Unappetitliches. Margaret bemerkte, daß das Kostüm der Fremden lange kein Bügeleisen mehr gesehen hatte, und wußte, ohne daß es ihr jemand hätte sagen müssen, daß diese Dame Daisy Lawrence war. Mr. Lawrences Frau.

Margaret ertappte sich dabei, daß sie den ganzen Abend lang den Gedanken an Daisy nicht los wurde. Ihr Geruch schien in der Luft zu hängen, wie ein Vorwurf.

Aber am nächsten Tag war es Mr. Lawrence, der in Margarets Büro schlüpfte und ein Blatt Papier auf ihren Schreibtisch flattern ließ.

»Wissen Sie etwas davon?«

»Entschuldigung?«

»Margaret, jedesmal, wenn wir uns sehen, entschuldigen Sie sich. Wofür eigentlich – schmutzige Gedanken?«

»Mr. Lawrence ...«

»Ist schon gut, ich erwarte keine Beichte, jedenfalls jetzt nicht. Diese Ankündigung – Kopien davon hingen überall im Zentrum herum, und wir können das nicht dulden – schon aus Prinzip nicht. Es ist der reine Schwachsinn, verfaßt von einem Gehirn, das davon überquillt, aber wir wollen doch keinen Schwachsinn überall an unseren Wänden hängen haben, oder? Dies ist ein Gebäude, auf das man stolz sein soll. Wir müssen drauf achten, daß es so bleibt. Hab ich Ihnen schon mal gesagt, warum Leute sich wie die Vandalen aufführen?«

»Mangel an Stolz.«

»Mangel an Stolz; Stolz auf das Gebäude. Ich hoffe, das klingt nicht lehrerhaft.«

Er hockte halb auf Margarets Schreibtisch, ein Bein über die Kante geschwungen.

»Sie haben schon ganz gut gelernt, wie man alles unter Kontrolle hält; ich weiß es; ich halte die Augen offen. Aber für diesen Ceilidh müssen Sie auf Draht sein. Ich verlasse mich ganz auf Sie. Vertraue Ihnen.«

»Ich werde mir Mühe geben.«

»Hm, natürlich. Wissen Sie, es ist manchmal schwierig, sich hier drinnen zu unterhalten. Ich weiß das. Ich gehe oft in das Restaurant in der Bridge Street.«

Er unterbrach sich, als habe er etwas in ihrem Gesicht gelesen.

»Eigentlich mehr ein Café. Dort könnten wir vieles besser besprechen. Was Sie so in der Zukunft machen wollen, längerfristig und so.«

»Also, im Augenblick habe ich furchtbar viel zu tun.«

»Ja, ich weiß, ich weiß, aber wenn der Boß Ihnen sagt, Sie sollen sich etwas freinehmen ...« Fast hätte er gelächelt.

»Dann würde ich das Angebot wahrscheinlich annehmen. Vielleicht eine Zeitlang verreisen.« Sie beobachtete, wie sein Blick erlosch; also, dachte sie, kann ich auch noch direkter werden. »Habe ich schon erwähnt, daß ich neulich Mrs. Lawrence kennengelernt habe, Ihre Frau? Glaube ich jedenfalls. Charmante Frau.«

»Nett von Ihnen, das zu sagen, aber ich kann nicht dafür einstehen, daß sie Freundlichkeiten auch erwidert. Das ist nicht ihre Stärke. Wo würden Sie denn gerne hin wollen?«

»Wohin?«

»Wenn der Boß Ihnen sagen würde ...«

Lesley öffnete die Tür mit dem Rücken und brachte zwei Becher Kaffee herein. Bevor Margaret überhaupt Zeit hatte, sich umzudrehen und in den Raum zu schauen, stand Lawrence plötzlich am Aktenschrank, die Hände in den Hosentaschen. Er schien sein Manöver zu genießen, die Spannung, als gelte es, ein Geheimnis zu bewahren.

»Sie werden daran denken, Miss Hamilton, nicht wahr?«

Und er verließ den Raum, dabei lächelte er leise und rieb sich die Wange mit den Fingerknöcheln.

»Wer hat den denn aufgeschreckt?«

»Das ist bei dem doch gar nicht nötig. Wie kommt es, daß nie ein Mensch da ist, wenn er mit mir reden will?«

»Aus demselben Grund, weshalb du nie da bist, wenn er sich Sammy oder mich vornimmt. Teile und herrsche. Obwohl ich ehrlich gesagt nicht glaube, daß er dich mag.«

»Was du nicht sagst.«

»Nur so ein Eindruck.«

»Also, mir wär's lieber, er würde mit Messern nach mir werfen, als daß ich noch einmal so ein trautes Gespräch mit ihm ertragen muß.«

Lesley prustete auf ihren Becher.

»Was? Lawrence?«

»Du weißt schon, was ich meine.«

»Er??«

»Er wurde ganz vertraulich, verstehst du.«

»O nee! Der ist ihm doch längst abgefallen! Nee! Nicht Lawrence. Mein Gott, wie widerlich. Er muß mindestens FÜNFZIG sein. Und diese kleinen stechenden Stielaugen. O neeee! Wenn der richtig in Fahrt ist, fliegen die ihm bestimmt aus'm Kopp!«

»Wie schön, daß du das witzig findest. Dem fehlen bald noch ganz andere Körperteile als seine beschissenen Augen, wenn er nicht aufhört, mich anzumachen.«

»Du bist gar nicht so nett, wie du aussiehst, oder?«

»Nein, bin ich auch nicht.«

»Aber Colin liebt dich trotzdem, was?«

Damit gab Lesley sich selbst das Stichwort, um das Gespräch wieder in sichere Bahnen zu lenken. Seit Colin aufgetaucht war, hatte sich Lesleys Verhältnis zu Margaret verändert. Jetzt konnte man mit Margaret klatschen, man konnte ihr von Sammys intimeren Eigenheiten erzählen und man konnte sie jederzeit zu allen Fragen ins Kreuzverhör nehmen, von Heiratsplänen bis zur vaginalen Stimulation. Margaret entdeckte, daß es auch seine Vorteile hatte, nur wenige Freunde zu besitzen. Ihr Blick fiel auf das verbotene Papier, das Lawrence auf ihrem Schreibtisch zurückgelassen hatte, und sie begann zu lesen.

Der Ceilidh
Anmerkungen für Zugereiste und andere Uneingeweihte

Der Ceilidh, eine einzigartige und unverfälschte Blüte schottischer Kultur, hat mannigfaltige Ziele. Dazu zählen das Konsumieren geistiger Getränke, Liedersingen, Musizieren, Tanzen, Witzereißen, Knutschen, sich Prügeln, Weinen, Labskaus essen und den Mond betrachten, während man sich übergibt oder über die Gewißheit des Todes nachdenkt. Diese Aktivitäten werden durch den Einsatz von Musikinstrumenten und die Anwesenheit von Männern, Frauen und Kindern beiderlei Geschlechts zugleich gedämpft und stimuliert.

Nun könnte man meinen, daß einige der Aktivitäten wie essen und singen oder prügeln und den Mond betrachten sich wechselseitig ausschließen. Andere Tätigkeiten dagegen, wie trinken und weinen oder das Absingen bestimmter Lieder vor einer Prügelei, scheinen untrennbar zusammen zu gehören.

In Wahrheit verhält es sich jedoch komplizierter. Bei einem Ceilidh mit seinem Gewoge von Gefühlen und Gezeiten kann alles mögliche auf einmal passieren. Es kann vorkommen, daß eine Frau gleichzeitig trinkt, sich prügelt und Witze reißt oder daß ein Mann sich übergibt, während er Labskaus ißt und sich einmal richtig ausweint. Und beim Knutschen ist einfach alles möglich.

Da Ceilidhs oft fälschlicherweise für reine Musikveranstaltungen gehalten werden, muß hier auf diesen Aspekt näher eingegangen werden. Die Instrumentalmusik für einen Ceilidh muß zum Weinen oder Tanzen oder zu beidem anregen und sollte möglichst einen Titel in gälischer Sprache haben. Lieder können sich mit einem weiten Spektrum geeigneter Themen befassen, zum Beispiel mit dem Tod beim Fischen, dem Tod am Arbeitsplatz oder dem Tod im Krieg. Man kann auch die Schönheit der Natur streifen, das Los des einfachen Mannes oder den bitteren Heldentod. Die übrigen Lieder drehen sich, häufig in schottischer Mundart, um Matrosen, um die wahre Liebe, Babys, oder allgemeiner, wie man sein Loch findet oder nicht findet oder findet und nicht haben will oder wie man sein Loch haben will, aber nicht findet, oder wie toll man sein Loch findet, wenn man es gefunden hat, oder wie man es zwar toll findet, aber noch ein besseres haben möchte, wie ein Mann sein Loch bei vielen Frauen sucht oder eine Frau das ihre bei vielen Männern.

Wie die Israeliten in der babylonischen Gefangenschaft ihre Psalmen hatten, so haben wir unseren Ceilidh. Wie die Afrikaner, die nach Haiti verschleppt wurden, an ihrem Voodoo festhielten, so haben wir unseren Ceilidh. Wie jede Nation ohne eigene Sprache, eigenen Staat, eigene Identität an einem letzten grotesken Bild festhält, in dem das Beste und das Schlimmste miteinander verschmolzen sind, so haben wir unseren Ceilidh. Hier tun wir so, als wären wir Highlander, tun so, als sei etwas sehr Geheimnisvolles um unsere Arbeit, als hätten wir überhaupt Arbeit. Wir vergessen die Liste unserer Schandtaten, wo immer man uns zu Herren gemacht hat, und werden wieder zu trägen Dienern. Unsere Gegenwart und unsere Vergangenheit durchdringen sich und verwandeln einander, und wir fühlen uns wütend und traurig und schottisch. Vielleicht fühlen wir uns frei.

Margaret wußte, daß Graham leugnen würde, ein Wort davon geschrieben zu haben. In dieser Beziehung war er bescheiden.

»Keine Bewegung! Bleib stehen.«

»Was? Was ist denn los?«

Margaret stand wie angewurzelt in ihrer eigenen Eingangstür, während Colin ihr aus dem Dunkel der Diele zurief, sie solle sich nicht bewegen.

»Nichts ist los. Du sollst dich bloß nicht bewegen.«

Er starrte sie an, bis sie errötete, ging dann auf sie zu, nahm ihr Gesicht zwischen seine Hände und küßte sie.

»Was sollte das denn?«

»Du sahst aus wie im Film. Genau wie im Film. Wie du da in der Eingangstür standst auf dem Sprung reinzukommen, mit deiner Tasche unterm Arm und zerzaustem Haar. Wie ein Filmstar. So möchte ich dich mal fotografieren.«

»Du spinnst.«

»Weil ich finde, du siehst aus wie ein Filmstar?«

»Sei nicht gleich eingeschnappt.« Sie löste sich ein wenig aus der Umarmung. »Ich meine, daß du grundsätzlich spinnst. Nicht bloß in Einzelfällen. Was gut ist, weil du mir so gefällst.«

Der Ceilidh nahm Gestalt an und rückte näher, und Margaret merkte, daß sie drauf und dran war, sich zu verlieben.

Es war bereits passiert. Das war etwas, das man unmöglich merken konnte, bevor es geschehen war. Sie konnte sich daran erinnern, wie sie weniger verliebt gewesen war, anders verliebt, falsch verliebt, und sie sah den

Unterschied. Eine Grenze war überschritten. Auch ihr jetziger Zustand würde sich verändern, immer wieder würde sich ihr Empfinden verändern, aber im Augenblick konnte sie nur ein Wachsen, eine Vertiefung des Gefühls voraussehen. Es schien eine Frage der Zuversicht zu sein, und sie war sehr glücklich.

Als sie sich liebten, war auch das besser.

Sogar die *Factory* schien ein bißchen heiterer, trotz des Wetters. Die Leute tauchten dort auf, die Gesichter gerötet vom Wind, weil sie mit den Formularen des Sozialamtes nicht zurechtkamen und Hilfe brauchten; und bei der Gelegenheit erkundigten sie sich nach dem Ceilidh. Sie boten an, zu kochen oder hinter der Bar zu helfen oder zu singen. Eine Frau stellte den Dudelsack ihres verstorbenen Mannes zur Verfügung, falls jemand ihn spielen könnte. Nur, um ihn wieder einmal in Gebrauch zu sehen. Lawrence blieb meist in seinem Büro und ging oft früh nach Hause.

Das Jugendtheater war ständig und ohne Drogen high. Elaine hatte an »Farewell Tae Tarwathie« herumgefeilt, bis man sehen konnte, wie die Segel des Walfängers über den Eisschollen aufragten, wenn man die Augen schloß. Man fing direkt an zu frieren. Gus und Tammy planten etwas, das sie auf keinen Fall verraten wollten und nur im Geheimen probten, und zwischen all den Soli und Harmonien und vielfältigem Räuspern tauchte jemandes Cousine auf. Sie war nur ungefähr einen Meter groß oder noch kleiner, und alle nannten sie Toaty Boady. Niemand wußte, wie alt sie war, ungefähr sieben, vermutete man. Als Margaret sie zum ersten Mal sah, saß sie auf Gus' Knie und sang »Teddy O'Neil« wie ein kleiner, verlorener Engel. Gus weinte.

»Sie bringt jeden zum Weinen, sie hat so was an sich. Singt auch scheißlaut für so einen Winzling, nicht?« Er lächelte und putzte sich die Nase.

Toaty Boady hatte etwas gegen Fluchen. »Ich finde das Scheiße, daß du in meiner Gegenwart fluchst. Das sag ich deinem Alten! Ich bin doch noch klein.«

So glitt Margaret fast mühelos durch ihre Arbeitstage und verbrachte etwas mehr Zeit mit Colin als sonst. Sie hatten jetzt ihre Wohnungsschlüssel ausgetauscht.

»Jessas Maria!«

Margaret fuhr aus einem Nickerchen auf dem Sofa hoch. Colin kniete neben ihr.

»Was hast du?«

»Verdammt, du bist's! Schleich dich nicht so an mich ran.«

»Ich bin nicht geschlichen. Du hast fest geschlafen. Ich hätte Step tanzen können, und du hättest nichts gehört.«

»Du hättest sonst jemand sein können.«

»Wohl kaum. Hat sonst noch jemand einen Schlüssel?«

»Du weißt schon, was ich meine.«

»Du bist muffig, wenn du gerade aufgewacht bist, weißt du das? Ich mach mal einen Kaffee.«

Margaret rieb sich die Steifheit aus dem Ellbogen, auf dem sie gelegen hatte, und folgte Colin in die Küche.

»Tut mir leid.«

»Ist schon gut, ich hätte vorher anrufen sollen. Übrigens dachte ich, wir könnten heute ein bißchen rausfahren. Kleiner Sonntagsausflug. Was sagst du dazu?«

»Hm, gute Idee. Wo wollen wir hin? Hast du schon was gegessen?«

»In umgekehrter Reihenfolge: Ja, ich hab schon was gegessen, und ich dachte, wir fahren ein bißchen in

Richtung Westen. Du mußt aber nicht, wenn du nicht willst.«

»Was?«

»Schsch. Das eine Mal neulich, da warst du nicht gut drauf... Die Jahreszeit und all das. Dein Vater. Ich hab ihn doch nicht gekannt. Verstehst du? Und du erzählst auch nicht gerade viel, stimmt's? Also. Es ist sehr kalt, ist nicht die richtige Jahreszeit, aber ich dachte, wir könnten trotzdem zum Friedhof fahren. Nicht, wenn dir nicht danach zumute ist. Ist nur ein Vorschlag. Du könntest mich ihm vorstellen. Was meinst du?«

Margaret stand auf und lauschte auf das Radio, das im Nebenzimmer noch immer vor sich hin schwatzte. Sie hockte sich auf eine Sessellehne und fragte sich, wie sie reagieren sollte. War es weise, das zu tun? Seit der Trauerfeier war sie nicht mehr dort gewesen. Es gab kein Grab, das sie hätte pflegen können, selbst wenn sie gewollt hätte. Ihr Daddy war verstreut worden, schwebte vielleicht bereits in der Luft, während sie noch zum Auto des Beerdigungsunternehmers zurückging, das Auto mit den merkwürdigen Gleitsitzen, die so entworfen waren, daß man diskret von Trauernden abrücken konnte, wenn sie vom Schmerz übermannt wurden. Das hatte sie an der ganzen Sache gehaßt – die Art, wie Schmerz vorausgesehen, fast geprobt worden war.

»Margaret, Liebling! Schlechte Idee? Tut mir leid.«

»Nein, nein, ich war nur in Gedanken.«

»Wir fahren nicht, wenn dich das traurig macht.«

»Es wird mich nicht gerade fröhlich stimmen. Entschuldige, ich meine, ich würde gerne fahren. Es wird aber vielleicht nicht gerade vergnüglich. Ich weiß nicht. Es macht dir doch nichts aus, wenn ich weine, oder?«

»Nein. Vielleicht tut dir das gut.«

Colin hielt unheimlich viel von Tränen. Manchmal fiel Margaret allerdings auf, daß es dabei nie um *seine* Tränen ging. Aber er meinte es gut.

Auf dem Friedhof war es klirrend kalt; auf den Beeten standen undefinierbare Stauden, braun und mit Reif überzogen. Unter der Erde gab es vielleicht Blumen, abgestorbene oder wartende. Das Geäst der dunklen, schweren Bäume war unter dem Grün, einem Grün, das fast schwarz wirkte, mit ausgebleichten Spinnweben überzogen. Graues Gras schien unter ihren Füßen zu brechen.

»Dad. Daddy. Er hieß Edward. Edward Alisdair Hamilton. Ich wußte gar nicht, daß er einen zweiten Vornamen hatte, bis, ja, bis es nicht mehr darauf ankam.«

»Ich wünschte, ich hätte ihn kennengelernt. Wirklich. Ich weiß, er hat dir viel bedeutet. Ich meine, mehr als die meisten Väter. Ich weiß, ihr wart euch sehr nah. Weißt du, warum ich heute mit dir hierher kommen wollte? Weil ich seinen Platz einnehmen muß.«

»Was willst du denn damit sagen?«

»Ich will wichtig für dich sein.«

»Colin, du kannst nicht mein Vater sein. Ich bin erwachsen. Ich brauche keinen Vater.«

»Brauchst du überhaupt jemanden?«

»Natürlich.«

»Für mich ist es wichtig, daß du dir da ganz sicher bist. Ich will nicht meine Zeit verschwenden. Ich bin deinetwegen zurückgekommen.«

Sie gingen Arm in Arm und hatten ihre verschränkten Hände in Colins Tasche gesteckt, und als Margaret stehenblieb, mußte auch er anhalten. Sie wußte nicht, ob sie sich ärgern oder lachen sollte.

»Ich will meine Zeit nicht verschwenden. Und ich will auch deine nicht verschwenden. Ich brauche dich, das ist alles, ich brauche dich.«

»Ich liebe dich.«

»Ich liebe dich auch. Alles in Ordnung?«

Sie küßte ihn auf die Nase und dann auf den Mund, befreite ihre Hand, um die Arme um ihn zu schlingen. Ihr Atem kam stoßweise und flatterte in Schleiern um sie herum, und ein älteres Ehepaar ging mit abgewandten Köpfen an ihnen vorbei. Colin und Margaret setzten sich auf eine Bank und schauten zurück auf ihre schmelzenden Fußstapfen; die Wintersonne war überraschend kräftig.

»Wie hieß er noch mal?«

»Ted. Eigentlich Edward. Edward Alisdair.«

»Okay. Edward Alisdair Hamilton, ich entführe jetzt Ihre Tochter und hoffe, daß wir beide sehr glücklich werden.«

»Das würde er sich wünschen; daß wir glücklich sind.«

»Ich weiß. Wenn ich mal eine Tochter habe, wird es mir genauso gehen.«

»Oh!«

Auf der Rückfahrt mußte Margaret daran denken, wie sie damals zum Friedhof gefahren war. Man hatte ihr das Vorrecht eingeräumt, ganz allein im ersten Wagen zu sitzen. Zum ersten Mal war ihr dabei der Gedanke gekommen, daß sie nach ihrer Mutter hätte suchen sollen. Wenn sie noch lebte, hätte sie dabei sein sollen. Aber hätte ihr Daddy das gewollt?

Das Auto war dahingeglitten, und Margaret hatte nichts weiter wahrgenommen als die glotzenden Passanten, andere Autos und im Leichenwagen vor ihr die Kiste, in der ihr Vater lag. Die Kiste, der sie nicht folgen und über die sie nicht nachdenken wollte.

Es schien, daß alle wußten, was zu tun war, außer ihr selbst. Zuerst würden ihr Vater und seine Kiste den Wagen verlassen, dann konnte sie aussteigen. Einen Augenblick lang waren Bahre und Träger in der Tür eingeklemmt, aber niemand sprach oder lachte; sie korrigierten nur den Fehler und machten weiter im Programm. Alles schien wie geölt hinab in den Tod zu gleiten.

Das Krematorium war voll. Daddy hatte einigen Leuten die Gärten umgegraben, hatte ihnen Blumen gebracht, hatte irgendwie die ganze Straße in einen ständigen Rausch von süßem Lavendelduft, von Blättern und Blumen versetzt. Hier war die ganze Straße wieder versammelt, dazu ein paar hagere alte Männer, die Margaret aus der Zeit kannte, als ihr Vater noch gearbeitet hatte. Männer, die Stühle zum Aufpolstern gebracht hatten, Händler und Zulieferer und Männer mit einer seltsamen Vorliebe für Holz, das auf alt getrimmt war.

Margaret ließ den Kopf sinken. Als sie den Mittelgang der Kapelle entlangging, wich sie allen Blicken aus, vermied es, die Kiste anzusehen, starrte nur auf die blitzenden Räder der Bahre und den Teppich. Ihr Kopf hätte vor Gram gebeugt sein sollen, aber sie fühlte nur Peinlichkeit, spürte, wie die gaffenden Gesichter ihre Trauer prüften und für unzureichend befanden. Als sie weinte, geschah es aus Zorn. Sie konnte die Kirchenlieder nicht mitsingen, wollte lieber auf dem verregneten Friedhof bleiben, nicht in einer Limousine nach Hause gleiten. Einige der Gesichter sprachen sie an, und vielleicht antwortete sie, aber sie kann sich nicht erinnern, was sie sagte. Sie wollte nach Hause gehen zu ihrem Daddy und ihm alles erzählen, mit ihm sprechen.

Einen Leichenschmaus gab es nicht.

Als Colins Lieferwagen in die Stadt zurückkehrte, war der Himmel hinter der Windschutzscheibe blendend hell. Das durchdringende Blau, in das sich hoch oben dünne weiße Streifen malten, ließ beide blinzeln. Margaret wischte sich die Augen.

»Bist du okay, Liebes?«

»Ja, jetzt geht's mir gut. Ich bin froh, daß wir gefahren sind. Es ist sehr hell, findest du nicht?«

»Hm hm. Wir sind gleich zu Hause.«

Margaret spürte, daß sich für Colin an diesem Nachmittag etwas verändert hatte. Er schien schon jetzt entspannter, selbstsicherer, gelassener. Sie hatte nicht das Gefühl, daß sich auch für sie etwas verändert hatte, aber vielleicht kam das nur langsam, vielleicht hatte es schon begonnen. Auf jeden Fall war es schön, daß Colin glücklich war.

Als sie bei Margarets Wohnung ankamen, ging sie allein hinein.

»Schon klar; du möchtest jetzt ein bißchen allein sein.«

»Du kannst ja später vorbeikommen.«

»Ich rufe vorher an.«

»Ja, okay, tu das.«

»Bist du in Ordnung, Baby?«

»Mir geht's gut. Ich bin nur irgendwie erschöpft. Aber mir geht's gut. Bis später dann.«

Das Telefon weckte sie, und sie setzte Kaffee auf. Im Bett waren sie sehr zärtlich, Colin fast väterlich, wie er seinen Ein-Tages-Bart sanft an ihrer Wange rieb, sie im Arm hielt. Obwohl das Zimmer vollkommen dunkel war, weil ihre neuen Wintervorhänge die Straßenbeleuchtung aussperrten, gab es Augenblicke, in denen Margaret spürte, daß Colin sie ansah. Sie lagen still und atmeten sich an, Gesicht zu Gesicht gekehrt, und sie vermutete, daß sie beide die Augen offen hatten und in der sanften Finsternis nach etwas Ausschau hielten.

Margaret fand etwas im Schlaf, etwas, das gewartet hatte oder durch die Erlebnisse des Tages ausgelöst worden war. Etwas Überraschendes.

Sie stand in einem weiten, weiten Raum mit einem blauen, gewölbten Fußboden, der sich einer Ferne zuzuneigen schien wie die Oberfläche einer Kugel. Neben ihr stand ein Lehnstuhl, viereckig, gelb vielleicht, und darin saß ihr Vater. Er schaute unbeweglich geradeaus auf die blaue Krümmung, und Margaret hielt seine Hand.

»Wo bist du?«

»Ich bin hier. Ich bin ganz nah.«

»Aber du bist nicht hier bei mir. Ich bin allein. Margaret, ich bin allein. Bleib bei mir.«

»Ich kann nicht bleiben.«

»Bleib bei mir.«

»Ich hab dich lieb, wirklich, aber ich kann nicht bleiben. Ich kann nicht hier sein. Ich bin nicht ... wie du. Ich bin nicht tot. Um bei dir zu sein, müßte ich tot sein. Ich bin noch nicht tot.«

»Bin ich tot?«

Sie drückte seine Hand. Margaret hatte erwartet, daß sie unter ihrer Berührung verschwinden oder sich wenigstens kalt anfühlen würde, aber sie war warm und fest. Margaret konnte Adern und Knochen fühlen, all die Dinge, aus denen ein Körper zusammengesetzt ist. Sie spürte sogar einen Puls.

»Margaret?«

»Ja?«

»Wenn du mich wirklich lieb hättest, wärst du bei mir.«

»Ich habe dich sehr lieb.«

»Aber du verstehst nicht. Du und ich, wir sind eins. Wir sind eine Familie. Wir sind noch inniger verbunden als eine Familie, wir sind eins. Zwei Teile desselben Wesens, verstehst du? Und ich ... ich liebe dich.«

»Dad.«

»Wir sind eins. Als ich dich nach der Geburt sah, so lebendig, da wußte ich es. Wir waren eins. Du hast eine Tür in mir aufgemacht und bist reingeschlüpft, aber jetzt ist dort nur noch Leere. Margaret? Bist du hier?«

»Wenn es soweit ist, komme ich. Das verspreche ich. Ich werde kommen. Ich hab dich nicht vergessen. Du fehlst mir. Ich möchte mit dir reden, und du bist nicht da. Du fehlst mir. Wir sollten am selben Ort sein.«

»Wir sind am selben Ort. Du bist in mir. Wie ich in dir bin. Ich kann dich nicht sehen. Wo bist du, Margaret?«

»Ich bin hier. Du schaust mich nur nicht an. Ich bin hier.«

Als sie sich vorbeugte, um ihn zu umarmen, wußte sie, daß er verschwinden würde, ins Gelbe versinken und dann ins Blau. Sie wachte auf mit seiner Stimme im Ohr, mit dem Gefühl seiner Haut an ihrem Hals, der Sanftheit seines Kusses.

»Was ist los? Liebling, was ist los? Du weinst ja.«

Margaret überließ sich Colins Umarmung, beschloß aber, ihm nichts zu erzählen, weil er es nicht verstehen würde und weil dies etwas ganz Privates war. Familienangelegenheit. Seltsamerweise empfand sie unter der

Trauer eine Ahnung von Frieden; sie war sich ganz sicher, daß sie nun immer eine Familie haben würde, auch wenn sonst niemand je davon erfuhr.

MIR SCHREIBN

»Okay.«

BITTE

»Bestimmt, ich versprech's. Okay? Es wird sich schon ein Weg finden.«

»Jamie?«

May klatscht ihre Illustrierte auf den Tisch.

»Nerv Miss Hamilton nicht! Sie hat bestimmt schon genug von dir.«

Kurz zuvor waren Irene und May aus dem Speisewagen zurückgekommen und hatten James schlafend vorgefunden. Irene hatte sich ans Fenster gesetzt und hielt ihren Kopf zur Glasscheibe gekehrt. Ihr Gesicht wirkte fleckig, als hätte sie geweint oder sich geärgert. Beide Frauen sanken hinter ausgebreiteten Illustrierten in die Polster, und man hatte den Eindruck, sie hätten gerade einen Streit beigelegt oder wenigstens einen Waffenstillstand geschlossen.

»Es tut mir leid, wir wollten eigentlich nicht so lange wegbleiben. Hat James Sie unterhalten?«

Man hörte ein Rascheln, als Irene umblätterte.

»Es ging sehr gut. Wir haben uns gut unterhalten. James war groß in Form. Sehr interessant.«

May lächelt, verständnisvoll. »Sie arbeiten mit denen, nicht wahr?«

»Wie bitte?«

»Mit Behinderten.«

»Nein, nein. Das heißt, manchmal kamen Gruppen in die Einrichtung, in der ich gearbeitet habe. Wir hatten einen guten Draht zueinander. Schließlich sind sie auch Menschen. Aber arbeiten tue ich nicht mit ihnen.«

Irene spricht, ohne ihre Illustrierte sinken zu lassen.

»Wir arbeiten auch nicht mit ihnen, meine Liebe. Wir haben sie nur um uns, Tag und Nacht.«

May atmet hörbar aus, aber nicht kräftig genug für einen Seufzer, und verkündet dann: »Darüber wollen wir aber jetzt nicht reden. Wir sind alle ein bißchen müde.« Niemand weiß, wen sie mit »wir« meint.

Margaret und James setzen ihre Unterhaltung schweigend und flüsternd fort und füllen langsam einen weiteren Bogen Papier.

SCHREIBN?

Ja.

VERMISS DICH

Werd dich auch vermissen.

TRAURIG

Ja. Ich bin auch traurig. Aber mach dir nichts draus.

TRAURIG

Draußen sausen Reihen von Backsteinhäuschen vorbei, Brücken und Autobahnen kreuzen sich oder schwingen hinter weiteren Hausreihen seitwärts in die Ferne, ein Gewirr von Bahndämmen, Zäune aus Eisenbahnschwellen und Ansammlungen von kleinen Wellblechschuppen. Sie können nicht mehr sehr weit von Warrington entfernt sein.

Es war der Tag vor der Entscheidungsschlacht. Das behauptete jedenfalls ein Plakat über dem Eingang des Cafés. Nach dem Mittagessen erschienen Tammy und Gus, um zu sehen, ob es etwas zu tun gab, und alle vergaßen zu fragen, warum sie nicht in der Schule waren. Die Dominospieler blieben an ihren Tischen, waren aber nicht bei der Sache. Sie verpaßten ihren Einsatz, und als die Vorräte aus der Battlefield Bar angeliefert wurden, ließen alle Hände die grüne Filzplatte im Stich und trugen die Kisten und Kästen in den Abstellraum.

Als die Arbeit getan war, wurde es still in der *Fun Factory.* Alle Männer und Frauen hatten den gleichen Ausdruck. Den Ausdruck, den sie bekamen, wenn jemand sagte, es muß etwas repariert werden oder gebacken oder umgegraben oder hereingetragen, wenn jemand sie brauchte: Sie fühlten sich nützlich. Als es Zeit war zu schließen, war alles, was getan werden konnte, schon erledigt, und die Menge verließ das Gebäude so ausgelassen, als habe die Stechuhr sie in den Feierabend entlassen.

An diesem Abend war Lesley mit Abschließen dran, und so ging Margaret etwas früher, unbeschwert vom Gedanken an die Schlüssel. Sie wollte eigentlich direkt zur Bushaltestelle gehen, hörte aber leises Schlurfen und unterdrückte Stimmen von dem mit Ziegeln gepflasterten Platz hinter dem Gebäude. Die Geräusche hörten sich irgendwie nicht gefährlich an, und so faßte sie sich ein Herz, verließ die beleuchtete Straße und ging um die

Mauer herum. Sie trat absichtlich laut auf und pfiff ein wenig vor sich hin.

Was sie entdeckte, waren Elaine, Susan und Tina, die auf einer Ziegelreihe wie am Rand einer Bühne balancierten. Sie waren blaß, und mit ihren steifgefrorenen Fingern klammerten sie sich aneinander, bildeten eine Kette. Sie starrten in Margarets Richtung, bis sich die Spannung in Gelächter löste.

»Verdammt, Maggie, wir dachten, du wärst einer von den Jungs.«

»Hast uns fast zu Tode erschreckt. Fühl mal mein Herz. Fühl mal.«

Elaine lehnte Tinas Aufforderung ab, und Margaret ergriff die Gelegenheit einzuhaken.

»Was treibt ihr hier eigentlich? Ich dachte schon, ihr seid eine Bande ausgerasteter, drogensüchtiger Killer!«

»Ach wirklich? Wir proben, was denn sonst? Es stinkt hier zum Kotzen, all die ollen Alks kommen zum Pennen hierher.«

»Riecht, als ob sie zum Sterben hierher kommen.«

»Also, warum seid ihr dann hier? Elaine?«

»Weil wir nirgendwo anders hin können. In der Schule dürfen wir nicht singen, bei uns zu Hause auch nicht, und hier wolltest du uns auch nicht reinlassen.«

»Es ging doch nur darum, daß ihr heute Pause machen und euch ausruhen solltet. Eure Songs sind klasse, Gus wird euren Programmteil moderieren, er kennt die Programmfolge. Wo liegt also das Problem?«

»Wir sind grottenschlecht. Wir müssen noch proben. Wir werden beschissen sein. Tinas neuer Freund will zugucken kommen.«

»Halt die Klappe!«

»Er kommt aber doch.«

»Ich werd's ihm verbieten.«

»Untersteh dich. Ich will mir doch seinen Bruder mal angucken.«

»Meine Damen, ihr braucht nicht mehr zu proben. Ihr werdet es prima machen. Ihr müßt nur ein bißchen Selbstvertrauen haben, verdammt noch mal. Ihr werdet toll sein, alle an die Wand singen. Jetzt geht nach Hause und versucht, etwas Schlaf zu kriegen. Und du könntest heute abend mal das Rauchen lassen, Susan.«

»Okay, mach ich.«

Lesley tauchte auf, eine Hand tief in ihrer Handtasche vergraben; sicher hielt sie schon das Tränengas bereit oder irgendeinen harmlosen, aber scharfen Gegenstand. Beim Anblick der Mädchenreihe schien sie enttäuscht, doch es gelang ihr, noch etwas Drohung in ihrer Stimme mitschwingen zu lassen.

»Ist alles okay, Margaret?«

»Ja, alles klar. Es ist nur eine Truppe fahrender Sängerinnen. Verirrte fahrende Sängerinnen. Sie sind auf dem Heimweg. Kein Grund, die Dobermänner loszulassen.«

»Hast du einen Dobermann, Lesley?«

»Nein, leider bin ich allergisch gegen Hunde.«

»Habt ihr gehört, Mädels? Sie ist leider allergisch!«

»Stell dir vor!«

Margaret merkte, daß die Dinge drohten, außer Kontrolle zu geraten. Wieder einmal.

»Los jetzt! Wir müssen alle nach Hause. Auch die Künstlerinnen.«

Sie trollten sich, schlenderten durch die zunehmende Dunkelheit auf den Lichtschein der Straße zu.

»Also, gute Nacht, Mädchen. Bis morgen.«

»Ja – vielleicht.«

»Also, Lesley und ich werden da sein, auch wenn ihr nicht kommt.«

»Los Mags, gib zu, ohne uns ging's gar nicht.«

»Selbst wenn das stimmte, glaubst du, ich würde das zugeben?«

»Nacht, Mags.«

»Nacht, Nacht.«

Margaret wandte sich zu Lesley, bevor diese etwas sagen konnte. »Ich weiß genau, was du sagen willst. Ein bißchen Klettersport würde sie alle im Handumdrehen auf Vordermann bringen.«

»Ein bißchen Bewegung würde ihnen tatsächlich nicht schaden. Wenn sie nicht schon bei dem bloßen Gedanken eine Meile rennen würden.«

Margaret mußte lächeln, als sie merkte, daß Lesley den Witz nicht beabsichtigt hatte.

»Ich könnte nur was empfehlen, das ich auch selbst machen würde. Den ganzen Sportkram mit seiner Schinderei überlasse ich lieber Colin.«

»Jeder nach seinem Geschmack. Wie geht's ihm übrigens? Wir kriegen ihn nie zu Gesicht. Ihr solltet uns mal besuchen kommen. Oh, da ist Sammy. Also tschüß. Bis morgen. Tschüß.«

»Wiedersehen, Lesley.« Margaret schaute ihr nach, wie sie in Sammys altem Vauxhall verschwand, erleichtert, daß sie nicht daran gedacht hatten, sie mitzunehmen.

Margaret hatte nicht damit gerechnet, später am Abend noch einmal in die *Factory* zurückzukehren. Sie hatte sich vorgenommen, früh schlafen zu gehen, hatte gebadet, war ins Bett geschlüpft und schon fast eingeschlafen, als das Telefon klingelte.

»Was hast du an?«
»Was? Colin?«
»Was hast du an?«
»Ich bin im Bett. Hab schon geschlafen. Fast.«
»Also, was hast du an?«
»Nichts. Logischerweise. Ich schlafe immer nackt.«
»Ich weiß.«
»Ich weiß, daß du das weißt. Worauf willst du hinaus?«
»Komm raus mit mir. Zieh dich an und komm raus.«
»Colin!«
»Bitte. Ich muß mit dir reden.«
»Dann komm her, und wir reden hier.«
»Nein. Wir müssen dazu unter freiem Himmel sein. Es ist eine herrliche Nacht.«
»Ist alles in Ordnung mit dir?«
»Natürlich.«
»Du hast doch nichts genommen, oder?«
»Ach, du lieber Gott! Komm einfach raus. In einer Viertelstunde bin ich da; wenn du da bist, bist du da. Wenn nicht, geh ich wieder.«
»Wenn ich wo bin?«
»Draußen. Bis gleich. Tschüß.«
Margaret rollte sich auf den Rücken und dachte, daß Colin das immer wieder machte. Plötzlich hatte er einen verrückten Einfall, war völlig unvernünftig, aber wenn sie versuchte, etwas zu sagen, war er verletzt, und sie fühlte sich völlig unvernünftig und dann schuldig, und dann bekam er seinen Willen. Immer. Nicht, daß sie verrückte Einfälle nicht hin und wieder zu schätzen wüßte; sie waren schön, genau das, was die Frauen in Liebesromanen gern hatten. Aber er suchte sich immer den falschen Moment aus. Rücksichtslos. Sie hatte nicht übel Lust, liegen

zu bleiben. Warum sollte sie kurz vor Mitternacht draußen auf ihn warten, wenn sie morgen einen sehr anstrengenden Tag und eine lange Nacht vor sich hatte? Trotzdem würde sie es natürlich tun. Gegen besseres Wissen.

Hieß das, daß sie erwachsen und vernünftig wurde? Oder wurde sie alt und unbeweglich?

Oder hieß es, daß er wieder ausgeflippt war?

Als sie die Außentreppe hinabging, fegte eine Böe den Bordstein entlang. In ein paar Stunden, wenn es aufklarte und der Wind sich legte, würde es Frost geben.

Gerade als Margaret vor Kälte zu zittern anfing, fuhr Colin mit dem Lieferwagen vor.

»Da bist du ja.«

»Genau da, wo du mich hinbestellt hast.«

»He, du klangst ziemlich brummig am Telefon.«

»Bin ich immer, wenn ich gerade aufgewacht bin.«

»Okay. Jetzt schnall dich an, Sicherheit hat Vorrang.«

Er nahm die Kurve am Ende der Straße im vierten Gang.

»Wie kommt es, daß ich mich immer in Gefahr fühle, wenn du von Sicherheit sprichst?«

»Paranoia, Schatz, schlichte Paranoia. Warum sollte man nachts vorsichtig fahren? Tagsüber seh ich das ja ein. Du hast mich doch gesehen, da bin ich ganz Mr. Clean.«

»Also nachts bist du eher Mr. Hyde.«

»Willst du die ganze Nacht an mir rumnörgeln oder soll ich anfangen, mit den Knien zu steuern?«

»Das läßt du hübsch bleiben.«

»Nur auf den geraden Strecken, da mach ich das immer.«

»Ich wünschte, ich müßte das nicht glauben. Es ist nicht *dein* Wagen.«

»Genau. Entspann dich.«

Auf der Schnellstraße schlingerten sie ein wenig, überholten mal einen Tick zu früh, mal einen Tick zu spät, und die Räder unter ihnen vermittelten ein Gefühl von Gefahr.

»In Nächten wie dieser wünschte ich, ich wär Amerikaner. Da haben sie Straßen, auf denen man richtig zügig fahren kann. Ich hab das in der Umgebung von London versucht – keine Chance. Hier oben kann man wenigstens aufs Land rausfahren. Heute nacht fahren wir auch aufs Land, aber noch nicht gleich. Das Wichtigste zuerst, wie der alte Archie zu sagen pflegte. Rate mal, wohin wir fahren.«

»Ich hab keine Ahnung.«

»Doch, hast du. Komm schon. Wir folgen der Busroute.«

»Dem Bus? O nein! Bloß nicht. Es ist schon bei Tageslicht schlimm genug.«

»Erraten! Zur *Fun Factory*. Ein kleiner Besuch, und dann fahren wir weiter. Laß mich mal ein bißchen Fleisch fühlen, während ich hier steuere. Das Stück da. Los, wenn du mich danach erst suchen läßt, muß ich die Augen von der Straße nehmen. Ah, da ist es ja, wie immer.«

»Was dachtest du denn?«

»Dinge können sich ändern.«

Aber die *Factory* war unverändert. Im Dunkeln sah sie noch schmuddeliger aus, mit einem schmierigen Film von Frost auf den Mauern.

»Stell dich darauf ein, daß die Fenster beschlagen.«

Der Wagen steuerte in die unbeleuchtete Ecke und auf den Platz mit den alten Ziegeln, parkte dort, wo die Mädchen versucht hatten zu singen. Jetzt war kein Mensch zu sehen.

»Was willst du hier?«

»Ich wollte mit dir reden.«

»Tatsächlich.«

»Aber komm erst mal her.«

Hinterher fragte Margaret sich, warum sie das getan hatten, sich geliebt in einem Lieferwagen auf einem verlassenen Gelände, während ein Teil vom Sicherheitsgurt sich in ihren Rücken bohrte. Warum es auf diese Weise tun, wenn sie das doch gar nicht nötig hatten? Als müßten sie sich vor ihren Eltern verstecken. Als ob Colin sie bezahlte; ein professioneller Schnellfick? Als hätten sie beide wieder einen ihrer verrückten Einfälle gehabt?

»Danke.« Colin zwängte sich zurück in seinen Sitz.

»Keine Ursache.«

»Nein, ich meine, ich weiß, es ist ein bißchen merkwürdig. Ich werde nervös, und dann weiß ich nicht, was ich sonst tun soll.«

»Aha. Ich weiß nicht, ob das sehr schmeichelhaft für mich ist. Du hast gesagt, du willst reden. Mußte ich erst mal klein gemacht werden, weichgefickt?«

»Hat es dir nicht gefallen?«

»Es hat mir schon gefallen. Aber ich weiß nicht, warum es passiert ist, das ist alles. Nicht, daß ich immer eine Erklärung bräuchte. Aber was ist los? Warum bist du so nervös? Was hast du denn?«

»Warte einen Moment, ich bring uns hier erst mal raus. Jetzt ist die Landpartie dran. Solange ich mich an mein Programm halte, bleib ich im Gleichgewicht. Kein Grund zur Beunruhigung. Geht's dir gut?«

»Ich habe keine Ahnung, wovon du sprichst, aber abgesehen davon geht's mir bestens.«

Die Dunkelheit draußen schloß sich enger um die Fenster, als sie die Straßenbeleuchtung hinter sich ließen und in eine enge Landstraße einbogen. Bruchstücke von Bäumen und Mauern tauchten neben ihnen auf und verloschen wieder, und Margaret folgte dem Lichttunnel vor ihnen und fühlte sich irgendwie geborgen.

»Möchtest du Musik hören?«

»Soll das ein Wink sein?«

»Überhaupt nicht, ich dachte nur, es entspannt dich etwas. Sag's mir, na los.«

»Also gut. Es ist nichts Besonderes. Das heißt, ich weiß nicht, wie besonders es ist. Ich habe das Gefühl, vor einiger Zeit ist etwas geschehen. Wir scheinen einen Punkt überschritten zu haben, ich weiß nicht, ich hatte nur das Gefühl, etwas hätte passieren müssen, eine Veränderung.«

»Du möchtest, daß ich mich ändere?«

»Nein. Eigentlich nicht. Das ist nicht der Punkt. Es ist die Art, wie wir leben. Es gibt Augenblicke, in denen ich das Gefühl habe, daß wir bestimmte Dinge nicht tun. Es ist schon über zwei Jahre her, daß ich zurückgekommen bin, daß wir zusammen sind, und doch gibt es Dinge, die wir nicht tun. Vielleicht werden wir sie nie tun, aber wir reden auch nicht darüber. Ich weiß nicht, ob sie möglich sind. Darf ich dich was fragen?«

»Natürlich. Frag.«

Der Wagen fuhr weiter, seine Lichter wippten voraus; das Geräusch des Motors war das einzige, was sie wahrnahmen.

»Sprich weiter. Frag mich. Ich beiße nicht. Du bist derjenige, der beißt.«

»Tut mir leid.«

»Keine Ursache, bitte, sprich weiter.«

»Also, ja, okay. Ich hab mich gefragt, ob du darüber nachdenken würdest, mit mir zusammenzuziehen. Mit der Perspektive, noch etwas anderes zu tun. Ich meine, ich würde dich gern heiraten. Ich möchte etwas Ernsthaftes daraus machen, weil es mir sehr ernst damit ist.«

»Mir auch.«

»Gut, gut. Laß es dir durch den Kopf gehen. Kein Ultimatum, keine Forderung. Ich weiß, ich kann sehr fordernd sein.«

»Das wollte ich gerade sagen. Du warst ziemlich scharf darauf, den Schlüssel zu meiner Wohnung zu bekommen.«

»Du hast ja auch die Schlüssel zu meiner.«

»Ja, stimmt. Also, das ist sehr schmeichelhaft. Abgesehen von allem anderen. Ohne Frage. Aber ich muß darüber nachdenken. Sei nicht enttäuscht. Ich sage ja nicht nein. Es ist eher so, daß ich nicht weiß, wie wir's machen sollen.«

»Das können wir alles besprechen. Tut mir leid. Tut mir leid, wollte dich nicht drängen, ist nur ein Vorschlag. Du kennst mich ja, ich habe diesen Vorwärtsdrang. Stillstand beunruhigt mich.«

»Ja. Fahren wir jetzt ganz gemütlich nach Hause? Ich lege ein Band ein. Sollen wir um deinen Schaltknüppel Händchen halten? Hast du Lust?«

»Jederzeit. Jederzeit.«

Der Morgen war klar und sehr frostig, und Margaret war nicht so müde, wie sie erwartet hatte. Colin hatte Mühe, den Lieferwagen zu starten.

Als Margaret zur *Factory* kam, um aufzuschließen, saß Graham schon vor der Tür.

»So früh steh ich sonst nicht mal auf, um einen Job anzutreten.«

»Du hättest ruhig noch ein bißchen schlafen können. Es ist ja schon fast alles fertig. Du siehst ziemlich mitgenommen aus.«

»Das siehst du richtig. Mir fiel plötzlich ein, daß irgendwelche Mistkerle gesehen haben könnten, wie wir gestern den ganzen Stoff hier reingetragen haben, und nun vielleicht auf die Idee kommen, uns zu beklauen. Verstehst du? Also habe ich den Laden bewacht.«

»Waas, die ganze Nacht lang?«

»Mit Unterbrechungen. Schau nicht so entsetzt, Maggie, es war kein Opfer. Um die Wahrheit zu sagen, meine Alte ist zurückgekommen und hat mich vor die Tür gesetzt, so war's 'ne Abwechslung vom eigenen Bett. Hierher kommen und sich nützlich machen. Verstehst du, mir ist gerade aufgefallen, daß sie mich nie vor die Tür setzt, wenn es warm ist.«

»Hast du was gesehen?«

»Ich? Nee. War ruhig die ganze Nacht. Zu kalt für irgend was.«

»Vermutlich.«

Kurz vor dem Mittagsansturm marschierte Mr. Lawrence von seinem Büro zur Theke des Cafés. Der ganze Raum konzentrierte sich angestrengt auf Zeitungen, Dominosteine, Kaffeeflecken, Stiefel, auf alles, was nicht Mr. Lawrence war.

Mr. Lawrence klopfte mit einer Gabel auf die Theke. Die Stille wurde noch stiller, und als Margaret und Lesley aus dem Büro kamen, begann er.

»Meine Damen und Herren, wie Sie alle wissen, findet heute abend hier ein Wohltätigkeits-Ceilidh statt. Etwas, das wir alle gut gelaunt genießen werden, da bin ich sicher. Wir werden uns amüsieren, und wir werden uns alle so benehmen, daß wir am nächsten Morgen nichts zu bedauern haben.

Ich möchte Ihre Aufmerksamkeit auf die besondere Unterstützung lenken, die dieses Projekt von einem Mitglied unseres eigenen Personals erhalten hat, Margaret Hamilton. Sie wissen wahrscheinlich alle, daß ich nicht verschwenderisch mit Lob umgehe, aber ich denke auch, wir stimmen alle darin überein, daß hier wieder einmal eine Aufgabe sehr gut gelöst wurde. Vielen Dank für Ihre Hilfe, Margaret.«

Obwohl sie die Augen fest auf den Boden geheftet hielt, spürte Margaret doch, wie er sie ansah.

Für James ist es jetzt Zeit auszusteigen. Warrington ist fast erreicht, der Zug bremst so sacht, daß man es kaum merkt, dann etwas stärker, dann noch etwas stärker. Dichter Regen erwartet ihn.

May ist losgegangen, um den Schaffner zu holen, und Irene ist schon fast damit fertig, den Tisch abzuräumen. Die Zettel und Filzstifte verschwinden; James ist zu langsam, um sie festzuhalten. Das Trictrac-Spiel, die Unterhaltungen, Beobachtungen, kurzen Kommentare werden in die für Abfall und Reste bestimmte Plastiktüte geknüllt. Mühevoll wendet er Margaret den Kopf zu, hält die Hände an die Brust gepreßt.

»Also, James Watt, du mußt bald aussteigen. Schade, daß du nicht die ganze Strecke mitfährst. Paß auf dich auf.«

James streckt eine Hand aus, damit Margaret sie schüttelt.

»Danke, James, danke.«

Überall im Wagen werden Taschen und Koffer angereicht oder heruntergehoben, Mäntel werden glattgestrichen und angezogen, aber James sieht immer noch unverwandt Margaret an, unfähig zu einer klaren Botschaft, weil ihm keine klare Ausdrucksform zur Verfügung steht. Er schaut Margaret an und hält ihre Hand, schaut wieder weg. Er hat Augen, die von einem sehr angenehmen Blau sind. Das hatte sie bisher nicht bemerkt.

Alle beobachten, wie der Bahnhof mit einem kleinen Ruck neben ihnen zum Stillstand kommt. Der Wagen leert sich langsam so weit, daß May und der Schaffner sich einen Weg bahnen und James abholen können. Irene schlüpft aus dem Sitz und stellt ihre Taschen auf dem Tisch bereit.

»Sie können drauf wetten, daß ich gleich die Windeln wechseln muß.«

May lächelt Margaret an, als sie James' Hand aus Margarets löst und den Rollstuhl geschickt für ihn zurechtschiebt. Mit der Hand, die jetzt frei ist, reißt Margaret ein Stück Papier ab und beginnt zu schreiben.

»Es war eine lange Reise. Es war schön, Sie kennenzulernen, meine Liebe. Ich hoffe, wir haben Sie nicht zu sehr gestört.«

»Nein, ganz und gar nicht. Ich dachte – hier ist meine Adresse. Wenn James mir schreiben möchte, wenn er möchte, daß ich ihm schreibe ...«

Irene ist schon auf dem Bahnsteig, umringt von Gepäck. Ihr Blick wandert den Bahnsteig hinab und richtet sich auf etwas, das Margaret nicht sehen kann.

»Das ist sehr nett von Ihnen, meine Liebe, aber es ist nicht nötig.«

»Ich würde es aber gern tun.«

»Wirklich, nein.«

Die Schnallen um James und seinen Stuhl herum sind alle geschlossen, und eine Wolldecke wird um ihn gewikkelt. Margaret schiebt ihm das Stückchen Papier in die Hand, bevor sie unter der Decke verschwindet.

»Da – James hat jetzt meine Adresse. Ich würde wirklich gern in Kontakt bleiben. Wir haben uns angefreundet.«

»Wir werden mal sehen, meine Liebe. Sie müssen verstehen, Irene ist nicht die einzige, die enttäuscht ist. Auch James wird manchmal enttäuscht. Nicht alle Versprechen werden gehalten.«

James gibt ein paar Töne von sich und fummelt unter der Decke. Seine Augen bleiben auf Margaret gerichtet.

»Bleib hübsch unter der Decke, mein Junge, draußen ist es kalt, und du weißt ja, wie du auf die Kälte reagierst.«

»Wiedersehen, James. Ich werde dir nicht noch einmal die Hand geben. Ich *kann* dir die Hand nicht geben. Also, auf Wiedersehen.«

Ohne daß sie weiß warum, beugt Margaret sich hinunter und küßt James, trifft gerade die Stirn über einem Auge. Es scheint das Richtige.

»Gut, gut, wir wollen den Zug nicht länger aufhalten.« Und James wird hinuntergehoben, weg von Margaret. Sie winkt. Eine Hand kämpft sich unter der Decke hervor, um zurückzuwinken, und läßt dabei ein Stückchen Papier fallen, das den Bahnsteig entlangflattert, bis es außer Sichtweite ist.

Margarets Kehle ist wie zugeschnürt, als der Wagen sich wieder in Bewegung setzt. Sie kann sich nicht aufs Lesen konzentrieren.

Der Ceilidh der Angler ist jetzt eine Erinnerung, sicher bewahrt in Margarets Gedächtnis. Wenn sie an ihn denkt, erscheint er ihr als ein bunter Wirbel, wie es sich für einen Ceilidh gehört, fast so strahlend und schwungvoll wie die Nacht, in der ihr Vater tanzte.

Draußen war es schon dunkel, die Tür der *Factory* stand halb offen und ließ einen Lichtstreifen quer über den Fußweg fallen. Jemand hatte eine Platte von Jimmy Shand aufgelegt, und die Musik schallte hinaus in die Kälte, übertönte die Stimmen. Sieben Uhr.

»*Courage, mes braves,* und los geht's! Keine Drinks für die Barmänner, und auf gar keinen Fall wird angeschrieben. Aber Labskaus und Haferkekse gibt's umsonst.«

Margaret betrat einen Saal, den sie nicht wiedererkannte. In den letzten zwei Stunden hatte er sich völlig verändert. Ein riesiger Mann im Kilt schob sich in stummer Entschlossenheit an ihr vorbei.

»Jimmy Shand ist vollkommen in Ordnung, er ist ein großartiger kleiner Mann.«

»Dougie, Kumpel, er ist Schrott. Hast du ihn je spielen sehen? Ein elendes altes Wrack! Was er da umgeschnallt hat, ist kein Akkordeon, sondern eine beschissene eiserne Lunge.«

»Ich nehme an, Alisdair Gillies gefällt dir auch nicht.«

Graham, plötzlich hochelegant im blauen Anzug, ging von Gruppe zu Gruppe und erteilte letzte Ratschläge. Ohne seine Mütze sah er jünger aus. Sogar ein bißchen wie ein Zauberer.

»Sarg-Maggie und ihr Lover haben aus offensichtlichen Gründen Hausverbot, und Bobby the Dug auch, wenn er seinen Fusel mitbringt. So was dulden wir hier nicht.«

Margaret sah sich staunend um: Die *Factory* war verwandelt. Wände und Decken waren mit schottisch karierten Tüchern drapiert: Schleifen, Wolldecken, Schals, ganze Ballen von breiten Stoffbahnen, in denen Brauntöne dominierten. Über der Lautsprecheranlage hing ein zerbeultes schottisches Wappen, und auf jeder verfügbaren Oberfläche klebten Zettel mit Sprüchen, neuen Sprüchen, mit der Hand in fetten, schwarzen Buchstaben auf große linierte Bögen geschrieben. Es waren Zitate, säuberlich mit dem Namen des Autors gekennzeichnet: Thoreau, Brecht, Paine, Thomas Muir, Cervantes.

»Bei Problemen wendet euch an mich, bei ernsthaften Schwierigkeiten an Big Douglas, euren Mann im Kilt. Na, was hast du, Mädchen?«

Margaret stand sehr still. Sie las.

»›Ja, unseresgleichen tritt nur einmal vor die Welt und liefert schon im Probelauf das Meisterstück.‹«

Graham lächelte: »Pierre Corneille, aus dem *Cid*, was würdest du sonst an die Wand hängen? Ach, guck dir mal den armen Kerl da an!«

Sammy war in der Nähe des Blauen Zimmers auf einen Stuhl gesunken und hielt seine Gitarre eng an die Brust gedrückt. »Seit er hier ist, stimmt er die Gitarre immer und immer wieder; entweder das oder er starrt ins Leere. Ich glaube, ein zahlendes Publikum ist nicht sein Ding.«

»Graham, das ist ja alles gut und schön, aber warum habt ihr Corneille an der Wand, warum überhaupt jemanden?«

»Das ist das Tüpfelchen auf dem i. Essen, trinken, Musik, singen, tanzen, all das muß sein, aber es muß auch etwas für den Grips da sein, für die Seele. Wenn die Leute Lieder singen, ist ihnen oft gar nicht bewußt, was sie da von sich geben. Das ist das schottische Problem: Wir singen andauernd, aber hören wir jemals hin?«

»Du spinnst, weißt du das?«

»Was bleibt einem anderes übrig? Guck mal da drüben – René Descartes. Seine ›Zweite Meditation‹; lies, verdammt noch mal! Er macht mir klar, daß ich alles sein kann, was ich will, alles auf dieser Scheißwelt – macht mir klar, daß ich alles kann. Unbegrenzte Möglichkeiten stekken in mir. Und ich hab die Schnauze voll von Leuten, die felsenfest davon überzeugt sind, daß ich nicht mehr wert bin als der Dreck unter ihren Füßen. Heute nacht setze ich auf Descartes. Wir alle.«

»Graham?«

»Ja?«

»Die Sprüche gefallen mir. Du spinnst zwar wirklich, aber sie gefallen mir; sie gefallen mir sogar sehr, und weißt du auch, warum? Weil Lawrence jeden einzelnen zum Kotzen finden wird. Seine winzigen Stielaugen werden ihm endgültig aus seinem beschissenen Klotzkopf fallen.«

»Fluchen steht dir gut, wußtest du das?«

Margaret lachte und erschauerte ein wenig.

»Ja, vielleicht.«

»Du kannst uns übrigens allen einen Gefallen tun, da du gerade unterwegs bist. Geh und überrede Big Dougie, die Plattenauswahl jemandem zu überlassen, der was davon versteht. Wenn er mit solchem Scheiß weitermacht, werden die Jungs Hackfleisch aus ihm machen.«

Er hatte den Arm leicht um ihre Schulter gelegt. »Nein, nein, bleib hier. Ich mach nur Spaß. Ich muß eine kleine Ansprache halten.« Er kletterte auf einen schwankenden Plastikstuhl. »Meine Damen und Herren, ihr wart ganz wunderbar! Bitte, etwas weniger von dieser Scheißmusik, wenn ich rede! Danke. Dies wird eine schöne Nacht werden, dafür haben wir alle gesorgt. Aber ihr habt bestimmt nichts gegen ein kleines Hoch auf Maggie hier. Für all ihre Unterstützung. Denn: She's – a – jolly – good – fellow –«

»Ach, Graham!«

»Wir werden dich nicht vergessen, Maggie, selbst wenn dir das lieber wäre.«

Die Brücke über den Kanal draußen glitzerte inzwischen vor Frost. Über dem Wasser schwebte dünner Nebel, darunter bewegte sich nichts. Alles so, wie Margaret es hinter sich gelassen hatte, bevor sie hereinkam. Sie hatte hinabgeschaut und tief unten im kalten Wasser einen kleinen Mond gesehen, Schlieren vom gelblichen Licht der Straßenlaternen, aber keine Spur von sich selbst, nicht einmal einen Schatten.

Einen Augenblick lang fürchtete sie sich fast. Sie hatte das Gefühl, als stehe jemand hinter ihr; als würde sich gleich ein Bild im Wasser spiegeln, das ihr eigenes Gesicht zeigte und daneben ein anderes. Sie fröstelte, und das nicht nur wegen der Abendkälte.

»Daddy?«

Ihr Flüstern schwebte über das Brückengeländer davon, erfaßt von einer schwachen Brise. Margaret dachte an den Ort, wo ihr Vater jetzt war: die schwarzgrünen Bäume und das frostiggraue Gras. Sie konnte ihn sich nicht unter der Erde vorstellen oder irgendwo anders als in der Gegenwart.

»Ich kann nicht mit dir tanzen. Heute nicht. Aber ich werde für dich tanzen.«

Als sie hinaufschaute, war der kleine Mond schmerzhaft weiß, wie ein Loch im Himmel, das zu einem sehr hellen Raum führte.

»Du hast mir gesagt, daß ich leben soll, Dad. Alles andere sei Zeitverschwendung. Das hast du zu mir gesagt. Zeitverschwendung.«

Sie wartete einen Augenblick und horchte auf ein Geräusch aus dem toten Gewässer.

»Und trotzdem mache ich nichts anderes, als meine Zeit verschwenden. Woher soll ich wissen, wie man es anders macht? Niemand hat mir das erklärt. Auch du hast kein Wort gesagt, und wir sind doch eine Familie, weißt du noch?«

Es ist das erste Mal, soweit sie sich erinnern kann, daß sie wütend auf ihren Vater ist. Sie legte ihre Hände auf die brennende Kälte des Eisengeländers und hatte Lust, es zu schlagen, ihn zu schlagen. Doch dann stand sein Gesicht deutlicher vor ihren Augen, als sie es je vor sich gesehen hatte, seit er sie verließ, und sie wußte, sie konnte es nicht verletzen, konnte nicht zulassen, daß es sich vor Schmerz verzerrte. Ihr Seufzer schwebte als Nebelwölkchen über die Brücke und hinunter.

»Ich weiß, daß niemand etwas dafür kann. Das weiß ich. Es war nur so, daß wir zu wenig Zeit hatten. Ich wünschte, es wäre anders gekommen. Es macht mich wütend. Ich hätte dir von meinem Leben erzählt. Wenn du hiergeblieben wärst, hätte ich dir von mir erzählt. Zum Beispiel, daß ich Feuer spucken kann. Das hab ich gelernt. Und andere Sachen. Ich kann viele Dinge, die du mir nie zugetraut hättest. Aber auch viele Dinge, die du mir zugetraut hast.«

Eine Welle schwappte gegen die Ziegelmauer, und sie spürte es in ihren Händen pochen. Sie hätte sie so gern flach auf den Rücken ihres Vaters gelegt und ihr Kinn an seine Schulter gekuschelt, als begännen sie einen langsamen Tanz. Als würden sie für immer so beisammenstehen.

Margaret sah Colin, bevor er sie bemerkte. Er saß mit gebeugtem Kopf da und polierte Gläser. Heather stieß ihn mit dem Ellbogen an, zeigte auf Margaret, und er drehte sich um. Er lächelte. Ein Lächeln ganz allein für Margaret. Ein breites, breites Grinsen.

Es überraschte sie immer wieder, wie leicht Colin sich freute. Wenn er sich am Telefon meldete, förmlich, aber höflich, und dann ihre Stimme hörte, veränderte er sich, wurde mitten im Wort ganz warm. Es tat fast weh, daran zu denken. Jetzt, in diesem Augenblick, lächelten sie beide unwillkürlich, lachten fast und gingen dann aufeinander zu.

»Wie wär's mit einem Kuß?«

»Welche Sorte darf es denn sein?«

»Weiß nicht, laß mich mal eine probieren.«

Es gab eine Phase gegen zwanzig nach acht, in der es so aussah, als würde der Ceilidh nie richtig in Schwung kommen. Einer der Dominospieler saß wartend neben der Tür an einem Tisch, auf dem sich Eintrittskarten und Wechselgeld türmten. Einige Pärchen schlenderten herein und verkrümelten sich in die Bar. Die Räume wirkten kalt und zu hell beleuchtet. Margaret saß mit Colin an der Wand und beobachtete, wie nichts passierte; und dann kamen sie plötzlich.

Als hätte sich irgendwo draußen in der Dunkelheit eine Schlange gebildet, als sei ein Bus angekommen oder als hätten sich alle zu einem bestimmten Zeitpunkt verabredet, strömten die Leute herein. Innerhalb einer Viertelstunde war die Luft heiß und verqualmt, heiser vor Lärm; die Barkeeper waren umlagert, und die erste Programmnummer lief.

Mr. and Mrs. Lawrence erschienen, ohne viel Aufsehen, als gerade ein Duo sang und mit Löffeln den Rhythmus schlug. Einer der Sänger gestand, daß die Löffel eine neue Errungenschaft waren, und von irgendwoher schrie eine Stimme: »Die Dinger sind's nicht, euer Gesang ist Scheiße!«

Die Lawrences waren eingekeilt, Seite and Seite, als hätte man durch ein schreckliches Versehen ihre Arme zusammengenäht. Ihre Lippen bewegten sich, während ihre Gesichter in die Menge starrten. Vielleicht schrieen sie sich an; niemand hätte es hören können. Sie lösten sich voneinander und verließen den Saal durch verschiedene Türen. Mr. Lawrence kam mit zwei Tellern voll Labskaus zurück, suchte sich einen Platz und belegte einen zweiten mit seinem Mantel. Er wartete eine Weile, aß dann sein Labskaus und wartete weiter. Ein Mann kam und setzte sich auf den Mantel, beugte sich vor und klatschte den Takt zu den Jigs und Reels, die ein Geiger fiedelte. Als der Mann auf die zweite Portion Labskaus zeigte, gab Lawrence ihm den Teller und wandte sich dann dem Spruch zu, der neben ihnen hing. Vielleicht las er ihn, obwohl es aus der Ferne so aussah, als habe er die Augen geschlossen.

Das Jugendtheater trank mit Sondererlaubnis im vorderen Büro Cider und sagte sich dabei, daß sie eigentlich keinen Cider trinken sollten, nicht in ihrem Alter. Vom

Lampenfieber verunsichert, kämpften sie sich durch Gläserreihen und Liederzeilen. Als Margaret die Tür öffnete, stieß Susan einen kleinen Schrei aus.

»Was ist los?«

»Ich sterbe gleich, und keiner glaubt mir!«

»Das ist ja eine Schande! Meinst du, du schaffst vor der Beerdigung noch einen kleinen Auftritt?«

»Du glaubst mir auch nicht!«

»Kümmere dich nicht um sie, Maggie. Sie stirbt schon den ganzen Tag.« Gus lehnte sich im Stuhl zurück, hatte die Beine quer über eine offene Schublade von Margarets Schreibtisch gelegt. Er schnippte seine Zigarettenasche in eine Streichholzschachtel. Margaret zwinkerte ihm zu.

»In diesem Falle seid ihr bestimmt alle froh zu hören, daß dies der letzte Aufruf für euren Auftritt ist. Der Raum quillt geradezu über von begeisterten Fans, deshalb schlage ich vor, daß ihr jetzt mit erhobenen Händen rauskommt und euch euren Weg zur Bühne bahnt.«

»Was soll das heißen?«

»Das heißt, ihr seid dran.«

Sie rappelten sich hoch, stellten sich auf und räusperten sich. Tam, in einer Wolke von Aftershave, senkte den Kopf, um Margaret zu küssen, bevor er die Truppe an ihr vorbei und durch die Tür hinausführte. Alle Jungs küßten Margaret, während die Mädchen sie umarmten oder wie Profis nur leicht ihre Wange mit den Lippen streiften.

»Hals und Beinbruch!«

»Viel Glück!«

»Ihr werdet toll sein!«

»Viel Glück.«

»Viel Glück.«

Sie marschierten im Gänsemarsch los. Als sie in den Rauch tauchten, in die Dunkelheit und das Scheinwerferlicht, schien es Margaret, als beobachte sie ein bizarres Fallschirmspringen. Auf der Bühne sang gerade ein Freund von Heather »The Flowers of the Forest«, skandiert von aggressiven Gitarrenakkorden. Margaret schloß die Bürotür hinter sich und wartete gespannt.

Gus und Tam waren ans Mikrophon gesprungen, bevor ihr Vorgänger die letzten Takte in die Saiten gehauen hatte.

»Guten Abend, meine Damen und Herren! Dieser Teil des Abendprogramms wird Ihnen dargeboten von dem netten Jugendtheater aus Ihrer Nachbarschaft. Ohne große Vorreden möchte ich Ihnen einige alte, hochehrwürdige schottische Verse vortragen, die mich mein alter und hochehrwürdiger Großvater gelehrt hat. Ich möchte Sie um Ruhe und Aufmerksamkeit bitten; dies ist ein sehr trauriges Gedicht, eine sehnsuchtsvolle Klage um den verlorenen Glanz der Bens und Glens, der roten Heide und des Highland Whiskys. Meine Damen und Herren, ich trage Ihnen vor ›The Effan Bee‹.«

Aus dem Blauen Zimmer tauchten Köpfe auf, lippenstiftrote Münder spitzten sich, und Bobby the Dugs Schwester Nummer Zwei lachte auf wie eine Katze, die einen heißen Zaun hinabrutscht. Margaret fühlte, wie sich ihre verkrampften Hände lösten.

»Siehst du wohl!« Colin schlang die Arme um sie, gerade oberhalb der Taille. »Die Truppe schlägt sich wacker, nicht wahr?«

»Das haben sie alles von mir gelernt.«

»Ich glaube, das würde ich lieber nicht zugeben, wenn ich du wäre. Ich bin am Verhungern. Möchtest du ein paar Kekse und was dazu? Das Labskaus ist alle.«

»In Ordnung, ich bleib hier und gucke zu. Wenn du nichts dagegen hast. Und laß das!«

»Was?«

»Das. Jemand könnte uns sehen.«

»Niemand guckt. Und wen kümmert's, wenn sie was sehen? Ich schäme mich nicht.«

»Ich auch nicht, Liebster, aber ich bin praktisch im Dienst. Ich glaube nicht, daß Fummeln dazu gehört.«

»Ich hol dir deine Kekse.«

»Ja, aber gib mir erst einen Kuß.«

»Nein, ich will dich doch bei der Arbeit nicht in Verlegenheit bringen!«

»Colin?«

»Was?«

»Wann singst du?«

»Ich weiß nicht. Wenn Graham es sagt.«

Colin ging, während Margaret zuschaute, wie Tam mit Gus zusammen »Three Man Fae Carntyne« und »Hot Asphalt« sangen. Das Publikum sang entspannt und willig die Refrains mit, bis ihm die Worte ausgingen. Billy the Dugs Schwester Nummer Zwei lachte noch immer.

Er nahm mich mit zum Picknick, unten bei Rouken Glen,
Er zeigte mir süße Vögelchen und eine schmucke Henn.

»Ach Gott, ist der nicht süß! Der da in der Lederjacke. Der Kleine mit den schönen Augen.«

Er zeigte mir die Vögelchen vom Hänfling bis zum Raben.

»Wenn ich zwanzig Jahre jünger wäre!«

Dann zeigt' er mir den Vogel, der mein Dingsbums wollte haben.

»Da war der noch nicht mal geboren, Schätzchen, geil dich nicht so auf.«

Die Jungs endeten mit einem starken Finale, lehnten alle Zugaben ab, und Gus führte Toaty Boady auf die Bühne. Colin kam mit zwei Tellern zurück.

»Stell dich drauf ein, erwachsene Männer weinen zu sehen. Und hier sind deine Kekse.«

»Was?«

»Hier sind deine Kekse.«

»Danke. O Scheiße!«

»Was ist jetzt los?«

»Lawrence. Ich kann ihn über deine Schulter hinweg sehen. Er winkt mich zu sich. Ich will aber nicht mit ihm sprechen. Jetzt nicht.«

»Tu doch einfach so, als hättest du ihn nicht gesehen.«

»Dann kommt er nur rüber und holt mich. Halt mal meine Kekse. Ich bin gleich zurück. Colin?«

»Ja?«

»Wenn ich nicht bald zurück bin, dann komm und hol mich.«

»Klar, natürlich. Mach ich.«

Während Mr. Lawrence wartete, rieb er sich mit der Hand übers Gesicht, als wolle er es am liebsten wegwischen.

»Margaret, ich entschuldige mich für das hier. Ich würde Sie wirklich nicht bemühen, wenn ich nicht müßte. Es ist schwierig. Ich ...«

Lawrence schien zu vergessen, daß er gesprochen hatte; seine Augen waren auf etwas hinter Margarets Schulter gerichtet. Als sie das Wort ergriff, fuhr er leicht zusammen.

»Sie möchten, daß ich etwas für Sie tue?«

»Oh, ja. Vielmehr nein, ich möchte es nicht. Ich brauche Sie für etwas. Ich möchte das ganz und gar nicht. Kann ich Ihnen vertrauen?«

»Hm, ja.«

»Gut. Gut. Das habe ich gehofft. Die Damentoilette, ich kann da nicht hineingehen. Mein Frau, verstehen Sie, sie ist jetzt schon ziemlich lange auf der Toilette, und ich ... Es ist möglich, daß ihr schlecht geworden ist. Würden Sie vielleicht ...?«

»Also, Sie möchten, daß ich reingehe und nachgucke, wie es ihr geht? Sind Sie sicher, daß sie da drin ist?«

»Das ist sehr schwer zu sagen. Ich glaube aber schon. Wenn Sie das tun könnten. Ihr Vorname ist Daisy. Manchmal reagiert sie nicht auf ›Mrs. Lawrence‹. Daisy.«

»In Ordnung. Okay.«

»Sehr gut. Jetzt bin ich dran mit Entschuldigen. Wirklich. Es gibt niemand anderen, den ich hätte fragen können.«

Er entfernte sich langsam und mischte sich unter die Menge. Dabei sagte er etwas, das Margaret nicht verstehen konnte.

In der Damentoilette gab es nur zwei Kabinen. Margaret versetzte der ersten Tür einen kleinen Stoß, und sie schwang nach innen, prallte leicht zurück, als sie gegen die Wand stieß. Keiner zu Hause. In der plötzlichen Stille rauschte es in Margarets Ohren. Es war kalt, feuchtkalt. Und dann erkannte sie das Parfum wieder. Jemand hinter der zweiten Tür dünstete diesen eigentümlichen Geruch von Parfüm und Verfall aus, in den sich jetzt noch eine neue Note mischte, eine ölige Süße.

»Mrs. Lawrence? Ich meine, Daisy? Sind Sie da drin? Geht es Ihnen gut?«

In der zweiten Toilette hörte man es atmen, ganz tief und langsam, als sei die Person eingeschlafen. Wenigstens war sie am Leben.

»Mrs.... Daisy, wenn Sie irgendwie in Schwierigkeiten sind – wir können Ihnen bestimmt helfen. Sie brauchen sich nicht zu genieren.« Das Atmen ging in dem gleichen langsamen Rhythmus weiter. »Sind Sie wach? Geht es Ihnen gut?«

Margaret trat ein wenig zurück in der Hoffnung, etwas unter der Tür erspähen zu können, einen Hinweis, Wasser, Blut. Ihre Schritte hallten laut auf dem Linoleum.

»Kann ich Ihnen irgendwie helfen?«

»Wenn du willst.« Die Stimme aus der Toilette war tief und lallte.

»Oh! Gut, daß Sie da sind. Wie kann ich Ihnen helfen?«

»Du könntest meinen Mann erwürgen!«

»Wie bitte? Tut mir leid.«

»Muß dir nicht leid tun. Du willst mir helfen? Dann erwürg meinen Mann!« Ein merkwürdiges Lachen und das Schurren von Füßen waren zu hören.

»Würde das denn helfen?«

»Natürlich nicht, du dumme Kuh! Natürlich würde das nicht helfen, nichts kann helfen. Scheiß Hilfe! Habe ich etwa um Scheiß *Hilfe* gebeten? Nein. Ich *bitte* dich, ich *bitte* dich, meinen Mann zu erwürgen. Weil mich das wahnsinnig glücklich machen würde.« Wieder dieses Lachen.

»Ich geh nur schnell und sag ihm Bescheid, daß es Ihnen gut geht. Es geht Ihnen doch gut? Ich geh nur und sag ihm, wie's Ihnen geht. Ich komme zurück, bin gleich wieder da.«

»Erwarte nicht, daß er überrascht ist, Kleine, erwarte das bloß nicht. Und komm mit was zu trinken wieder. Ich brauche einen Scheißschluck. Noch besser, bring mir ein Fläschchen, dann brauchst du nicht so oft zu rennen. Eine große Flasche. Ich hab Durst, verstehst du, aber ich fühl mich nicht gut, also kann ich jetzt nicht rauskommen. Whisky ist das beste, wenn ich mich nicht gut fühle. Hör nicht auf das Scheißgerede. Whisky ist das beste. Danke, meine Liebe, ich weiß, du wirst mir helfen. Du verstehst mich.«

Colin wartete draußen auf dem Flur.

»Was ist los? Hat der kleine Schwanz etwas zu dir gesagt?«

»Nein, nein, es ist nur...«

Eine blonde Frau steuerte auf die Toilettentür zu.

»Es tut mir leid, aber im Moment können Sie da nicht rein.«

»Waas?«

»Sie können da nicht rein.«

»Und wo soll ich sonst hingehen?«

»Okay, aber machen Sie schnell.«

»Was?«

»Nichts. Nichts. Ist schon gut. Wenn Sie das erste Klo gleich bei der Tür nehmen, dann geht es. Ist okay.«

Ein blasser Rücken, fast ganz von blauem Satin verhüllt, verschwand bereits in der leeren Toilette.

»Ich geh schon nicht in die andere. Will mich schließlich nicht auf ihren Schoß setzen.«

Margaret zupfte Colin am Ärmel.

»Komm mal her. Da drinnen ist Mrs. Lawrence. Sie ist total besoffen und hat sich eingeschlossen. Lawrence hat mich beauftragt, nach ihr zu sehen. Er muß gewußt haben, was mit ihr los ist. Ich kann nur vermuten, daß es dadurch irgendwie meine Schuld geworden ist. Ich muß jetzt gehen und ihm Bescheid sagen. Könntest du vielleicht hier stehenbleiben und horchen? Für den Fall, daß irgendwas passiert? Danke! Du bist sehr lieb zu mir.«

»Ich weiß.«

Lawrence saß ganz nah bei der Tür und schaute Toaty Boady zu, oder genauer, er schaute auf die Rücken, die sich zwischen ihm und ihrer Stimme reihten. Als Margaret auf ihn zuging, wurden Köpfe weggedreht, man hörte Husten und Schniefen. Sie zwängte sich hinter Mr. Ho vorbei, dessen Gesicht selig lächelte und in Tränen gebadet war. Big Douglas überragte ein Gewoge von schwarzen Anzügen, den Kopf in den Nacken gelegt, die Augen geschlossen. Das gesamte Publikum kämpfte gegen eine Welle von Gefühl und gab dann langsam nach. Toaty Boady brachte sie dazu, mit Wonne nachzugeben.

»Mr. Lawrence.«

»Ich habe Sie kommen sehen. Sie ist noch da drin, nicht wahr? Sie will nicht nach Hause.«

»Ja, sie ist da drin, und von nach Hause gehen war nicht die Rede.«

»Betrunken.«

»Ich glaube ja.«

»Machen Sie sich nicht lächerlich! Sie glauben! Wie offensichtlich muß es denn sein? Vielen Dank, daß Sie meine Gefühle schonen wollen, aber in diesem Falle habe ich keine, die man schonen müßte. Nicht mehr.«

Der Blick, den Lawrence ihr zuwarf, ließ Margaret den Atem stocken. Er war wild, hungrig, nur mühsam gezügelt. Margaret räusperte sich.

»Ich habe sie nicht einmal gesehen. Sie hat sich eingeschlossen. Sie klingt sehr betrunken. Sie klingt ganz durcheinander.«

»Hat sie mir etwas ausrichten lassen?«

»Nein, nein, hat sie nicht.«

»Aha. Solche Zurückhaltung sieht ihr gar nicht ähnlich. Sagen Sie ihr doch bitte, daß ich in zwanzig Minuten gehe und hoffe, daß sie dann mitkommt. Wenn ich sie nicht von hier wegbringen kann, muß es jemand anderes tun. Und wenn es die Polizei ist. Wir gewöhnen uns langsam daran. Sie hat zwanzig Minuten Zeit.«

»Ich versuche mein Bestes.«

»Und, Margaret?«

»Ja?«

»Sie verstehen, nicht wahr?«

»Ich, ich weiß nicht...«

Er beugte sich sehr nah zu ihr herüber.

»Mein gesellschaftliches Leben, mein Gefühlsleben ist im Laufe der Zeit ziemlich verkümmert. Ich wollte das nicht. Ich scheine einfach nie zu bekommen, was *ich* will. Ich weiß Ihre Bemühungen zu schätzen.«

»Ach, das geht schon in Ordnung. Ist keine Mühe. Zwanzig Minuten.«

»Sie geben mir manchmal Hoffnung. Das habe ich nicht erwartet.«

»Mr. Lawrence?«

»Sehen Sie zu, was Sie tun können.«

Mit Nachdruck streckte er seine Hand aus, um ihre zu schütteln, schob Margaret dann auf Armlänge zurück und hielt sie am Handgelenk fest, bis es schmerzte.

»Sehen Sie zu, was Sie für mich tun können.«

Toaty Boadys Stimme schwebte über ihnen, reiner als eine Seele, hell und jenseitig. Überall im Raum sahen starrende, zwinkernde, flatternde Augen einen Jungen in einer Kohlengrube vor sich, die Körper spürten die Kälte, unter der er litt, in den eigenen Knochen, und die Herzen hatten fast den Punkt erreicht, wo sie handeln wollten, etwas unternehmen, um ihn zu retten. Als Toaty Boady geendet hatte, waren sie noch immer am Rande, taumelten dann zurück und waren in Sicherheit, kamen sehr still wieder zu sich. Waren vielleicht ein wenig verändert. Margaret fühlte sich etwas unbehaglich, als sie sich ihren Weg durch diese angespannten Körper bahnte.

»Colin?«

Colin hatte der Tür zur Damentoilette den Rücken zugekehrt, und Tränen liefen ihm übers Gesicht. Er drehte sich zu Margaret um und lächelte.

»Sie ist wundervoll, nicht wahr? Einfach erstaunlich.«

»Hast du was gehört?«

»Nein, nein, gar nichts. Die Blonde kam raus, das war alles. Einfach eine erstaunliche Stimme, die Kleine. Küß mich.«

»Okay. Hör mal, ich muß da jetzt eine Zeitlang rein. In Ordnung? Und laß niemanden rein.«

»Was?«

»Versuch wenigstens dein Möglichstes.«

Margaret ging an die Bar und kaufte einen halben Liter Orangensaft. Dann ging sie zur Toilette zurück und schob den Saft unter der zweiten Tür durch.

»Wo zum Teufel bist du geblieben?« Das Glas verschwand. »Das soll wohl ein Witz sein! Sieht ganz nach dem Humor meines Mannes aus.«

»Ich weiß nicht, was Sie meinen.«

»Diese Pisse hier.« Man hörte, wie eine Flüssigkeit in eine andere gegossen wurde. »Hol mir einen Drink.«

»Ihr Mann läßt Ihnen etwas ausrichten.«

»Hol mir einen Drink, verdammt noch mal. Erst den Drink, dann die Nachricht. So sind die Regeln.«

»Wenn ich Ihnen einen Drink hole, müssen Sie aber in zwanzig Minuten mit Ihrem Mann nach Hause fahren. Jetzt ist es nur noch eine Viertelstunde.«

»Das hab ich nicht gehört. Ich kann nichts hören, bevor ich nicht einen Drink bekommen habe. Regeln.«

Margaret kam mit einem Whisky Soda zurück, schob ihn unter der Tür durch. Das Halbliterglas stand schon dort, gefüllt mit einer flockigen, gelben Flüssigkeit.

»Jetzt kannst du das andere Glas wegnehmen.«

»Nein.«

»Tut mir leid, aber so ist die Regel. Oder keine Nachricht. Nimm gleich die beiden blöden Gläser mit.«

Ein geleertes Whiskyglas wurde auf dem Linoleum abgestellt. Margaret hob es auf und stellte es auf die Ablage über dem Waschbecken.

»Beide Gläser. So ist die Regel.«

Margaret hob auch das andere Glas auf. Es war warm, feucht, und die Flüssigkeit darin roch nach Chemie. Sie leerte es in die andere Toilette, spülte es unter dem Wasserhahn aus und wusch sich die Hände.

»Beide leer. Zufrieden?«

»Nein, warum sollte ich zufrieden sein?«

»Warum Sie das sein sollten? Das will ich Ihnen sagen, verdammt noch mal! Weil man von keinem menschlichen Wesen verlangen sollte, was ich gerade getan habe. Warum pissen Sie nicht einfach auf den Boden wie jedes andere blöde Vieh, wenn Sie unbedingt müssen? Ich hab es nicht nötig, Ihre Pisse wegzuschütten. Ich kenne Sie nicht mal. Und ich hab auch gar keine Lust, hier rumzuhängen. Warum hauen Sie nicht einfach mit ihrem beschissenen Mann ab? Was immer Sie für ein Problem mit ihm haben, es geht mich überhaupt nichts an.«

»Bist du okay da drin?«

»Ja, Colin, alles klar. Mrs. Lawrence bringt mir nur gerade ein paar feinere Manieren bei.«

Jetzt hörte man Schluchzen aus der Toilette. Lange, heftige Schluchzer.

»Ach, um Gottes willen, Colin, geh und hol einen Whisky, einen doppelten! Ist schon gut so, geh einfach und hol einen.«

Colin ging, aber das Schluchzen hörte nicht auf.

»Wollen Sie wirklich die Nacht betrunken und weinend auf einem Klo verbringen?«

»Nein, will ich nicht. Ich will gar nichts mehr. Ich will sterben.«

»Warten Sie, bis Sie wieder nüchtern sind, dann sieht die Welt wieder freundlicher aus. In der Nacht ist es immer am schlimmsten.«

»Was zum Teufel weißt du schon davon?«

»Nichts. Ich denke nur, Sie haben etwas Besseres verdient. Das gilt für jeden Menschen. Kommen Sie raus. Jemand holt Ihnen gerade einen Whisky, aber Sie müssen rauskommen.«

»Keine Tricks.«

»Ein Whisky ist auf dem Weg, aber Sie müssen rauskommen.«

In der Toilette hörte man Füße schlurfen, etwas fiel gegen die Tür, rappelte sich wieder auf, und das Weinen ging weiter. Es vergingen fast fünf Minuten, bis die Tür aufgerissen wurde und Margaret und Colin hinzuspringen mußten, um Mrs. Lawrence aufzufangen. Sie sah gar nicht gut aus.

»Okay, Daisy, wir bringen Sie jetzt nach draußen zum Auto. Sie schaffen das.«

»Wo ist der Scheißwhisky?«

»Versuchen Sie, ohne ihn auszukommen.«

»Verflucht!« Sie gebärdete sich wie wild in ihren Armen.

»Okay, okay, Sie bekommen ihn ja.«

Colin und Margaret stützten sie von beiden Seiten, während Margaret ihr das Glas an die Lippen hielt. In ihrer Hast, den Whisky runterzukippen, verschüttete Daisy etwas, würgte den Rest hinunter.

Draußen im Festsaal sang Elaine »Come On Baby Light My Fire«. Daisy wurde durch die Menge und die stickige, zum Schneiden dicke Luft geschoben, fast ohne Aufsehen zu erregen. Draußen war es bitterkalt, und aus Lawrences Auspuff stiegen Abgaswolken auf. Daisy übergab sich.

Lawrence lehnte den Kopf aus dem Fenster an der Fahrerseite. »Kommt sie?«

»Scheiße, ich würde viel lieber laufen!«

»Nein, Daisy, Sie sind bei Ihrem Mann im Auto besser aufgehoben. Sie können nicht laufen.«

»Natürlich kann ich laufen. Ich mußte nur mal kotzen. Scheißlabskaus! Davon muß einem ja schlecht werden.«

»Kommt sie?«

Daisy schüttelte ihre Stützen ab, machte einen Schritt und fiel hin.

»Ist nichts passiert, ist nichts passiert. Überall Eis. Scheiße! Haut ab, ihr Arschlöcher! Ich bin doch kein beschissener Krüppel!« Sie rappelte sich auf, stürzte auf das Auto zu, trat mit dem Fuß danach, fiel dabei fast hin, beugte sich dann vor, um weiterzugehen, und schrie dann, ohne daß klar war, an wen genau sie sich wandte: »Wißt ihr, warum ich den kleinen Mistkerl geheiratet habe? Ich wußte, er würde mich an den Suff bringen, ich wußte genau, er würde mich an den Suff bringen!«

Margaret kam näher. »Mr. Lawrence, möchten Sie, daß wir ihr ins Auto helfen?«

»Ob er möchte, Scheiße!«

»Mr. Lawrence?« Aber Lawrence hatte bereits seine Tür geöffnet und seine Frau von hinten gepackt. Sie fiel wieder oder verlor das Gleichgewicht, und er zerrte sie am Arm zur Beifahrertür, öffnete sie und schubste sie unsanft hinein. Daisy schrie und lachte abwechselnd, während er die Tür verriegelte.

Lawrence stand keuchend da und wischte sich die Hände an den Jackenärmeln ab, sein Gesicht weiß und offen in der Dunkelheit. Eine bleiche Hand zuckte nach Margaret, sank aber wieder herab.

»Wenn ich zurückkomme, Margaret, müssen Sie mit mir tanzen. Werden Sie das für mich tun?«

Er lächelte, und seine Augen waren zwei sauber ausgeschnittene Löcher im Dunkel der Nacht.

Es ist merkwürdig im Zug ohne James. Die Waggonfenster scheinen keine Landschaften mehr im Angebot zu haben, und Margaret beobachtet, wie eine öde Stadt nahtlos in die nächste übergeht. Als sie in den Sonnenschein hineinfahren, sind ihr die Graffiti neben den Gleisen fremd, schon eindeutig englisch. Ein fremdes Land öffnet sich vor ihr und schließt sich wieder hinter ihrem Rücken, und sie kann sich die Energie in den elektrischen Leitungen vorstellen, die ihretwegen den Zug bis nach London treibt.

Ein dicker schwarzer Filzstift ist auf James' Sitz liegengeblieben. Jetzt steckt er in Margarets Tasche; etwas, das sie behalten wird als Erinnerung an einen Freund.

ANNERS

»Ja, aber ich verstehe noch immer nicht.«

NICH ICH

»Wie kannst du nicht du selbst sein?«

LEICHT

»Ja, jetzt, wo du's sagst, ja. Ich mache das auch die ganze Zeit.«

JETZT?

»Nein, jetzt nicht.«

?

»Weil ...«

???

»Ja, ja, schon gut. Weil es in der Eisenbahn was anderes ist. Hat man mir erzählt. Man steigt mit Sorgen ein, und schon machen sie sich selbständig und sausen ohne uns davon. Sie fliegen voraus oder verschwinden im Schaffnerabteil oder sonst irgendwo. Hat man mir erzählt. Was ich damit sagen will, ist, hier kann man sich entspannen – dies hier ist kein gewöhnlicher Ort. Was immer draußen passiert, im Moment können wir gar nichts daran ändern. Und man trifft Leute, die …«

Margaret erinnert sich an das, was sie eigentlich sagen wollte: daß es Leute sind, die man nie wieder trifft, daß es deshalb nicht darauf ankommt, was man ihnen erzählt. Aber sie wollte James wiedersehen. Das war wichtig.

LEUTE ZUM REDEN

Sie hatte den Eindruck, daß er das sehr schnell schrieb, als beeile er sich, sie aus einer Verlegenheit zu retten. So wie es ein guter Freund tun würde.

LEUTE ZUM REDEN

»Ja, man trifft Leute, mit denen man reden und ganz man selbst sein kann. Nicht oft, aber es kommt vor. Bist du jetzt ganz du selbst?«

JA KEINE PILLEN KEINE SPRIZZN GANZ IIIICH

»Hundert Prozent James Watt! Ich fühle mich geehrt.«

SCHEIS

»Und schon geht's wieder los. Du solltest lernen, Komplimente freundlicher aufzunehmen, dann bekommst du auch mehr.«

SCHEIS EIN HUNNERD PROZENN IIIIICH

Das war alles, was damals zählte. Hoffentlich wird es niemandem gelingen, das zu ändern.

Als Margaret und Colin wieder hineingingen, verklang das knirschende Geräusch von Lawrences Wagen in der Ferne. Bobby the Dug winkte ihnen zu und grinste.

»Nur Gott kann einen Baum machen, nicht? Nur Gott kann einen Baum machen.«

Er nickte, bis seine Brille anfing, ihm von der Nase zu rutschen. Dann setzte er sich, um auszuruhen, immer noch grinsend und in der sicheren Erwartung, daß ihm ein weiterer Einfall kommen würde. Ein guter.

Graham kam schweigend dazu und nahm Margarets Arm. Sie ging weiter, unbequem verhakt zwischen den beiden Männern.

»Etwas Unangenehmes?«

Sie blieb stehen und machte sich los, bevor sie sprach.

»Irgend etwas hat Mrs. Lawrence aus der Fassung gebracht. Möglicherweise ihr Leben. Colin und ich haben sie Mr. Lawrence übergeben. Der war auch aus der Fassung. Und ich glaube, ich bin auch aus der Fassung, falls das jemanden interessiert. Ich glaube, ich bin aus der Fassung.«

Margaret ging zum hinteren Büro, knipste das Licht an und ging hinein. Fast im selben Augenblick, als sie sich gesetzt und die Augen geschlossen hatte, klopfte es. Sie wußte, es war Colin.

»Kann ich reinkommen?«

»Klar, natürlich. Erwarte nur nicht, daß ich etwas Vernünftiges sage. Hast du sein Gesicht gesehen? Du lieber

Gott! Wie zum Teufel halten die das bloß aus? Ich würde durchdrehen.«

»Vielleicht sind sie das schon.«

»Und Lawrence will mich irgendwie da reinziehen. Ich soll ihm die Hand halten. Oder sonst was. Er will mich da reinziehen.«

»Möchtest du weinen?«

»Nein, ich will verdammt noch mal nicht weinen! Ich bin stinksauer. Stinksauer! Ich hätte was tun sollen. Wir hätten was tun sollen. Aber was kann man da machen?«

»Ich finde, sie verdienen einander.«

»Nein, das haben sie nicht verdient. Niemand verdient so was.«

»Ist ja schon gut.«

»Nein, nichts ist gut.«

»Zwischen uns stimmt es wenigstens. Wir können nichts dran ändern. Das liegt bei ihnen. Zwischen uns stimmt es. Nicht wahr?«

»Ja, ja, zwischen uns stimmt es.« Sie flocht ihre Finger in seine. »Ich glaube, das macht es noch schlimmer, wenn es bei anderen nicht so ist. Zwischen uns stimmt es. Alles in bester Ordnung.«

Als Colin in dieser Nacht sang, konnte Margaret noch immer den Druck seiner Finger zwischen den ihren spüren. Sein Aftershave war in ihrem Haar und an ihrem Hals. Er schien gut anzukommen, die Köpfe um ihn herum wiegten sich, Füße klopften leise den Rhythmus mit, schlugen wie ein vielfaches Herz. Immer wenn Margaret ihn singen hörte, war sie überrascht, daß seine Stimme nicht tiefer war; sie fand, er sah nach einer tieferen Stimme aus. Aber sie war weich und hell, und man war fast überrascht, wie gut sie trug. Es gab einen Moment, in dem Margaret spürte, wie seine Augen sie unter all den anderen Gesichtern suchten; sie lächelte ein wenig und schaute weg, weil sie fühlte, daß sie ziemlich stolz auf ihn war, sogar sehr stolz.

Als Colin losging, um sich wieder zu Margaret zu gesellen, zupfte ihn jemand am Ärmel. Er drehte sich um und sah einen adretten schmalen Mann mit einem auffällig blitzenden Lächeln vor sich. Der Mann streckte ihm die Hand entgegen.

»Wie geht es Ihnen?«

»Gut, bestens. Hallo!«

»Sind Sie Colin McCoag?«

»Kann schon sein. Und wer will das wissen?«

»Niemand. Ich bestätige nur eine Vermutung. Freut mich sehr, Sie kennenzulernen, Colin McCoag. Sie haben eine schöne Stimme – sehr charakteristisch, wie Ihr Gesicht.«

»Danke, aber ich hab nicht vor, meinen Job aufzugeben.«

Der Mann starrte Colin immer noch an und hielt seine Hand fest umklammert. Colin schüttelte ihn ab.

»Ich glaube, ich habe mich schon bedankt. Und jetzt wartet jemand auf mich. Ich muß los.«

»Natürlich, tut mir leid, daß ich Sie aufgehalten habe. Ich lerne nur gern neue Menschen kennen, kann gar nicht genug davon kriegen. Cheerio. Bis demnächst.«

Wenn Colin und der Mann mit dem vollkommenen Gebiß sich wieder treffen, wird nur eine schwache Erinnerung aufdämmern, wie aus alten Träumen, die Colin ignorieren wird.

Graham stand jetzt auf der Bühne und stellte Mr. Ho vor. Colin holte Margaret und schob sie weit nach vorn, damit sie ihm beide aufmunternd zulächeln konnten. Mr. Ho, strahlend und rundlich, ließ eine tiefe, warme, ein bißchen schmalzige Stimme hören. Er schmiegte sich ans Mikrophon, die Hände in einer bittenden Geste vor sich ausgestreckt, und gab ein Potpourri von Crosby- und Sinatra-Hits zum besten. Der Saal sang mit, und jedes gemeinsame Atemholen lief wie eine kleine Welle durch das Publikum. Margaret kniff Colin heftig in den Arm, als sie entdeckte, daß er kicherte.

»Aua!«

»Sei nicht so fies, er ist großartig.«

»Ich weiß. Er ist große Klasse. Ich konnte ihn mir nur nie als Schlagerstar vorstellen. Dieser Mann steckt Nadeln in Leute!«

»Ich dachte, das gefällt dir.«

»Du weißt schon, was ich meine.«

Mr. Ho gab zwei Zugaben, verbeugte sich dann und wehrte alle weiteren Bitten ab.

»Gott schütze diesen kleinen Mann. Am liebsten würde ich ihn in die Tasche stecken und mit nach Hause nehmen.«

Mr. Ho tauchte neben Colin auf, schüttelte Margaret höflich die Hand und grinste dann Colin strahlend an.

Die nächste Nummer war ein Duo: zwei ältere Herren im Abendanzug, die Ukulele und Waschbrett spielten. Beide hatten hochrote, glänzende Gesichter und wiegten sich im Takt, hatten einen ganz flotten Rhythmus drauf. Der Waschbrettspieler nahm hin und wieder einen Schluck aus einer Flasche ohne Etikett. Als der Ukulelespieler einen Sprechgesang über den Charakter von

Juden, Japsen, Krauts und Pakis anstimmte, war Colin der erste, der ihn beim Kragen packte. Graham und Colin nahmen den Möchtegernsänger in ihre Mitte und bugsierten ihn hinaus, während der Waschbrettspieler sich sein Instrument schnappte und davon stolperte, noch bevor Big Doug ihn erwischen konnte.

Vollkommene Stille senkte sich langsam herab, als von draußen die Geräusche eines kleinen Handgemenges hereindrangen, und dann brachen rauhe Hochrufe aus, als Colin, Graham und Douglas wieder erschienen. Sie grinsten. Margaret fühlte den Drang, etwas zu Mr. Ho zu sagen.

»Schon gut. Schlitzäugige Chinesen haben sie gar nicht erwähnt, noch nicht mal unsere Angewohnheit, Schäferhunde und kleine Kinder zu kochen.«

»Es tut mir trotzdem leid.«

»Sie brauchen sich nicht zu entschuldigen. Es scheint eine allgemeine Regel zu sein: Diejenigen, die nichts dafür können, entschuldigen sich immer für Dinge, die unwichtig sind, nicht Kern der Sache. Hab ich recht?«

»Ja.«

»Aber Sie fühlen sich trotzdem schuldig und entschuldigen sich, um das Schuldgefühl loszuwerden.«

»Mag sein.«

»Glauben Sie das? Oder erlauben Sie mir nur, Sie zu beleidigen, weil ich zu einer rassischen Minderheit gehöre?«

»Ich glaube, beides stimmt. Sie haben eine wunderbare Singstimme.«

»Danke, das finde ich auch.«

Er kicherte und drückte Margarets Hand.

»Jetzt führe ich Sie zurück zu Ihrem Freund, der leicht verwundet scheint, wenn auch keineswegs hilfebedürftig.«

»Was?«

Colin hatte sich fast gänzlich die Haut von den Knöcheln der rechten Hand abgeschürft.

»Ich habe gar keinen getroffen, nur die Wand. Big Dougie hat die Sache ganz allein erledigt, Graham stand da und hat zugesehen, und ich habe die Seele aus einer Wand geboxt. Da draußen ist es sehr dunkel. Oh, Mr. Ho, es ...«

»Sprechen Sie nicht davon. Ich weiß, daß es Ihnen leid tut, und ich habe eine erstaunlich schöne Stimme! Gehen Sie mit Margaret und lassen Sie sich verbinden. Sie wollen doch unter sich sein. Gehen Sie, gehen Sie schon!«

Also ging Margaret zum hinteren Büro und legte sich auf drei Stühle, wo sie einschlief, den Kopf in Colins Schoß gebettet.

So fand Lawrence sie.

»Guten Abend. Kenne ich diesen Herrn? Kennen Sie ihn? Ich bin zurückgekommen, um zu sehen, ob der Abend harmonisch verlaufen ist. Ich bin zurückgekommen, um Ihnen für Ihre Hilfe zu danken. Nein, stehen Sie nicht auf. Warum sollten Sie sich jetzt noch bemühen? Ich dachte ... Wir werden das am Montag besprechen, ganz unter uns. Denn ich respektiere die Privatsphäre anderer Leute.«

Hinter Lawrence tauchte Grahams Gesicht im Türrahmen auf.

»Wie geht's dir, Maggie? Wieder besser? Vor einer halben Stunde wurde es Maggie plötzlich schwindelig, ich glaube, es war die Hitze. Die und die ganze Rennerei, die sie hinter sich hat. Aber was für ein Abend, nicht wahr? Ein großer Erfolg, sehr gesittet und ein Höhepunkt im Leben der Gemeinde. Bürgermeister Grant hat vor einer Weile reingeschaut, Maggie hat ihn herumgeführt. Er wollte auf Sie warten, Mr. L., aber ich glaube, Sie waren woanders. Gab's Ärger zu Hause?«

»Nein, keinen Ärger, danke der Nachfrage.«

Margaret setzte sich langsam auf. »Ja, jetzt geht's mir wieder besser, danke, Graham. Bereit, mit dem Aufräumen zu beginnen. Mr. Lawrence, dies ist Colin, mein Verlobter. Ich glaube, Sie sind sich vorhin schon begegnet. Draußen.«

»Guten Abend, Mr. Lawrence, wie geht es Ihnen?«

»Wie es mir geht?« Die Augen wirkten jetzt tot, ein seltsames Grau legte sich wie ein Film über etwas weniger Angenehmes. »Oh, mir geht es gut, gut geht's mir. Ich hoffe, Margaret geht es auch wieder gut. Hoffe, man kümmert sich um sie. Ich hoffe, es geht uns allen gut. Natürlich.«

»Oh, uns geht's gut, Mr. L. – ganz prima.« Colin stand auf, während er sprach. Die Schnelligkeit, mit der er sich bewegte, hatte etwas leicht Bedrohliches.

»Also, bis demnächst, Mr. L.«

Lawrence stand im Türrahmen, schweigend und ohne zu zwinkern, als im großen Saal die Lichter wieder voll aufflammten und ein letztes Hurrageschrei aufstieg.

»Colin und ich müssen jetzt mit aufräumen, Mr. Lawrence.«

»Natürlich. Natürlich. Ich werde jetzt nach Hause gehen. Ich freue mich, daß alles so gut gelaufen ist. Hocherfreut. Gute Nacht. Gute Nacht.«

Lawrence hauchte ihr schnell einen trockenen Kuß auf die Wange und wandte sich ab, ohne zurückzuschauen, die Arme verschränkt.

»Gute Nacht, Margaret.«

Sie hatte das Gefühl, sie sollte ihm etwas nachrufen, aber ihr fiel nichts ein, keine Worte.

Aschenbecher wurden geleert, Tische abgewischt und der Fußboden gewienert, während man die Stühle an den Wänden aufstapelte und Füße neue Schmutzspuren auf den feuchten Fliesen machten. Margaret pfiff und hörte drei oder vier andere in ihr Pfeifen einfallen. Mr. Lawrences Auto preschte über den Kies draußen davon.

Graham pflückte seine letzten Sprüche von den Wänden. »Heather, komm her und tanz mit mir, komm her, ich erzähl dir was.«

Er hielt ihr das knittrige Papier zum Lesen hin und zitierte: »›Aber ... zu singen, zu träumen, zu lachen, hinzugehen, wohin es mich zieht, unabhängig zu sein, frei zu sein.‹ Frei zu sein, frei zu sein!« Er räusperte sich, ergriff ihre beiden Hände und begann den Sankt-Bernards-Walzer.

Das ist Margarets letzte Erinnerung an den Ceilidh: Sie tanzt mit Colin einen Sankt-Bernards-Walzer in einem Saal ohne Musik, aber voller tanzender, kreisender Paare. Sie kann hören, wie die Füße gleiten und stampfen, Hände rhythmisch klatschen und jemand leise summt. Und sie ist sicher, daß ein vertrauter Geist die Szene beobachtet.

Gewiegt im tanzenden Rhythmus des Zugabteils, hat sie wieder das Gefühl, von jemandem beobachtet zu werden, von jemandem, den sie kennt. Sie spürt so etwas wie ein kleines wärmendes Feuer, wie es vom Lächeln ihres Vaters ausging, und erinnert sich, wie sie ihre Hände flach auf Colins Rücken gelegt und dabei gedacht hatte, daß er tanzt, als gehöre er zur Familie. Es wäre schön, wenn sie alle so zusammensein könnten.

Als man am Samstag in den frühen Morgenstunden langsam nach Hause aufbrach, waren sich alle einig, daß es gut gelaufen war. Während des Wochenendes ruhte man sich aus und erinnerte sich an den einen oder anderen Augenblick oder an ein besonders leuchtendes Gesicht. Alle sonnten sich in ihrem Erfolg. Am Montag morgen in der *Factory* waren die Stimmen schläfrig und zufrieden, ab und zu unterbrochen von Gelächter. Jeder einzelne, sogar Bobby the Dug, hatte etwas zustandegebracht, was klappte und gut ankam. Hatte es erfolgreich durchgezogen.

Das Lächeln verging ihnen auch dann nicht, als Mr. Lawrence kurz vor vier auftauchte. Er sah ein wenig mitgenommen aus und trug einen dunklen Anzug. Sammy und Lesley und Margaret saßen alle im vorderen Büro, als er hereinkam.

»Miss Hamilton.«

Er schloß die Tür seines Büros hinter sich und Margaret und sprach im Stehen auf sie ein, wobei er seine Faust mehrfach gegen die Wand preßte, als übe er sich im Schattenboxen.

»Ich werde ehrlich zu Ihnen sein, Margaret. Ich werde Ihnen etwas anvertrauen. Das habe ich schon einmal getan und habe es bitter bereut, aber jetzt scheint mir, daß mehr Unheil ohnehin nicht angerichtet werden kann.

Aber von vorn. Ich bin zum Zentrum zurückgekommen, als der Ceilidh noch im Gang war, um mich zu entschuldigen. Ich wollte sagen, wie leid mir der Vorfall mit meiner ... mit Daisy tat. Sie war – nun, das haben Sie ja gesehen.

Außerdem wollte ich mich bei Ihnen bedanken. Ich wollte ein bißchen mit Ihnen reden, eigentlich über nichts Wichtiges. Jetzt ist es bestimmt nicht mehr wichtig. Man kann gut mit Ihnen reden. So habe ich das jedenfalls empfunden. Ich hab mich gefragt warum, und die Antworten, die mir einfallen, finde ich beunruhigend. Vielleicht ist das ja eine Rolle, die Sie da spielen.«

Seine Knöchel stießen gegen die Wand, und Margaret holte Atem.

»Nein. Sagen Sie jetzt nichts. *Ich* werde *Ihnen* etwas sagen. Hören Sie einfach zu.

Ich kam zurück, um mit Ihnen zu reden. Nur deswegen. Um mit Ihnen zu reden. Und ich finde Sie da, und Sie sehen mich an mit einer solchen ... es war die Unverschämtheit in Ihren Augen, nicht der junge Mann – mit so was hätte ich ja rechnen können. Ihr Gesichtsausdruck. Der hat mir nur zu deutlich gezeigt, wie ... Sie sich über das Spektakel auf dem Parkplatz lustig gemacht haben. Oder vielleicht haben Sie sich auch ganz allgemein über mich lustig gemacht. Selbst Mitleid wäre weniger verletzend gewesen. Oder Abscheu.«

»Mr. Lawrence, ich habe mich nie ...«

»Das ist mir egal. Ich will es gar nicht wissen. Es ist nicht wichtig. Was zählt, ist, daß ich in den Wagen gestiegen und zurückgekommen bin, um mit Ihnen zu reden, und während ich weg war – vielleicht gerade zu dem Zeitpunkt, als ich mit Ihnen und Ihrem kleinen Freund sprach – wurde meiner Frau schlecht.«

»Das tut mir leid.«

»Halten Sie den Mund! Sie war betrunken und lag besinnungslos auf dem Rücken im Bett. Genauer gesagt, auf unserem Bett. Und da wurde ihr schlecht. Sie mußte sich übergeben. Um es noch genauer zu sagen, sie übergab sich und erstickte dann an ihrem Erbrochenen. Atmete es ein – aspirierte, wie die Experten das nennen, ein Wort, das ich vorher noch nie gehört hatte.

Und natürlich kann niemand etwas dafür. Irgendwann wäre es ohnehin passiert. Ich kann nicht behaupten, daß sie eine besonders liebenswerte Frau war; das war sie nicht mehr, aber wissen Sie, ich habe idiotischerweise irgendwie an ihr gehangen. Bis vor kurzem hatte sie sogar noch eine sehr schöne Haut; blaß, aber makellos.

Geliebt habe ich sie nicht mehr. Da will ich Ihnen nichts vormachen. Ich habe sie nicht geliebt, aber ich wollte sie heute morgen lebendig wiedersehen, und da war sie tot. Wenn ich nicht bei Ihnen gewesen wäre und meine Frau nicht allein gelassen hätte, wäre sie wohl noch am Leben. Begreifen Sie, daß ich ... fühlen Sie sich wenigstens ein bißchen mitschuldig an dem, was geschehen ist?«

Seine Hand hinterließ jetzt eine rote Spur auf der Wand.

»Mr. Lawrence, das tut mir leid, schrecklich leid. Ich hatte ja keine Ahnung. Wenn ich ... kann ich irgend etwas tun?«

»Tun?« Plötzlich schrie er beinahe. »Für wen? Für mich? Mich?«

»Irgend jemanden.«

»Ach so, bloß für irgend jemanden! Ich nehme an, damit bin ich gemeint. Ich glaube, Sie haben genug für mich getan.«

»Ich hab das nicht so ...«

»Sagen Sie es nicht. Gerade so etwas will ich auf keinen Fall hören. Jedenfalls nicht von Ihnen. Nein, aber für Daisy können Sie etwas tun. Einen letzten Gefallen.«

»Was soll ich tun?«

»Was ich Ihnen sage.«

»Und das wäre?«

»Erzählen Sie den anderen, daß sie tot ist. Erzählen Sie es allen – allen Ihren Freunden. Dann können Sie gemeinsam über mich lachen.«

»Mr. ...«

Sammy tauchte im Flur auf, nachdem Lawrence sich auf dem Absatz umgedreht hatte und mit leerem Lächeln und starr geradeaus gerichtetem Blick aus dem Gebäude und zu seinem Wagen gestürzt war.

»Sammy, Mr. Lawrence, er hat mir gerade ...«

»Wir wissen Bescheid. Wir haben alles hören können. Wir wissen Bescheid.« Er schaute Margaret an, als stimme plötzlich etwas nicht mit ihrem Gesicht.

»Du bist paranoid.«

»Was?«

»Paranoid.«

Margaret hob den Kopf von Colins Schulter und schaute auf sein Gesicht hinunter.

»Ich dachte, du schläfst.«

Seine Augen standen jetzt offen, die Straßenlaterne draußen vorm Fenster brachte sie zum Leuchten.

»Nein, ich hab nachgedacht.«

»Über meine Paranoia. Der Mann hat seine Frau verloren, und ich bin schuld.«

»Natürlich bist du nicht schuld.«

»Ich weiß, ich weiß. Nein, eigentlich weiß ich nicht, jedenfalls nicht sicher. Ich hab das Gefühl, irgendwas hätte ich tun sollen, aber nein, es war wahrscheinlich nicht meine Schuld. Niemand glaubt das – außer Lawrence. Aber Lawrence ist der einzige, der in diesem Fall zählt.«

»Hat er was unternommen? Etwas gesagt?«

»Nein, eigentlich nicht.«

»Keine Drohungen?«

»Nein, nichts. Das macht mir ja gerade Sorgen; er hat nicht das Geringste gesagt oder getan. Er war höflich und auffällig ruhig, die ganze Zeit, ganz ruhig.«

»Nun, wie du sagst, schließlich ist seine Frau gerade gestorben. Wahrscheinlich ist er völlig durcheinander.«

»Nein, nein. Das ist es nicht. Er brütet etwas aus. Er weiß noch nicht, was er tun soll, deshalb tut er im Augenblick nichts. Er brütet etwas aus und dann wird er einen Entschluß fassen. Dann wird er etwas tun.«

»Trotzdem, ich werde nicht den Atem anhalten, bis er etwas tut. Menschenskind. Du machst dir Sorgen, wenn er dich schikaniert, aber wenn er das nicht tut, machst du dir auch welche. In jedem Fall ist er der Gewinner.«

»Ich weiß, ich weiß.«

In dieser Nacht schliefen sie unruhig, weil sie sich zu eng aneinandergekuschelt hatten, und was zunächst so wohlig schien, wurde heiß und beklemmend. Margaret träumte verworren und fiebrig.

Die Tage verstrichen unmerklich, Weihnachten kam und ging. Am Weihnachtstag lag kein Schnee, und nichts deutete darauf hin, daß es welchen geben würde. Margaret und Colin schoben einen halben Truthahn in den Ofen, kochten den traditionellen Plumpudding, aßen, bis ihnen der Kopf schwamm, legten sich dann aufs Sofa und genossen das Gefühl von Häuslichkeit. Margaret schenkte Colin einen Pullover.

»Sehr originell.«

Und Colin überreichte Margaret einen Ring.

»Das ist ein Ring.«

»Wirklich? Mensch, ja, stimmt genau.«

»Ich meine, das ist ein Ring.«

»Also jetzt, wo ich genauer hinsehe, erscheint mir das zutreffend. Probier mal, ob er paßt, ich konnte ja nur schätzen.«

»Ich meine ... «

»Ich weiß, was du meinst. Du kannst dir aussuchen, an welchem Finger und aus welchem Grund du ihn tragen willst. Als Ohrring, als Nasenring. Nimm ihn einfach als Geschenk, das ist er und mehr nicht. Also mach dir keinen Streß.«

»Ich mach mir keinen Streß, aber das ist wichtig. Warum hast du mich nicht eingeweiht? Dann hätte ich dich begleiten können. Wir hätten ihn gemeinsam kaufen können. Wir hätten darüber reden können.«

»Gefällt er dir nicht?«

»Doch, er ist sehr hübsch. Wirklich. Aber warum hast du nichts gesagt?«

»Weil ich die Panik hatte.«

»Du hattest was?«

»Die Panik. Ich dachte, wir würden uns am Ende vielleicht in die Haare geraten oder so was. Ich meine, das ist eben ein Ring. Sonst nichts. Ich möchte, daß du ihn für mich trägst. Das fände ich schön. Es würde mir gefallen. Wenn wir dann der Ansicht sind, daß er noch mehr bedeuten soll, ja, das würde mir auch gefallen. Das würde mir sogar sehr gefallen, Margaret.«

»Ich habe doch gesagt, ich werde darüber nachdenken.«

»Aber seitdem hast du nichts gesagt.«

»Ist das ein Verlobungsring?«

»Das mußt du sagen.«

»Nein, sag du, ob das einer sein soll. Triff eine Entscheidung, nun mach schon.«

»Ich hab mich schon entschieden, für das große Bekenntnis.«

Colin beugte sich vor und stemmte die Fäuste auf die Knie, und sie war versucht, seinen Nacken zu streicheln. Er ließ sich zurückfallen und fuhr sich mit der Hand übers Gesicht. »Schon gut, schon gut. Also hier und jetzt. Ja, ich möchte, daß dies ein Verlobungsring ist. Ich habe mir vorgestellt, daß du ihn an diesem Finger trägst. Okay?«

»Ja, okay.«

»Mags? Könntest du das bitte noch einmal wiederholen?«

»Okay. Das ist ein Verlobungsring. Was heißt, daß wir verlobt sind. Was wiederum bedeutet, daß wir ans Heiraten denken. Wie fühlst du dich, wenn du das hörst?«

»Wie ich mich fühle? Ich bin glücklich. Sogar sehr glücklich. Du bist meine Liebste, das weißt du doch, Mags. Meine Liebste.«

»Das ist gut.«

»Gut ist auch, daß ich von dir keine romantischen Reaktionen erwarte.«

»So etwas habe ich eben noch nie erlebt, woher soll ich also wissen, was man da sagt? Ich liebe dich sehr, zu sehr, so sehr, daß ich damit nicht leben kann, so sehr, daß ich auch ohne nicht leben kann. Ich brauche dich mehr, als ich ertragen kann. Und du bist schrecklich lieb, und ich möchte dich heiraten. Das ist alles.«

»Oh.«

»Aber wir müssen uns noch viel besser kennenlernen, wenn es klappen soll. Das ist kein Spaß. Wir müssen einander sehr nahe kommen. Und ich werde mich ändern. Ich werde mich nicht für dich ändern. Ich werde mich ändern, weil die Zeit vergeht, und ich werde mich für uns ändern, oder vielleicht sogar deinetwegen, aber niemals für dich. Ich will für dich keine andere sein. Ich werde tragen, was ich immer trage, und tun, was ich immer tue. Wenn du mich heiratest, wirst du wirklich mich heiraten und nicht die Frau, die du aus mir machen willst. Das gilt fairerweise für beide. Ich heirate dich um deinetwillen. Weil ich dich mag. Ich liebe dich. Ich habe auf dich gewartet.«

»Ich hab nie gesagt, daß ich dich anders will.«

»Ich weiß, das weiß ich doch. Ich bilde mir wenigstens ein, daß ich über dich Bescheid weiß. Ich versuche nur, fair zu sein. Und versprich mir, daß du mit mir redest, wenn etwas nicht mehr stimmt.«

»Falls etwas nicht mehr stimmt. Das muß ja nicht passieren.«

»Versprich es!«

»Versprich mir das gleiche.«

»Ich werd mein Bestes tun.«

»Nein.«

»Ich versprech's. Nun du.«

»Ich verspreche es.«

»Okay. Darf ich etwas sagen?«

»Was denn jetzt noch. Tschuldige, sprich weiter. Raus damit.«

»Ich weiß nicht, wie ich anfangen soll. Nimm mich erst mal in die Arme. Nein, doch lieber nicht.« Sie drehte den Kopf leicht zur Seite und wandte ihn dann nach oben. »Daddy? Daddy, das ist Colin. Es wäre wunderbar, wenn du ihn mögen könntest, weil ich ihn so mag. Wir wünschen uns, daß er mein Mann wird. Ich weiß nicht, ich weiß nicht, ob du da bist, manchmal habe ich das Gefühl, du bist da, aber sicher bin ich nicht. Ich liebe ihn; weißt du noch, als ich dir das damals zum ersten Mal erzählt habe? Ich glaube wenigstens, daß ich dir das erzählt habe. Jedenfalls ist es immer noch so. Es ist immer noch so. Also, was noch? Danke, ich danke dir. Nacht, gute Nacht.«

Margaret spürte, wie Colin ihre Hand sehr fest umschlossen hielt. Sie küßte ihn auf den Handrücken.

»Könntest du mich jetzt in die Arme nehmen? Dann gebe ich dir den Ring zurück, und du kannst ihn mir anstecken. Und jetzt muß ich weinen.«

Margaret brauchte nur wenige Wochen, um sich an den Ring an ihrem Finger zu gewöhnen, ihn gar nicht mehr zu spüren. Bald bildete sich eine dünne Hornhaut an seinem oberen Rand, wo er scheuerte. Manchmal saß sie nur da und schaute ihn an, ohne an etwas Besonderes zu denken. Höchstens daran, was Colin wohl denken mochte, wenn er dasaß und gleichfalls auf den Ring blickte.

Sie erinnert sich daran, wie sie den Ehering ihres Vaters gefunden hatte, aufbewahrt in einer kleinen Schachtel, zusammen mit ein paar Manschettenknöpfen und Krawattennadeln – alles Dinge, die er nie trug. Sie hatte mit dem Gedanken gespielt, den Ring selbst zu tragen, ihn ändern zu lassen, wenn sie jemals einen Ehering brauchen sollte. Oder ihn ganz umarbeiten zu lassen. Am Ende trug sie ihn hinunter zum Hafen und warf ihn in den großen, grauen Fluß. Sie hätte ihn doch nie getragen, und nun könnte es auch niemand anderes tun.

Vielleicht würde ihn ein Fischer im Bauch eines Fisches finden – wie in der Geschichte von der heiligen Columba. Sie war sich nicht sicher, ob es noch Fische im Fluß gab.

Ihr Ring, der ein Geheimnis bedeutet, klickt leise gegen das Zugfenster, um sie daran zu erinnern, daß es ihn immer noch gibt, daß sie ihn immer noch trägt. Sie denkt, wieviel angenehmer die Reise doch wäre, wenn James noch neben ihr säße, und hört, nein fühlt eher das federleichte Klick, Klick, Klick von Metall auf Glas. Margaret meint an ihrem Finger wieder ein Prickeln zu spüren wie damals bei ihrem mehrtägigen Ausflug mit Colin.

Drei Monate ist es jetzt her, daß sie sich durch den dichten Verkehr kämpften, hinaus aus der Stadt, dorthin, wo sich die Straße verengte und zwischen staubigen Privatwäldchen, wohlgepflegten Rasenflächen von Country-Clubs und stacheldrahtbewehrten Bootsanlegestellen verlief. Ihr Lieferwagen rollte weiter, die offenen Fenster ließen die Hitze der Frühlingssonne herein. Margaret verfolgte die Route auf der Straßenkarte, wickelte für Colin Süßigkeiten aus und schob sie ihm zwischen die weichen, warmen Lippen.

Vor allem aber schaute sie sich um, während die Hügel zu Bergen wuchsen und sich Druck auf ihre Ohren legte.

»Da unten, das Häuschen!«

»Wo?«

»Nein, wirf nur einen kurzen Blick hinüber, paß lieber auf.«

»Ich paß schon auf; schau her, beide Hände am Steuer. Welches Häuschen?«

»Da steht ein süßes kleines Haus, ganz, ganz weit unten. Ich frag mich, ob es sich da gut leben läßt. Es sieht so verdammt einladend aus, ich möchte wissen, ob es wirklich so toll wäre. Oder ob man sich auch daran gewöhnt.«

»Einsam, im Winter viel Schnee, ich weiß nicht. Würdest du gerne hier draußen wohnen?«

»Ich hab nie darüber nachgedacht. Wahnsinn, schau dir das an!«

Sie rollten zwischen hohen gezackten Schatten abwärts, die hier und dort von Schneeflecken aufgehellt wurden, und fuhren dann in die Sonne zwischen Polstern und Kaskaden von Ocker, Braun, Rosa, Grau, Blattgrün, Schattengrün, Frühlingsgrün, Schwarz. Die Straße entrollte sich am Ufer eines Sees, wand und streckte sich dann an einem anderen entlang, während Margaret die Kassette im Recorder wechselte, ihre Hand auf Colins Knie legte und seinen Schenkel zärtlich drückte.

Sie hatten vier freie Tage vor sich, in einem Wohnwagen nahe einer kleinen Stadt in den Bergen; vier Tage fern von der Arbeit, von Lawrence, vier ungestörte Tage. Margaret bekam sogar Lawrences Segen, bevor sie aufbrach. »Kein Problem, Sie haben ja noch ein paar Urlaubstage gut, und das ist ein günstiger Moment, sie zu nehmen. Im Augenblick scheint hier nicht viel los zu sein. Ich glaube, wir kommen auch ohne Sie zurecht. Bestimmt. O ja, ganz bestimmt sogar.«

Am Ende ihres ersten Tages konnte Margaret sich kaum noch vorstellen, wo sie vorher gelebt hatten. Sie lag im Bett, die Füße immer noch ein wenig wund vom Wandern, und empfand die Weichheit der Laken fast wie einen leichten Schmerz. Als sie versuchte, sich die *Factory* vorzustellen, oder Graham mit seiner Mütze, gelang ihr das nicht. Und dann wurde sie mit einem langen, genußvollen und traumlosen Schlaf beschenkt. Sie wachten beide so hungrig auf, daß sie sich nicht die Zeit nahmen, ein richtiges Frühstück zu bereiten. Sie schütteten Berge von Cornflakes in die Teller und strichen die Orangenmarmelade dick auf das ungetoastete Brot.

Sie suchten sich Hügel, die noch nicht von Nadelbäumen bedeckt waren, und wanderten über Erde und Gras, die noch niemand mit Schildern und Zäunen und Eigentumsansprüchen überzogen hatte. In den Morgenstunden war die Luft manchmal noch frostig, der Himmel fast weiß, und es nieselte sogar, aber dann blühte der Tag bis in den Abend hinein, strahlend und frisch. Ihre Gesichter und Arme nahmen rasch Farbe an, und wenn Margaret sich abends wusch, schien es ihr, als spüle sie nicht nur Schmutz ab. Sie spürte ein Prickeln, fühlte sich leichter; es war ihr, als berühre sie Colin durch eine dünnere Haut. Colin beschloß, sich einen Schnurrbart wachsen zu lassen.

Margaret hatte den Eindruck, daß sie weniger redeten. Sie ertappte sich dabei, daß sie oft seine Hand nahm, wenn sie wanderten. Immer wieder blieben sie stehen, die Arme um den Rücken des anderen geschlungen, ohne daß sie hätte sagen können, wer die Schrittfolge eröffnete, die sie zusammenbrachte, Hüfte an Hüfte. Sie berührten sich wieder und wieder, so als setzten sie eine einzige

Bewegung fort oder als ließen sie sich von ihr umspülen wie von einem Strudel, einer Wolke oder einem Licht.

Als ein weiterer weißer Morgen heraufdämmerte, saßen sie wieder im Lieferwagen, und Colin bog von der Straße ab, die sie nach Hause führen sollte.

»Was machst du da?«

»Ich führe uns ins Ungewisse.«

»Du fährst uns zum Humph, hab ich recht? Dem Bukkel, den wir im Glen gesehen haben?«

»Wir sind nie raufgestiegen.«

»Ich weiß, ich hab es nicht so eilig. Du wolltest, daß wir im Morgengrauen aufbrechen. Es wird nicht viel Zeit kosten, auf den Humph zu steigen, er ist ja nur klein.«

»Wagst du es, meinen Humph zu beleidigen?«

»Ganz im Gegenteil, es ist ein sehr schöner Humph. Ich habe ihn oft bewundert.«

»Wir sind nur zweimal vorbeigekommen. Nimm deine Hand da raus.«

»Warum?«

»Darum.«

»Warum, darum?«

»Weil ich dich beiße, wenn du das nicht läßt, und ich werde nicht vorher anhalten, ich lenk dann einfach mit den Füßen. Pervers bist du.«

»Ich dachte, du magst das. Vor allem das hier.«

»Nein, hör damit ... O je, o je. Schau dir das an. Das geht auf dein Konto.«

»Nein, das warst eindeutig du. Das sehe ich auf einen Blick.«

Der Humph erhob sich einsam auf dem Talboden, der flach wie ein Tisch dalag, eine Sehenswürdigkeit. Margaret fühlte die Riesenhaftigkeit des Gletschers, der einst, größer und größer werdend, alles was dastand, weggehobelt und zermahlen hatte. Noch immer lag in der Luft über den gemeißelten Hängen des Hügels und der flachen, fast platten Ebene eine kalte Drohung, beinah zu gewaltig für die menschliche Wahrnehmung. Der Buckel war sicher größer gewesen, bevor der Gletscher kam, und als Margaret und Colin sich einen Weg zu ihm bahnten, war es, als überquerten sie den Fußabdruck einer Urgewalt. Einen eisigen Stapfen.

Am Fuß des Buckels breitete sich der Garten eines weißen Häuschens aus, und eine alte Frau in einer Strickjacke grub die Erde um. Colin nickte ihrem Rücken zu.

»Glaubst du, wir kriegen ihr Haus, wenn wir sie umbringen?«

»Benimm dich!«

Als sie hinaufkletterten, Stein um Stein einem schmalen Felspfad folgten, entdeckten sie, daß der Naturform des Humph etwas hinzugefügt worden war; daß planvoll Steine neben jene gesetzt worden waren, die der Gletscher hinterlassen hatte. Hier hatte einmal eine Festung gestanden, das Herz eines Königreiches, gegründet von jenem Volk, das die Ebene mit Findlingen, Steinringen und Hügelgräbern übersät hatte. Dasselbe Volk bewehrte seine mörtellosen Steinmauern sorgfältig mit kleinen starrenden Zähnen und teilte sich den Friedhof mit Rittern unter gemeißelten Steinplatten. Das war schon ein merkwürdiger Ort.

Colin stand an einer geschwungenen Steinmauer, die in einen Hang gewachsen war, und nahm Margarets Hand.

»Wer sie auch waren, Steine haben sie jedenfalls geliebt.«

»Nein, Schmetterlinge haben sie geliebt.«

»Ach ja. Natürlich.«

»Ist dir das nicht aufgefallen? Die ganzen Steine da unten in der Sonne waren voll von Schmetterlingen.«

»Klar. Schmetterlingsanbeter. Sehr schottisch. Trotzdem abartig. Kommst du nicht mit auf die Kuppe?«

»Zuerst möchte ich noch meinen Fuß in den Fußabdruck setzen. Da, da ist einer eingemeißelt.«

»Stimmt. Mein Fuß war zu groß.«

»Das überrascht mich nicht.«

Noch acht oder zehn Schritte, und sie hatten den Humph bezwungen. Plötzlich.

»Das ist ja Wahnsinn!«

»Mein Gott, ich glaub's nicht. Wahnsinn hoch drei!«

Der Boden der Ebene brandete bis an den Rand des Glen, und die Hügel schienen seltsam verkleinert. Um sie herum war die Erde versunken, und es war ihnen, als seien sie zum Herzen der Welt vorgestoßen. Sie lachten. Sie drehten und drehten sich und lachten.

»Wir können doch gar nicht so hoch gestiegen sein. Ich meine, das ist doch nur ein Buckel, ein Humph, kein gottverdammter Berg.«

»Das ist mir egal. Colin McCoag, das hier ist ein toller Humph.«

»Klasse Humph, Mega-Humph.«

Margaret saß immer noch auf dem höchsten Punkt des Buckels, hielt Colins Hand und sah in die Ferne, als ein Jogger an ihnen vorbeistampfte und -stolperte. Er lief einen Kreis und tauchte dann wieder hinab, auf dem Weg, den er gekommen war. Colin faßte sie um die Taille und kitzelte sie, nur ein kleines bißchen.

»So ein Blödmann.«

»So würde ich das jedenfalls nicht machen, das sag ich dir. Er wird gar nicht mehr wissen, daß er hier oben war.«

»Was würdest du denn hier oben machen?«

»Wir werden hier oben gar nichts machen, Pfarrer McCoag.«

»Spielverderberin.«

»Es ist nicht gerade einsam hier.«

»Du könntest mich wenigstens küssen, was meinst du?«

»Das könnte ich.«

Seine Zunge umspielte die ihre, streifte ihre Lippen. Es war wie ein Lachen, und sie lächelte zurück, streichelte die zarte Haut seines Nackens und fuhr ihm mit den Fingern durchs Haar. Colins Hand flatterte über ihre Brustwarze, streifte sie durch die Bluse hindurch; sie hielten sich bei den Händen, verschränkten ihre Finger und lösten sie wieder, sie umarmten sich. Colins Handflächen und seine Stirn schmeckten salzig, sein Haar roch nach Sonne, modrigem Ginster und Sonne.

Margaret zog Colins Kopf an den Haaren zurück, so daß sie sein Gesicht sehen konnte, und nahm es dann zwischen ihre Hände.

»O mein Gott, wie ich dich liebe, Colin. Du bist schön. Du bist so schön. Ich will dich mit nach Hause nehmen. Ich will dich fressen. Mit Haut und Haar. Liebster. Ich liebe dich.«

»Dann friß mich! Friß mich!«

Colins Lieferwagen hatte sich ihrem Zuhause schon um eine Stunde genähert, als Margaret den Kopf schüttelte und anfing zu lachen.

»Was ist los?«

»Ich merke gerade, daß sich keiner von uns angeschnallt hat. Ein paar Tage in der Natur, und schon laufen wir aus dem Ruder.«

»Man nennt das entspannt; manche Leute sind das pausenlos.«

»Mm. Ich weiß. Es war wunderschön da oben. Danke, daß du das vorgeschlagen hast.«

»Sprechen wir jetzt vom Humph oder über unseren Urlaub?«

»Beides. Ich meine es ernst, danke.«

»Du brauchst mir nicht zu danken. Ohne dich wäre ich nie gefahren, der Gedanke wäre mir gar nicht gekommen. Und es war wunderbar, dich so glücklich zu sehen. So gelassen. Fast wie ein anderer Mensch.«

»Vielen Dank.«

»Du weißt, was ich meine. Du warst wieder du selbst, wie ich dich seit Ewigkeiten nicht mehr erlebt habe. Es war wunderbar.«

»Ja, es war wirklich gut. Es war schön. Und besonders schön war es, mit dir zusammenzusein.«

»Margaret, darf ich dich was fragen.«

»Klar.«

»Ach, es ist nur, daß dieser blöde Job Gift für dich ist. Er ist so sinnlos. Warum schmeißt du ihn nicht hin? Wir könnten von meinem Gehalt leben.«

»Ich verstehe.«

»Bis du was anderes findest. Ich könnte dich unterstützen, bis wir was Besseres gefunden haben. Und wenn wir verheiratet sind, gibt es vielleicht noch ganz andere Möglichkeiten. Stell dir doch nur mal vor, wie es wäre, wenn du dich nicht mehr die ganze Woche in Jeans und Pullover abrackern müßtest.«

»Ich hab bislang noch nicht gemerkt, daß mein Job sinnlos ist.«

»Ich meine doch nur, daß du damit deine Talente vergeudest.«

»Was ich offenbar nicht täte, wenn ich zu Hause säße und von deinem Geld lebte. Weil ich dann ja viel besser angezogen wäre.«

»Du hättest nur – ich wollte, du hättest sehen können, wie du dich in den paar Tagen verändert hast.«

»Ja, ich hab's noch im Ohr. Du hast gesagt, ich war wie ein anderer Mensch. Das war offenbar, was du dir wünschst. Ich habe Urlaub gemacht, Colin, das ist immer was Besonderes. Das hat mit dem wirklichen Leben nichts zu tun. Was schlägst du also vor? Daß ich jetzt für immer Urlaub mache, oder was?«

»Ach Scheiße!«

»Genau das denke ich auch. Klar, das Tollste da oben war natürlich, daß du jederzeit dein Loch haben konntest, wenn dir danach war. Das wollen wir doch mal festhalten. Tag und Nacht verfügbar – ideal.«

»Du hast dich nicht gerade beklagt.«

»Wann hab ich das jemals getan?«

»Was?«

»Nichts.«

»Nein, sag, wovon redest du? Ich geb dir einen Rat, den du verdammt nötig hast, und plötzlich hast du mich die ganze Zeit nur mit Mühe ertragen. Und es ist eine Zumutung, wenn ich mir wünsche, daß du mir verdammt noch mal zuhörst. Das ist deine Vorstellung von der Ehe: daß du nur tust, was dir paßt.«

»Du hättest es wohl lieber, wenn ich nur tue, was du mir sagst. Zufällig bin ich der Meinung, daß es verboten sein sollte, Rentnern Satellitenanlagen aufzuschwatzen. Habe ich deshalb jemals verlangt, du sollst deinen Job aufgeben? Wenigstens versuche ich, Leuten zu helfen.«

»Wie kannst du Leuten helfen, wenn du nicht einmal dir selber helfen kannst? Das ist doch zum Heulen.«

»Halt den Mund, Colin, halt endlich den Mund! Bevor ich etwas tue, das mir später leid tut. Fahr uns einfach nach Hause.«

»Ich fahre, wohin es mir verdammt noch mal paßt. Ich hab dir vertraut. Ich Idiot hab dir vertraut. Es ist eine Schande.«

Margaret beugte sich vor, um das Radio anzustellen, und lehnte sich dann mit verschränkten Armen zurück, während die Stimmen ihr Schweigen erstickten. Sie drückte sich einen Ellbogen gegen den Magen, wo sie eine Verkrampfung, eine eisige Kälte zu spüren begann. Der Lieferwagen passierte ein Autowrack mit eingedrückter Motorhaube und säuberlich abgesäbeltem Dach. Feuerwehrleute und Polizisten liefen hin und her und stiefelten unhörbar in einer glitzernden Schicht zerbrochenen Glases herum. Ein kleines Tuch war über die Rücklehne des Fahrersitzes gebreitet. Sein strahlendes Weiß ließ einen großen Blutfleck um so schärfer hervortreten, grell beleuchtet von der schrägstehenden Nachmittagssonne. Margaret spürte, daß sich zu viel Speichel in ihrem Mund angesammelt hatte, und begann ihn hinunterzuwürgen.

Colin flüsterte »O mein Gott«, aber als Margaret ihm ihr Gesicht zuwandte, sagte er nichts mehr, starrte demonstrativ auf die Straße. Als sie die Innenstadt erreicht hatten, beschrieb das Radio den Unfall, informierte sie über die Opfer, machte das Ganze authentisch.

»Die U-Bahn hält nicht weit von hier.«

Colin ließ den Wagen am Bordstein ausrollen.

»Ist die Tür hinten abgeschlossen?«

»Hier sind die Schlüssel.«

»Okay. Dann hol ich meine Tasche raus. Danke.«

Margaret ging langsam nach hinten und blieb an der Tür stehen. Sie beugte sich vor, um den richtigen Schlüssel herauszusuchen, hielt dann einen Moment inne und beobachtete Colins Gesicht. Er schien bekümmert, nicht mehr so wütend und eher den Tränen nahe. Sie wußte, daß sie ihn nicht leiden sehen wollte. Sie wußte, daß sie ihn nicht wegfahren lassen wollte. Sie wußte, daß sie sich nicht entschuldigen wollte.

»Die Tasche hab ich also. Aber mir fällt ein, daß ich kein Geld mehr bei mir habe. Ich kann nicht mal ein U-Bahnticket lösen.«

»Mm.«

Es schien ihr plötzlich wichtig, sich zurück in den Wagen zu zwängen, die Tasche auf ihren Schoß zu hieven und die Tür zu schließen.

»Was soll das?« »Kannst du mich bei mir zu Hause absetzen? Es ist ja kein Umweg für dich. Bitte.«

»Gut, gut, gut. Aber schnall dich an, ja?«

»Mach ich.«

Als sie endlich in ihrer Straße ankamen, fühlte sich Margaret fast ein wenig benommen. Ihr Magen pochte im gleichen Takt wie ihr Puls. Sie zuckte zusammen, als Colin sprach.

»Wir sind da.«

»Ich weiß, Colin. Ich möchte dich berühren.« Motorengeräusch füllte die Stille. »Hast du gehört? Ich möchte …«

»Ich hab dich gehört.«

»Würdest du ... möchtest du das auch?«

»Natürlich will ich das auch. Ich will dich. Ich weiß bloß nicht, wie ich an dich rankomme.«

»Ich bin doch hier.«

»Da bin ich nicht so sicher.«

»Wir müssen uns besser kennenlernen. Wir müssen uns aneinander gewöhnen.«

»Ich kann nicht einmal jetzt näher an dich ran, weil deine doofe Tasche im Weg ist. Immer ist etwas im Weg.«

»Ich stelle sie raus. Jetzt kann ich deine Hand halten. Fühl mal.«

Margaret nahm Colins linke Hand in ihre rechte, und er stellte den Motor ab. Sie spürte das Pulsieren in seinen Adern, spürte einen Druck gegen ihre Handfläche, das Verschränken von Fingern.

»Colin, ich möchte, daß wir zusammen sind. Von ganzem Herzen möchte ich das. Das kann doch nicht so schwer sein. So hat es doch keinen Sinn. Ach!«

Er weinte lautlos, mit ganz leicht geöffnetem Mund.

»Baby, du darfst meinetwegen nicht weinen. Bitte nicht. Komm mit rein, komm mit mir.«

»Nein.«

»Komm rauf. Ich möchte das wirklich.«

»Nein. Ich kann das jetzt nicht. Ich weiß nicht mehr, was ich tun soll.«

»Gut, ich ruf dich in ein paar Stunden an. Soll ich dich anrufen?«

»Okay. Ja, mach das. Maggie, Maggie, ich weiß nicht.«

»Ich rufe dich an, und wir reden. Wir können auch rausfahren. Kommst du zurecht? Du solltest eigentlich jetzt nicht fahren, weißt du.«

»Mir geht's gut.«

Sie hob seine Hand und küßte sie. Dann stieg sie aus dem Wagen. Nachdem sie die Tür zugeschlagen hatte, klopfte sie ans Fenster, bis er es herunterkurbelte.

»Ich ruf dich an, und du mußt auf dich aufpassen. Nimm doch ein Bad, mach dir was zu essen.«

Sie winkte, als der Lieferwagen anfuhr und das Geräusch ihres Klopfens immer noch in der Luft hing. Klick, klick, klick. Ihr Ring hatte auf dem Glas ein gutes Geräusch gemacht. Ein hilfreiches Geräusch. Klick, klick, klick.

Das Café hatte die ganze Nacht geöffnet und war ein wenig heruntergekommen, mit hohen Fenstern, die die Dunkelheit hereinließen. Margaret hatte schon einen Kaffee getrunken, als Colin eintraf. Er wandte sich in der Tür suchend um, lächelte, als er ihr Gesicht entdeckte, dann schien er sich plötzlich an etwas zu erinnern, das sein Lächeln wegwischte und ihn müde aussehen ließ.

Als er von der Theke zurückkam, stellte er seine Kaffeetasse neben ihre, setzte sich aber nicht. Er stand hinter ihr, legte ihr die Hände auf die Schultern, beugte sich hinunter, um den Duft ihres Haars einzuatmen, und massierte ihre Schulter.

»Was ist? Komm und setz dich.«

»Gleich. Gleich.«

Er ging langsam um den Tisch und setzte sich auf den Stuhl gegenüber. Margaret hatte den Eindruck, daß er sich bereits von ihr verabschiedet hatte; daß nichts, was sie sagen würden, etwas an seinem Entschluß ändern konnte. Er war weggefahren und nicht zurückgekommen. Die letzten Stunden gehörten zu einem anderen Tag, und sie waren jetzt eigentlich gar nicht zusammen. Es war einfach nicht möglich, daß sie an ein und demselben Tag einander so nah und so fern sein konnten.

Sie sah ihr Gesicht in der Schwärze der Fensterscheibe, die Nase angestrahlt, der Rest im Schatten, und hörte, wie Colin anfing zu reden. Es kam ihr vor, als hätte sie ihn das alles schon einmal sagen hören; und es schien weniger wirklich, als es hätte sein sollen.

»Ich kann so nicht weitermachen. Es funktioniert nicht. Ich habe mich noch nie im Leben so unwohl und unglücklich gefühlt. Noch nie.«

Er sah wirklich unglücklich aus.

»Wir haben das nicht verdient. Ich jedenfalls nicht, da bin ich mir verdammt sicher. Es tut mir leid. Ich habe die ganze Nacht darüber nachgedacht. Auch schon früher, immer mal wieder, aber heute nacht unentwegt. Es gibt einfach keinen Ausweg. Entweder leben wir zusammen und binden uns beide, mit allem Drum und Dran, oder wir machen Schluß und sehen uns nicht mehr. Überhaupt nicht mehr. Tut mir leid.«

Sobald Colin sie verlassen hat, wird Margaret ihren Ring am Finger drehen, ohne es zu merken, und sie wird nichts sagen und zulassen, daß er auf die Straße hinausgeht und aus ihrem Blickfeld verschwindet. Sie wird einem Fremden seinen Namen sagen, sich dann einen dritten Kaffee holen und ihn trinken. Ganz langsam.

Sie fühlte sich schon ein bißchen besser und wartete halb darauf, daß Colin zurückkam und sich auch wieder besser fühlte. Hinter ihr brach ein Streit aus, zwei Frauenstimmen, jung und schrill. Zwei Kellnerinnen und ein Mann in einem Anzug drängten sich hastig zwischen den Tischen hindurch und kamen dann auf Margaret zu, von zwei jungen Frauen rückwärts zum Ausgang gedrängt.

»Nichts ist drin in meiner Scheißtasche – und damit basta. Und würden Sie gefälligst aufpassen, daß Sie meine Sachen nicht kaputtmachen. Ian!«

Ein dünner bleicher Mann wartete draußen auf der Straße. Er wandte sich ab und ging weg.

»Ian!«

Das Personal hakte sich unter, um den Ausgang zu blockieren, verriegelte die Tür und sprach davon, daß die Polizei unterwegs sei. Die Mädchen kreischten und schlugen um sich, gaben dann auf; die eine, die mit den blonden Haaren, weinte und zitterte.

»Ich bin erst sechzehn.«

Niemand in dem Café rührte sich oder sah auf. Margaret hörte draußen Autos vorbeifahren, hörte das eine Mädchen weinen, das andere keuchen, beide bleich und mit ernsten Augen.

Und dann geschah das Unerhörte. Margaret sah, wie die Dunkelhaarige losging, kurz innehielt, ganz nahe bei ihrem Tisch vorbeikam und dann durch die Scheibe des Fensters marschierte. Einfach hindurchmarschierte, den Kopf vorgestreckt. Hindurch und auf und davon.

Das Scheppern war gewaltig und fast melodisch, und man hörte Schreie, als sich eine Welle von Glas in das Café ergoß. Eine Scherbe landete neben Margarets Hand, aber sie rührte sich nicht, zuckte nicht einmal, weil sie dem Mädchen nachsah, wie es im Laufschritt verschwand. Sie fragte sich, ob es irgend etwas gab, für das sie selbst durch eine Fensterscheibe gehen würde. Ihr fiel nichts ein, was stark genug wäre, sie dazu zu bringen.

Man sah nur ein paar Blutspritzer auf dem Boden. Das einzige wirkliche Indiz dafür, das etwas passiert war, Blutstropfen und in der Fensterscheibe ein Riesenloch, das in die Dunkelheit hinausführte.

Wäre das alles doch nur in einer anderen Woche passiert.

Margaret dachte das häufiger. »Wäre das doch nur in einer anderen Woche passiert.«

Sie ruft eine Freundin in London an. Margarets Freundin ist eine Frau namens Helen. Sie waren zusammen auf der Universität und haben sich seitdem nur einmal gesehen. Außerdem haben sie sich ab und zu geschrieben.

Eine Hand hält den Hörer, während die andere wählt, und Margaret denkt: »Wäre das doch nur in einer anderen Woche passiert.«

Hunderte von Meilen entfernt klingelt ein unbekannter Apparat. Margaret stellt sich ein Gesicht vor, das nicht mehr existiert, weil es seit sieben oder fünf oder drei Jahren nicht mehr aktuell ist und weil manche seiner Züge längst vergessen sind. Die Stimme ist fast noch dieselbe.

»Maggie? Ach du liebe Güte! Das ist ja Wahnsinn. Maggie!«

»Das ist mein Name, verschleiß ihn nicht.«

»Was? Mags?«

»Schon gut. Ja, grüß dich. Wie geht's dir?«

»Mir? Großartig. Aber stell dir vor, gerade habe ich dir die Tarotkarten gelegt – sie liegen noch auf dem Fußboden, in diesem Augenblick. Was? Oh, tut mir leid, Mags, wir haben gerade neu gemischt, und nun ist es jemand anderes. Niemand, den du kennst. Eigentlich kenne ich ihn auch nicht. He, könnt ihr mal einen Moment ruhig sein, das ist ein Anruf aus Schottland. Tut mir leid, Maggie. Aber es ist wahr, deine Karten lagen schon komisch. Hast du in letzter Zeit an Selbstmord gedacht? Wenn ich das fragen darf. Die Neun der Schwerter kam ins Spiel, aber nur als Einfluß in der Vergangenheit. Mein Gott, ist das gut, von dir zu hören. Kommst du runter nach London?«

»Ja, hab ich vor. Nur für kurze Zeit. Aber vielleicht auch auf Dauer.«

»Kein Problem. Du kannst bei mir wohnen. Meine neue Wohnung ist viel hübscher als die alte. Wir könnten was zusammen unternehmen.«

»Zum Beispiel Tarotkarten legen.«

»Das ist das Neueste, stimmt. Ich glaube, wir haben die Karten inzwischen schon für Gott und die Welt gelegt. Als nächstes müssen Romanfiguren herhalten. Wann kommst du?«

»Ende der Woche. Wenn das okay ist.«

»Jederzeit. Ruf mich an, und wir klären, wie du am besten zu mir findest. Ich stecke gerade in einem von diesen Finanzprojekten, deshalb bin ich tagsüber unterwegs. Mensch, das ist klasse! Was? Ach, das war nur Paul. Der fragt, ob du schöne Beine hast. Aber du kannst dich beruhigen, er ist eigentlich gar kein sexistisches Arschloch, und übrigens wohnt er auch nicht hier. Obwohl man das manchmal meinen könnte.«

»Das klingt nicht so, als hätten sich die Dinge bei dir sehr geändert.«

»Tun sie doch nie, oder? Was macht denn, wie heißt er noch, Colin? Ist die Luft raus?«

»Eigentlich ja.«

»Steht alles in den Karten, Mädchen, steht alles in den Karten. Kannst du mir erzählen, wenn du hier bist. Aber keine Sorge. Du wirst dem Fleisch entsagen, und eine gute und verläßliche Freundin wird auf einem weißen Pferd geritten kommen und dir aus der Patsche helfen.«

»Steht in den Karten auch was von einem Job?«

»Oh, das klingt beschissen. Was hast du angestellt? Nein, erzähl es mir nicht jetzt, das wird zu teuer.«

»Genau. Ich bin auch auf dem Sprung. Aber ich ruf noch mal an. Und danke, daß ich bei dir wohnen kann.«

»Kein Problem. Ich komm dann auch mal rauf und wohn bei dir. Schau mir eure Kulturhauptstadt an und so. Im Ernst, kein Problem. Ich freue mich schon auf dich.«

»Also, ich muß los.«

»Tschüß.«

»Helen?«

»Hm? Ja? Tschuldigung, hast du was gesagt?«

»Nein, nein, ich hatte nur den Faden verloren. Nochmals danke, danke. Ich bin froh, daß du zu Hause warst.«

»Hör mal, möchtest du reden? Ich kann dich zurückrufen.«

»Nein. Mir geht's gut. Ich freue mich darauf, dich wiederzusehen. Bis dann, Helen.«

Margaret legt den Hörer nicht gleich auf, sie horcht auf das Klicken, als die Verbindung unterbrochen wird, und auf das folgende dumpfe Summen. Sie fühlt sich so einsam, daß sie weinen möchte.

Jetzt wählt sie noch einmal Colins Nummer. Wieder keine Antwort. Das heißt, daß er nicht zu Hause ist, aber dieses Mal nimmt sie das Schweigen persönlich.

Und dabei sollte er zu Hause sein. Seit Montag hat sie ihn angerufen, immer zu Zeiten, an denen er hätte zu

Hause sein müssen, aber er hat nicht abgehoben. Irgend etwas stimmt da nicht. Natürlich stimmt es schon nicht mehr, seitdem er sie allein im Café hat sitzen lassen, denn seitdem sind sie nicht mehr zusammen, aber das hier ist noch etwas anderes. Es fühlt sich auch anders an. Wäre das doch nur in einer anderen Woche passiert. In dieser Woche kommt einfach zuviel zusammen.

Sie hätte es schon am Montag wissen müssen. Schon der Montag war übel. In der Nacht hatte sie noch ziemlich gut geschlafen. Der erste Tag ohne Colin. Sie fühlte sich leicht, fast wie von einer Last befreit. Es konnte nicht sein, daß alles vorbei war, und wenn sie erst einmal wieder zusammen waren, konnten sie von vorn anfangen. Sie hatten Fehler gemacht, die man in Zukunft vermeiden konnte. Vielleicht würde sie sogar zur Ruhe kommen, wenn sie eine Zeitlang allein war. Margaret stand der Sinn nach Ruhe. Aber ruhig war der Montag nicht gewesen.

Sie traf ausgeruht und ein wenig zu früh in der *Fun Factory* ein, bereit, sich wieder in die Arbeit zu stürzen. Sie wußte, es gab einiges zu tippen, ein paar Dinge aufzuräumen.

»Nein, schon gut, wir haben das erledigt, Maggie.« Lesley lächelte und schob Margaret einen Becher Kaffee hinüber. »Im Moment ist wirklich nichts los, du wirst es nicht glauben.«

»Na gut, dann mach ich die Inventur fürs Café.«

»Nicht nötig, leg die Füße hoch. Entspann dich. Oh, noch eine gute Nachricht – Lawrence kommt heute nicht rein, hat er uns gesagt, warum sollst du dich also abstrampeln, wenn es nichts zu tun gibt. Wie geht's Colin? Habt ihr euch amüsiert?«

»Ja, es war schön. Ich glaube, ich hol mir noch einen Keks, wenn es sonst nichts zu tun gibt.«

Zum ersten Mal begann Margaret zu ahnen, wie sehr Colin ihr fehlen würde; daß er sie wahrscheinlich für immer verlassen hatte.

Der Tag verstrich in einer Art Nebel; Lesley plapperte, machte sogar Witze, und die *Factory* blieb seltsam still. Graham war nicht da, und dabei hätte Margaret so gern mit ihm gesprochen.

Als sie nach Hause kam, wartete ein Brief auf sie. Nicht von Colin.

Sehr geehrte Miss Hamilton,

es ist mir zu Ohren gekommen, daß Sie ständig gegen die Richtlinien der Hausleitung und gegen die Bedingungen verstoßen, die ausdrücklich in Ihrem Anstellungsvertrag niedergelegt sind.

Angesichts dieser Tatsache und Ihres schwerwiegenden Fehlverhaltens in zwei konkreten Fällen bedauere ich, Ihnen mitteilen zu müssen, daß die Leitung des Begegnungszentrums sich gezwungen sieht, auf Ihre Dienste als Assistentin zu verzichten. Verstehen Sie dies bitte als Kündigung mit einer Frist von einem Monat, beginnend mit dem oben ausgefertigten Datum.

Der Brief kam natürlich von Lawrence. Er hätte in jeder anderen Woche ankommen dürfen, aber nicht in dieser. Nicht jetzt. Sie konnte sich auf so etwas nicht konzentrieren.

Sie hatte sich für den folgenden Morgen einen Termin bei Lawrence geben lassen. Sie schaffte es, nicht pünktlich zu sein, und marschierte geradewegs in Lawrences Büro, ohne mit jemandem zu sprechen. Sie wußte, daß der Brief auf dem Bürocomputer geschrieben worden war, sie wußte, daß es kein »schwerwiegendes Fehlverhalten« gegeben hatte, und sie wußte, daß sie wütend war. Sie war so wütend, daß man es ihr ansah. Sogar Lawrence zuckte ein wenig zurück, als sie eintrat.

»Ich war der Meinung, daß ich Ihnen einen Termin um zehn Uhr gegeben hatte.«

»Das stimmt.«

»Ich nehme nicht an, daß es einen Grund gibt, warum Sie zwanzig Minuten zu spät kommen?«

»Nein, gibt es nicht.«

»Aha. Dann wollen wir gleich zum offiziellen Teil übergehen. Lassen Sie mich erklären. Lesley McGavin hat alle notwendigen Unterlagen in ihrem Büro, und eigentlich gibt es für mich gar keinen Grund, mit Ihnen zu sprechen. Ich wollte Ihnen nur ins Gesicht sehen. Verstehen Sie das?«

»Nein. Und ich verstehe auch nicht, warum ich gefeuert werde.«

»Ich glaube, das habe ich deutlich gemacht.«

»Nein, nichts haben Sie deutlich gemacht. Natürlich könnte ich Vermutungen über Ihr Motiv anstellen, aber Ihr Brief sprach von Fehlverhalten – was für ein Fehlverhalten? Ich habe mir nichts zuschulden kommen lassen.«

»Ich hoffte, wir könnten zumindest manches ungesagt lassen. Schließlich ist auch bisher so vieles nicht ausgesprochen worden. Ihr Umgang. Ihre Methoden. Bis Sie den Job in den Sand gesetzt haben. Aber wir können das auch Punkt für Punkt durchgehen, wenn Sie darauf bestehen.«

»Mr. Lawrence, ich habe keine Ahnung, wovon Sie reden. Noch mal von vorne.«

»Natürlich nicht. Natürlich. Das ist doch immer so, wo es um sexuelle Belästigung geht. Flirten. Anmachen. So was in diese Richtung. Die Leute berufen sich immer auf Mißverständnisse. Frauen berufen sich auf Mißverständnisse. Sie verlangen von mir Worte. Sie und Ihr Freund Graham, Sie lieben die Worte, nicht wahr?«

»Was genau wollen Sie damit andeuten, Mr. Lawrence?«

»Nicht andeuten. Feststellen. Ich behaupte, daß Sie mich zum Narren gemacht haben. Gesellschaftlich, beruflich, persönlich, sexuell. Gründliche Arbeit. Und als Sie fertig waren, sollte ich mich wohl im Dunkeln verkriechen. Nicht wahr? Der bloßgestellte dreckige alte Mann.«

»Wie würden Sie sich denn selber beschreiben?«

»Nun, das würde ich liebend gerne mit Ihnen diskutieren, aber Tatsache ist, das muß ich gar nicht. Ich muß nicht einmal mit Ihnen reden, nie wieder. Es wird Sie interessieren, daß ich mich nicht in der Lage sehe, Ihnen ein anständiges Zeugnis auszustellen. Eins will ich noch hinzufügen. Wenn Sie daran denken, Schwierigkeiten zu machen oder Staub aufzuwirbeln, hätte das für Sie höchst bedauerliche Konsequenzen. Ich habe es satt, mit Schwierigkeiten zu kämpfen, die Sie mir eingebrockt haben. Also ...«

Lawrence hielt ein Blatt Papier hoch, ein einzelnes getipptes Blatt, datiert und unterschrieben.

»Das ist ein Brief, einer, um den ich nicht gebeten habe, versteht sich, der bezeugt, daß Sie bei zwei verschiedenen Gelegenheiten ein Mitglied des Jugendtheaters mit Cannabis versorgt haben – heutzutage eine Bagatelle, aber trotzdem ungesetzlich. Wollen Sie dazu etwas sagen?«

»Was soll ich dazu sagen? Das ist völliger Unsinn. Kein Mensch würde das glauben, kein Mensch.«

»Ich glaube es – ich glaube immer, was ich schwarz auf weiß sehe. Das tun die meisten Leute. Es braucht natürlich niemand etwas davon zu erfahren, wenn Sie friedlich abtreten, wie ein braves kleines Mädchen. Sie haben die Schlacht gewonnen, ich gewinne den Krieg.«

»Wer hat den Brief geschrieben?«

»Das wollen Sie nicht wirklich wissen.«

»Es kann niemand vom Jugendtheater gewesen sein.«

»Weil alle Sie so lieben. Wissen Sie, was das ist, Miss Hamilton? Arroganz. Ich bin vielleicht nicht beliebt, kein sympathischer Kumpel, aber wenigstens bilde ich mir nicht ein, daß ich geliebt werde. Davon würde ich niemals ausgehen.«

»Das mit Ihrer Frau tut mir sehr leid.«

»Oh, halten Sie den Mund! ›Tut mir leid!‹ Sie sind jämmerlich. Verlogen. Sie wollen wissen, wer den Brief geschrieben hat? Es war Raymond. Raymond Turner.«

»Raymond? Ich kenne keinen – oh. Gus. Sie meinen Gus.«

»Ich meine Raymond Turner, einen jungen Mann, der verstanden hat, wie die Dinge laufen. Im August wird dieses kommunale Begegnungszentrum zumachen. Das Aus. Und im Frühjahr eröffnen wir wieder; neue Finanzierung, neues Gebäude, neue Kunden. Wir werden ein besseres Angebot entwickeln, zu besseren Bedingungen; etwas Professionelles. Wir werden mit Leuten arbeiten, die auf Qualität Wert legen und die dafür Einsatz bringen wollen. Auch Sie hätten dabeisein können, aber das ist jetzt natürlich vorbei. Unser neues Zentrum wird Kurse anbieten, wird weiterbilden, Verantwortung übernehmen, die örtliche Geschäftswelt unterstützen. Und für all diese Dienstleistungen wird es Geld einnehmen.

Ich weiß, für Sie ist es schwer, das alles zu verstehen. Ich weiß, Sie finden es sogar noch schwerer, niemandem von unserem teuflischen Plan zu erzählen. Aber dann werden Sie an diesen Brief denken und vernünftig sein. Mit anderen Worten, Sie verkaufen sich, um Ihre Haut zu retten. Genau wie Raymond. Er brauchte einen Job – jetzt bekommt er einen. Es war mir ein Vergnügen, ihm zu helfen. Ein helles Kerlchen.«

»Mr. Lawrence, das hat alles nichts mit mir zu tun. Nicht einmal Ihre kleinen schleimigen Phantasien haben etwas mit mir zu tun. Ich hoffe, Ihr neues Zentrum hat Erfolg. Im Interesse von einigen Leuten, die meine Freunde sind. Und vor allen Dingen hoffe ich, daß keine von den Frauen, die für Sie arbeiten, mit Ihrem sogenannten Charakter in Berührung kommt.«

»Ist das alles?«

»Das ist alles.«

»Wir können uns also darauf einigen, daß wir verschiedener Ansicht sind.«

»Und ich werde ohne Aufsehen verschwinden, ja. Alles andere hat ja doch keinen Sinn. Entschuldigen Sie, wenn ich Ihnen nicht die Hand gebe. Oh, und noch eins, Mr. Lawrence.«

»Ja?«

»Ficken Sie sich ins Knie! Guten Morgen.«

Margaret ging, setzte sich ins Café und starrte in den Fernseher. Sie dachte an eine ganze Reihe von Dingen, die sie noch hätte sagen können. Zu spät.

Sie wußte, was sie Colin erzählt hätte; was er dazu gesagt hätte. Früher hatte sie ihrem Vater alles erzählt, was sie erlebte. Sie hatte alles zu ihm nach Hause getragen und es wirklich werden lassen, manchmal zum ersten Mal. Und nun wurde ihr zum ersten Mal klar, daß sie begonnen hatte, das gleiche auch bei Colin zu tun. Ohne ihn besaß sie weniger Wirklichkeit.

Vielleicht war er zu Hause, wenn sie ihn jetzt anrief. Vielleicht sollte sie es versuchen.

Hinter ihr, das spürte Margaret, spähte Lesley durch das Bürofenster, bereit, ihr die Papiere auszuhändigen. Bereit, zu behaupten, daß sie und Sam von all dem nichts gewußt hätten. Ach verdammt, sie konnte warten.

Alle konnten warten. Sie würde draußen nach einem Münztelefon suchen, um ungestört zu sein. Was für eine Scheißwoche.

In Colins Wohnung klingelte das Telefon, hörte auf und klingelte dann wieder, eine lange, lange Zeit. Niemand nahm ab, nichts rührte sich. Hinter der Tür lagen drei Briefumschläge, zwei braune und ein weißer. Auf dem Küchenfußboden stand eine halb ausgepackte Einkaufstüte. Staub begann sich anzusammeln. Überall Staub.

Colin ist seit Samstag nicht zu Hause gewesen. Sein Telefon hat vor sich hin geklingelt, auch Briefe sind angekommen, aber keine Botschaft hat ihn erreicht.

»Colin McCoag.«

»Was?«

Colin, der das Café und Margaret so schnell wie möglich hinter sich lassen wollte und nicht auf den Weg achtete, fühlte sich überrumpelt.

»Colin McCoag?«

»Was?«

Er hatte nicht aufgepaßt. Zwei Männer machten einen Schritt nach vorne und waren neben ihm, als sei das Teil eines Tanzes, als sei das immer schon ihre Rolle gewesen, sich dicht an Fremde heranzudrängen und sie nicht gehen zu lassen.

»Ist das auch wirklich Colin McCoag?«

»Ja, ich kenne sein Gesicht. Er ist nur ein bißchen schüchtern.«

Das Taxi wendete und hielt, als ob es jemand herangewunken hätte, wartete, bis Colin hineinverfrachtet war, und schoß davon. Die Stimmen um ihn herum ergaben keinen Sinn, sie waren überlagert von Musik, angenehmer Musik, die er wiedererkannte. Ein Gesicht erschien ihm beinahe vertraut, als das Licht der Straßenlaternen darüber hinwegrollte. Er riß sich aus den Händen los, die ihn festhielten.

»Oh, jetzt wacht er auf.«

»Blöder Hund. Weiß er nicht, daß die Tür nicht aufgeht – nicht, solange wir fahren.«

»Und wenn wir stehen, können wir sie verriegeln. Schon toll, deine schwarze Kutsche. Aber laßt ihn nicht so nah ans Fenster. Wir wollen ihn doch nicht verlieren.«

Seltsame Gedanken glitten durch Colins Kopf. Ab und zu schlug ihn einer mit der Faust. Hauptsächlich aber traten sie ihn, trampelten am Ende fast auf ihm herum. Er wollte ihnen sagen, wer er war, wollte herausfinden, warum das alles geschah. Er wollte die Gesichter dieser Leute sehen und ihnen klarmachen, daß er eigentlich in Form war, kräftig und gesund, und daß sie ihm das nur antun konnten, weil sie Erfahrung damit hatten. Sie kannten sich mit so was aus.

Er begriff, daß man sich nicht sicher fühlen konnte, bloß weil man in Form war, jedenfalls nicht sicher genug.

Er mußte etwas gerufen haben, spürte wie sein Gesicht gegen das Fenster schlug, gegen die Tür, dann wieder auf den Boden, und er hätte schwören können, daß draußen auf dem Bürgersteig ihm jemand lachend zugewinkt hatte.

»Schnauze halten, kapiert?«

»Ganz schön in Panik, was?«

»Da kannste einen drauf lassen.«

Colin hörte auf die Schönheit der Musik. Sie war nun so schön, daß er weinen wollte. Der Boden unter ihm schaukelte, Lichter glitten vorbei und versanken wieder, und er wußte, daß er sich gleich übergeben würde, und er wußte, daß er keine falschen Zähne wollte. Sie würden ihm die Zähne ausschlagen, soviel war klar.

Etwa zur selben Zeit, als Margaret langsam nach Hause ging, ohne sich von der Dunkelheit beunruhigen zu lassen, lag Colin unter einem Teppich von Musik und bewegte sich ostwärts, weg von ihr. Manchmal erhaschte er einen Blick auf ein strahlendes Hochhaus, während sein Kopf herumgerissen wurde, sah, wie sich Linien und Flächen neigten, vielleicht Arkaden oder schwarze Glasfronten, und endlich fiel ihm ein, daß die Klänge, die er hörte, von Mozart waren, etwas Trauriges. So traurig.

»Mr. McCoag? Colin? Wachen Sie auf! War er wirklich so widerspenstig? Wie kann ich mich ihm verständlich machen, wenn er in so einem Zustand ist? Ihr denkt einfach nicht mit.«

»Wir haben unser Bestes versucht, Sir. Er wollte sich einfach nicht beruhigen, und heute waren eine Menge Leute unterwegs.«

»Sie wissen doch, wie es an einem Samstagabend in der Stadt aussieht, Sir. Nachtschwärmer. An jeder Ecke.«

Colin lag auf dem Rücken, mit geschlossenen Augen, während die Stimmen ihn umringten und leicht widerhallten, untermalt vom Geräusch der Schuhe auf einem nackten Holzboden. Es war empfindlich kalt.

»Sollen wir jetzt die Kassette einlegen, Sir?«

»Ja.«

»Welche hätten Sie lieber, Sir?«

»Ich fühl mich heute nach der Prager.«

»Haben wir, Sir; Köchel 504.«

»Aber ihr habt ihm das Klarinettenkonzert vorgespielt. Wenn ich die Musik jetzt wechsle, können wir es ebensogut lassen. Ah!«

Colin zuckte zusammen und spürte, wie die tiefere Stimme näherkam. Ein Lächeln.

»Er ist aufgewacht. Dachte ich mir doch. So, jetzt das Klarinettenkonzert. Danke.«

Die Schönheit durchdrang wieder die Luft, und Colin öffnete die Augen. Sie zwinkerten und tränten, dann stellten sie sich endlich scharf genug ein, um ihm einen riesigen dunklen Raum zu zeigen mit drei Männern darin. Ein neues Gesicht, noch eins, das ihm fast bekannt vorkam. Oder glaubte er in seinem Zustand nur, beinahe jeden zu kennen? Das war durchaus möglich.

»Nein, versuchen Sie nicht, sich zu bewegen. Die Herren, die Sie hergebracht haben, würden das verhindern. Würden Ihnen den Arsch bis zum Stehkragen aufreißen. Warum? Nun, wir haben unsere Gründe.«

Colin machte ein Geräusch, fühlte ein Geräusch in seinem Mund.

»Wie Sie wollen, ich erzähl's Ihnen, obwohl ich lieber Mozart zuhören würde als mir selber. Sie waren ein ungezogener Junge. Hab ich nicht recht?«

»Verdammt ungezogen.«

»Sie haben mir ein kleines Geschäft verdorben. Haben einen meiner Angestellten beleidigt. In aller Öffentlichkeit. Doch, haben Sie. Sie brauchen gar nicht den Kopf zu schütteln, das macht mich nur ärgerlich. Wir wollten den Mitbürgern unsere Dienste anbieten, Kredite für jeden, der sie braucht, jederzeit. Sie haben uns daran gehindert. Sie haben böse Dinge gesagt. Ich glaube, Sie sollten sich entschuldigen. Mr. Smith da hinten ist der Mann, den Sie beleidigt haben. Also los, machen Sie schon. Es macht gar nichts, daß Sie nicht gehen können. Ich glaube sogar, es ist ihm lieber, wenn Sie gekrochen kommen.«

»Oh, ganz genau, Sir.«

Das Adagio plätscherte über die Holzbohlen und durch den Staub, den Colin aufwirbelte, als er sich bewegte. Er küßte Füße, wie man ihm befahl, während volle Töne in seinem Kopf höher und höher kletterten, unaussprechlich süß, auch dann noch, als Füße in sein Gesicht traten oder in seine Nieren und ihn wieder in eine andere Ecke kriechen ließen.

»Mr. Smith, also, Mr. Smith. Ich glaube, Sie haben uns kleine Lügen aufgetischt. Mr. McCoag macht doch überhaupt keine Schwierigkeiten. Er heult nur ein bißchen viel, aber das tut keinem weh außer ihm selbst. Nein, laßt ihn da liegen.«

Colin merkte, daß man ihn losließ, und sank mit dem Gesicht auf die Bretter, ohne die Berührung zu spüren.

Er registrierte undeutlich, daß die scharfe Kante eines Zahnes etwas Weiches zerriß.

»Sie sind ein Exempel, Colin. Die Leute werden von Ihnen erfahren und werden Sie für das, was Sie getan haben, nicht bewundern. Sie werden das nicht nachmachen wollen. Das ist unser bescheidener Terror, Colin. Sie finden ihn jeden Tag und überall, in Postämtern und Gerichtssälen, in Ihrer Abendzeitung und im Dunkeln auf der Straße. Wir machen nur Gebrauch davon, auf unsere Weise. So leben wir nun mal, verstehen Sie, wir können nicht außerhalb der Gesellschaft existieren, und so versuchen wir unser Bestes, den Terror zu nutzen. Der Gesellschaft Spiegelungen ihrer selbst zu zeigen. Aber weil das so negativ ist, eine solche Verschwendung, bringe ich gerne eine Prise Herz mit hinein. Ich möchte etwas geben. Stimmt das nicht?«

»Die Großzügigkeit in Person, Sir.«

»Ich spiele Ihnen Mozart vor. Weil Sie diese Nacht nie vergessen werden, weil Sie von ihr träumen werden, in allen Einzelheiten, gestochen scharf. Deshalb werden Sie auch diesen Mozart nie vergessen. Sie werden ein Mann sein, der im Traum das Klarinettenkonzert hört. Sie werden es Ton für Ton im Kopf behalten, unauslöschlich. Was würde ich nicht dafür geben. Ich habe an Ihnen ein Exempel statuiert, aber jetzt können Sie lernen und fürs Leben davon profitieren.«

»Ich glaube nicht, daß ich je wieder Mozart hören werde.«

Kurz darauf wurde es sehr dunkel.

»Mr. McCoag, ich weiß, daß Sie wach sind. Sie hegen einen Groll gegen uns. Sehr verständlich, zweifellos, aber sehr destruktiv. Für Sie. Schlecht für die Seele, und wir wünschen Ihrer Seele doch eine so prächtige Gesundheit. Deshalb werden wir ihn jetzt austreiben. Kümmert euch um seinen Mund.«

Colins Mund wurde mit etwas gestopft, voll und übervoll gestopft, bis sich der Boden unter ihm aufbäumte und seine Arme und Beine sich unter äußerst merkwürdigen Schmerzen endlos lang zu strecken schienen.

Sehr schnell merkte er, daß der Schmerz in seinen Händen war und dann in seinen Füßen. Gewaltig. Sie waren bestimmt dabei, ihm Hände und Füße abzuschneiden. Wie konnten sie das tun? Er würde sterben.

Und wieder spielte die Klarinette, sang, summte, verdrehte ihm das Hirn und trug Worte herüber.

Viel schlimmer

dreckige Nägel

wäre ich Ihnen dankbar

Schuhe

Mr. Smith

schön

Stig

SIE WERDEN

STIG
konzentrieren bleiben Sie bei uns
STIGMATA

GENAU WIE DAS JESUSKIND

COLIN
colin
COLIN
COLIN
COLIN
COLIN
COLIN
COLIN

COLIN
colin
co

JESUS CHRISTUS

SIEH DIR DAS AN.

Er konnte sich nicht daran erinnern, daß sie gegangen waren. Nur daran, daß er sich zeitweise einsam fühlte und vor Ratten fürchtete. Außerdem hatte er große Angst davor, sich im Schlaf umzudrehen.

Einmal träumte er, daß er fiel, und schrie auf, versuchte, mit der Hand zu greifen, nach etwas zu greifen.

Colin erwachte an einem frostigen, nebligen Morgen nach einer klaren, klaren Nacht, und der Mann, der Mr. Webster genannt wurde, kniete auf seinen Armen. Dies hinderte Colin daran, sich zu bewegen und an den Nägeln zu zerren, die sie durch seine Hände und Füße geschlagen hatten, und war ein Akt der Güte, beinahe der Liebe.

Colin konnte nicht sprechen, aber er hörte Mr. Webster so aufmerksam zu, daß er sich später an alles erinnern würde, selbst an die Pausen, in denen Mr. Webster Luft holte. Seine Stimme hatte einen merkwürdig musikalischen Klang. Musik aus einem blitzenden Mund.

»Guten Morgen. Ich mag Sie.«

Es wurde langsam deutlich, daß die Nacht wirklich vorüber war, daß dies der Morgen danach war, und daß niemand gestorben war, obwohl sich einige Dinge verändert hatten. Colin fror heftig, er zitterte unkontrollierbar und war froh über die Wärme von Websters Atem, über die Berührung seiner Hände. Seine Füße stießen gegen etwas Massives. Vielleicht eine Wand.

»Ich glaube, daß wir aus allem lernen müssen. Ich glaube, daß nichts zufällig geschieht.«

Colin dämmerte es langsam, daß er sich vollgepinkelt hatte, wußte aber nicht mehr, wann. Er schämte sich, als Webster ihn ansah.

Selbst als der Krankenwagen eintraf, nur Sekunden nach seinen wunderbaren und unverwechselbaren Sirenen, hörte Colin immer noch Websters Stimme, spulte sie wieder und wieder in seinem Kopf ab.

»Tun Sie alles, was Sie wollen, auch die kleinsten Dinge.«

Diese Worte.

»Vielleicht müßten wir das Ganze noch mal machen, und das wäre doch reine Zeitverschwendung. Bleiben Sie lebendig, Colin, vergessen Sie das nicht.«

Polizisten trafen ein, wurden grün im Gesicht und wandten sich rasch ab, und dann waren da überall sanfte Hände und sanfte Stimmen. Alles war sanft – sogar Webster, Websters Stimme, die immer wiederholte: »Das war eine gute Lektion, Colin, vergessen Sie sie nicht.«

Colin verlor das Bewußtsein, als er die Zange sah. Spürte nichts mehr von den Schmerzen.

Eines Morgens erhält Margaret einen Brief von Mr. Ho, in dem er ihr zumindest andeutet, was mit Colin passiert ist. Mr. Ho schreibt sehr behutsam. Er sagt, daß Colin jetzt im Krankenhaus und in Sicherheit ist und daß der Heilungsprozeß beginnen kann.

Mr. Ho gibt Margaret die Telefonnummer seiner Praxis und bietet ihr an, sie an einem Tag ihrer Wahl abends zu Colin zu bringen. Er sagt nicht, ob Colin um ihren Besuch gebeten hat. Sein Brief kommt mittwochs mit der ersten Post, und noch am gleichen Abend macht sich Margaret auf den Weg ins Krankenhaus.

Sie fuhren in Mr. Hos weinrotem Rover auf den Parkplatz und tauchten dann ein in die Wärme, Helligkeit und Nervosität des Krankenhauses.

»Sie sollten sich erst mal setzen.«

»Was?«

»Hier neben dem Blumenladen können wir uns hinsetzen und erst mal unsere Gedanken sammeln. Colin ist etwas Häßliches zugestoßen, und es war gut, daß Sie nicht gefragt haben, was genau passiert ist. Ich möchte Ihnen sagen, daß Sie sich keine Sorgen machen sollten. Das klingt jetzt banal, ich weiß, aber ich sage es trotzdem – nur sein Körper ist krank. Alles andere ist völlig gesund, deshalb wird er sich wieder erholen. Vielleicht geht es ihm am Ende sogar besser als vorher.«

»Weiß er, daß ich komme?«

»Da bin ich nicht sicher.«

»Wir haben uns getrennt.«

»Ich weiß, daß er sich freuen wird, Sie zu sehen. Er hat praktisch keine Angehörigen, wußten Sie das? Bis jetzt bin ich der einzige gewesen, der ihn besucht hat. Er sollte mal was Hübscheres zu sehen bekommen als einen rundlichen Akupunkteur. Aber wenn Sie nichts dagegen haben, gehe ich zuerst allein rein und kündige Sie an.«

Mr. Ho stand geschmeidig auf und nahm eine ihrer Hände zwischen seine glatten Handflächen.

»Wollen Sie mit mir kommen? Jetzt? Wir müssen den Aufzug nehmen.«

Margaret fühlte Tränen in sich aufsteigen. Nur noch ein mitfühlender Satz von Mr. Ho, noch eine fürsorgliche Geste, und sie würde die Kontrolle völlig verlieren, sie würde anfangen zu weinen. Sie räusperte sich und beugte sich im Sitzen vor.

»Hat er Schmerzen?«

»Er hatte welche. Seine ... Sie werden schon sehen. Alles wird gut.«

Jederzeit kann Margaret sich in Erinnerung rufen, wie Colin an jenem Abend aussah. Wie eine bloße Kreatur, ein verwundetes Etwas, eine Steinfigur auf einer Grabplatte.

Die Bettdecke war zitronengelb, Laken und Kissenbezüge weiß wie der Verband. Sie konnte ihren Blick nicht von seinen dick verbundenen Händen abwenden, von den weichen weißen Bündeln, in die sich seine Hände verwandelt hatten. Sie hatte sich vorgestellt, daß sie seine Hände halten würde. Sie hatte sich das so gewünscht.

»Colin. Bist du wach?«

Ein Drahtkäfig war über seine Füße gestülpt.

»Colin. Ich hatte keine Ahnung. Mr. Ho, er hat...«

Obwohl Colin niemals Pyjamas trug, hatte er jetzt eine Pyjamajacke an. Sie fragte sich, wie er das aushalten konnte – die Hitze und die Laken und die Jacke. Wie bekamen sie nur die Handbündel durch die Ärmel?

Als seine Augen sich öffneten, konnte sie den Blick nicht von ihnen lösen. Und von seinem Gesicht.

»Hi! Sag nichts, wenn es zu weh tut. Ach, ich hatte ja keine Ahnung, wo du warst, Baby. Ich hab mir solche Sorgen gemacht.«

Colin zuckte zurück, als sie ihre Hand nach seinem Kopf ausstreckte, und sie spürte, wie ihr der Schweiß ausbrach. Ihr Magen flatterte, und die Haut auf ihrem Rükken zog sich zusammen.

»Ist schon gut! Ich tu dir nicht weh. Ich tu dir nicht weh. Ich will dir nur übers Haar streichen, nur über dein Haar streichen.«

Während ihres Besuches saß sie den größten Teil der Zeit so, daß er sie sehen konnte; eine Hand hielt sie ausgestreckt und berührte seinen Kopf. Colin sagte kein einziges Wort, schaute sie nur an.

Selbst jetzt noch, im Zug, schließt Margaret die Augen, um sich Colin in seinem gelben Krankenhausbett vorzustellen. Selbst jetzt noch ist es besser, die Augen zu schließen, weil sie sonst wahrscheinlich in Tränen ausbricht. Als sie an diesem ersten Abend die Station verlassen hatten, weinte sie. Mr. Ho hielt sie und rieb ihr den Rücken, während sie weinte. Als sie aufhörte, hielt er ihre Hände und lächelte sie an, so daß sie wieder weinen mußte.

Es ist schwer, hier zu sitzen, in diesem Waggon, und weiter und weiter nach Süden gezerrt zu werden, obwohl

Colin noch zu Hause ist, immer noch dabei ist, das Gehen und selbständige Essen zu lernen, und immer noch leicht zusammenzuckt, wenn der Wind an den Fensterläden rüttelt oder die Türklingel läutet.

Sie vermißt ihn. Sie vermißt ihren Daddy, und noch mehr vermißt sie Colin.

Die Mauern längs der Gleise wirken jetzt sehr fremd, graue Ziegel und schwarze Ziegel und honiggelbe Ziegel. Margaret ist in einem fremden Land. Sie erinnert sich, wie sie während ihres Studiums einmal Seidenschwänze auf der Wiese herumpicken sah und plötzlich Heimweh verspürte, weil das keine schottischen Vögel waren. Irgend etwas an ihnen wirkte nicht normal. Mehr brauchte es nicht, um jemanden heimwehkrank zu machen, eine leichte Abweichung vom Gewohnten, andere Arten von Vögeln.

Margaret starrt hinaus auf fremdartig grüne Bäume und ruft sich ins Gedächtnis, daß sie eine Rückfahrkarte hat. Jeden Tag rollen Züge von und nach Schottland, und sie hat diese Rückfahrkarte. Mit offenem Datum. Wieder schließt sie die Augen. Ein Mitreisender hat das Abteil verlassen, um zu rauchen, und sie kann riechen, wie der säuerliche Geruch hereindriftet.

Schon vorm Verlassen des Krankenhauses wußte Margaret, daß sie die *Factory* nicht mehr ertragen konnte. Mr. Ho tätschelte ihr den Arm.

»Ich rufe morgen früh dort an. Manche stürzen sich in die Arbeit, wenn es ihnen schlecht geht, andere lieber nicht, vor allem dann nicht, wenn ihre Chefs Widerlinge sind.«

»O ja, gut.«

»Ich rufe an und sage Bescheid, daß Sie wahrscheinlich am Montag zurückkommen – oder auch nicht. Meinen Sie, Sie können diese Nacht schlafen?«

»Ich glaube schon. Ich weiß nicht warum, aber ich fühl mich schrecklich müde. Ich werde schlafen.«

»Gut. Sie und Colin sollten beide schlafen. Aber hier ist meine Privatnummer. Wenn Sie mich in der Nacht anrufen wollen, rede ich gerne mit Ihnen. Es wäre mir ein Vergnügen. Jetzt aber marsch zum Auto!«

Margaret faltete den Zettel und steckte ihn in die Tasche; sie mußte daran denken, wie lange es wohl dauern würde, bevor Colin wieder irgend etwas falten oder halten konnte.

Am Freitag morgen rief Lesley an. Margaret brauchte einen Moment, bevor sie die Stimme erkannte.

»Hallo, Maggie, bist du das, Maggie?«

»Ja, bitte?«

»Hier ist Lesley. Du weißt schon, von der Arbeit. Also, ich soll... Das ist alles nicht leicht für uns.«

»Nun, für mich ist es auch nicht gerade lustig.«

»Das mit Colin tut mir wahnsinnig leid. Es stand in der Zeitung. Es klang, naja, es klang...«

»Wenn es dich wirklich interessiert, kann ich dir erzählen, wie es aussah.«

»Ich weiß, daß dich das mitgenommen hat.«

»Gut. Das wissen wir also beide.«

»Und ich habe eine Botschaft von Mr. Lawrence. Er hat beschlossen, dir Sonderurlaub zu geben.«

»Ich fühle mich geehrt.«

»Du bekommst weiter dein Gehalt und so, aber du brauchst nicht mehr zurückzukommen.«

»Was?«

»Also natürlich mußt du noch einmal kommen, um deine Sachen zu holen und so, aber... Er sagt, du brauchst nicht mehr zur Arbeit zu kommen. Du kannst wegbleiben, bis die Kündigung in Kraft tritt.«

»Wieso das?«

»Ich weiß nicht. Wer kennt sich schon bei Lawrence aus. Hör zu, wir werden dich wirklich... Wir werden dich vermissen. Man wird dich hier vermissen. Die Kids haben nach dir gefragt. Und Graham.«

»Welche Kids?«

»Oh, alle: Elaine, Susan, Tam, Gus.«

»Gus? Gus hat sich nach mir erkundigt?«

»Ja, warum?«

»Nur so. Also vielen Dank für den Anruf.«

»Warum bist du bloß so schnippisch? Wir tun alle unser Bestes, unter sehr schwierigen Bedingungen. Ich hab Gerüchte gehört über Probleme mit unserer Finanzierung.«

»Wirklich? Das ist ja schrecklich! Ich mach mir nur gerade Sorgen um einen Mann, der im Krankenhaus liegt, weil man ihn gekreuzigt hat; er kann nicht mehr laufen, er kann sich keinen Knopf mehr zumachen, er kann sich nicht selber den Arsch abwischen. Du solltest mal vorbeikommen und dir sein Gesicht anschauen, Lesley – es ist grün. Überall sieht man Schnitte und Blutergüsse und Schwellungen, aber darunter ist sein Gesicht grün. Das ist nicht die Farbe, die es mal hatte. Und alles, was ich tun kann, ist rumsitzen und hoffen, daß er sich wieder berappelt, und wissen, daß er monatelang nicht arbeiten kann, und wissen, daß ich in drei Wochen meinen Job los bin. Kannst du mir sagen, wovon wir leben sollen? Nein, natürlich nicht, du hast ja genug eigene Sorgen.«

»Mit dir kann man wirklich nicht reden, wie? Kein Wunder, daß Lawrence dich loswerden will. Du hast nie zu schätzen gewußt, wenn es dir gut ging, das ist dein Problem.«

»Ich will dir nicht noch mehr Sorgen aufhalsen, aber ich bin nicht die einzige, die man loswerden will. Du und Sammy, ihr seid die nächsten. In der *Factory* lassen sie keinen Stein auf dem anderen. Alle müssen gehen. Und paß auf deine Höschen auf. Was Lawrence angeht, stehst du als nächste auf seiner Liste.«

»Ich weiß nicht, was du meinst.«

»Aber ich.«

Margaret legte auf. Dann nahm sie das Telefon und warf es an die Wand. Dann nahm sie den Wecker und warf ihn ebenfalls. Das Telefon überlebte, aber der Wekker nicht. Sein Glas war zersplittert. Der Wecker, den ihr Vater für sie gekauft hatte, vor einer Ewigkeit: Sein Glas war zersplittert und sein Gehäuse verbeult.

Als man Colin bei Margaret ablieferte, jagte sein Anblick ihr Angst ein.

»Ich finde, sie hätten dich nicht rauslassen dürfen. Sie haben gesagt, sie bräuchten dein Bett. Das ist doch nicht zu fassen – man darf wohl nur so lange krank sein, wie die das Bett nicht brauchen.«

»Du kannst ja anrufen und fragen, ob sie mich zurücknehmen.«

»Ich hab dich lieber hier unter meiner Aufsicht, aber ich weiß einfach nicht, ob ich alles richtig mache. Was passiert, wenn ... ich meine, wie konnten sie überhaupt wissen, wo du landen und ob du zurechtkommen würdest?«

»Wußten sie nicht. Wußte ich auch nicht. Was wolltest du sagen, was passiert, wenn ... was passiert, wenn sich mein Zustand verschlechtert? Warum schickst du mich nicht einfach zurück in meine eigene Wohnung? Das ist nicht fair, du willst mich ja eigentlich gar nicht hier haben. Darauf haben wir uns doch vorher geeinigt. Bevor das alles passiert ist.«

»Colin, ich weiß, daß du sauer bist, weil du so wenig selber tun kannst, ich weiß, das ist alles andere als optimal, ich weiß, das muß wehtun. Aber wir tun unser Bestes. Ich und du und Mr. Ho, wir sind kein schlechtes Team.«

»Wann fährst du weg?«

»Weg?«

»Hab ich gehört, als du gestern abend telefoniert hast. Das ist alles, was ich noch tun kann – lauschen. Du hast mit Helen geredet. Sie wohnt in London. Gehst du nach London?«

»Ich hab mit dem Gedanken gespielt. Gestern hab ich sie angerufen, um ihr zu sagen, daß nichts daraus wird. Ich gehe nirgendwohin.«

»Du solltest fahren. Du findest da bestimmt einen Job. Fahr!«

»Im Augenblick fühle ich mich nicht danach. Ich bleib erst mal hier. Wir können später gemeinsam runterfahren und es dort versuchen. Ich würde am liebsten ... ach Scheiße, du bist unmöglich.«

»Ja, mach nur so weiter, laß mich ruhig sitzen. Du weißt, ich kann dir nicht folgen. Du könntest da unten alles Mögliche treiben, du könntest rumbumsen. Ich könnte nichts dagegen machen.«

»Was hast du gesagt?«

»Oh, da hört man wieder die Oberschwester. Sie muß ja ganz schön durcheinander sein, daß sie es im gleichen Zimmer mit mir aushält, du heilige Scheiße! Ich hab gesagt, du könntest da unten rumbumsen – und ich würde nichts mitkriegen. Ich könnte dich nicht daran hindern.«

»Und mit wem sollte ich bumsen?«

»Woher soll ich das wissen?«

»Keine Ahnung – du bist doch der Experte. Also klär mich auf. Mit wem sollte ich bumsen? Mit wem hab ich jemals gebumst?«

»Mit dem deutschen Studenten.«

»Eine einzige Nacht. Nachdem du mich verlassen hast. Wer sonst noch?«

»Woher soll ich das wissen?«

»Von mir – ich hab's dir erzählt. Weil ich dir immer alles erzählt habe. Es gibt niemanden außer dir. Es gibt niemanden, bei dem ich mich danach gefühlt habe.«

»Mit Ausnahme des deutschen Studenten.«

»Da war ich betrunken. Hab ich jemals gesagt, daß ich dich nicht will?«

»Natürlich nicht. Das war auch gar nicht nötig. Das konnte doch ein Blinder mit Krückstock sehen.«

Es war schwer, nicht mit ihm zu streiten, wenn er auf Streit aus war. Sie hatte keine Lust mehr, Punkte zu sammeln, die Schlachten und Kriege aufzurechnen. Wahrscheinlich war es nur der Geruch von Schmerz um ihn herum, der sie davon abhielt, ihn zum Teufel zu jagen.

Außerdem hatte Colin sich verändert. Unter der Blässe und den Narben zeichnete sich etwas ab. Etwas war hinzugekommen oder entfernt worden, und irgendwie schien er ihr näher zu sein denn je. Überall im Haus konnte sie seine Nähe fühlen – sogar in Zimmern, die er seit seiner Rückkehr noch nicht betreten hatte. Vielleicht war es aber auch sie, die ihm nähergekommen war, sie war sich nicht sicher, wer sich bewegt hatte.

»Ich hab nie gesagt, daß ich dich nicht will, und es hätte auch nie gestimmt. Ich habe dich immer gewollt. Manchmal muß ich mir eben ganz sicher sein, ich kann nichts dagegen machen.« Sie kniete neben seinem Stuhl. »Ich will dich jetzt.«

»Jetzt. Das ist großartig, das ist wunderbar, jetzt, wo ich in diesem Zustand bin. Nicht gerade furchteinflößend, oder?«

»Du warst noch nie furchteinflößend. Ich will dich immer noch, egal wie du aussiehst. Ich kann nichts dagegen machen.«

Margaret küßte seine Augen, leckte sie, küßte ihn auf Mund und Stirn.

»Laß das.«

»Aber ich möchte es.«

»Nein, nicht!«

»Warum nicht?«

»Tu das nicht, bitte nicht. Tu's nicht!«

Colin weinte, und Margaret leckte ihm über die Augen. Sie wiegte seinen Kopf in den Armen.

»Liebster. Schsch! Ich kann dich jetzt so viel lieben, wie ich will, und du kannst nichts dagegen machen. Ist dir das klar? Du kannst nicht das Geringste dagegen machen.«

»Hör auf.«

»Ich bin verrückt, hast du das nicht gewußt? Jetzt könnte alles passieren.«

»Bitte!«

»Und ich möchte dich lieben und dafür sorgen, daß es dir besser geht. Ich möchte bei dir sein. Baby. Sieh mich an. Du kannst mich wenigstens ansehen. Sieh mich einfach an, und ich werde alles für dich tun. Bitte. Bitte. Erzähl mir einfach, was du gerne hättest. Sag mir, was ich dir zeigen soll.«

»Margaret!«

»Sag's mir. Wie hättest du es gerne? Wie ist es hiermit? Gefällt dir das?«

»Du brauchst das nicht für mich zu tun.«

»Ich tue das, weil es mir Spaß macht. Wenn ich hier stehe, ganz nah an deinem Gesicht – ist das gut? Das ist alles für dich.«

»Das ist gut. Wirklich gut. Aber ich bin … du bringst mich zum Weinen.«

»Das ist nicht schlimm. Das ist völlig in Ordnung. Streck deine Zunge raus. Bitte. Noch weiter. Gut so, da wollen wir doch mal sehen.«

Als Graham und Elaine klingelten, fütterte Margaret Colin gerade mit einem gekochten Ei und Brot. Sie sah, wie die Farbe aus seinem Gesicht wich, als sie seine Lippen abwischte.

»Wer ist das, erwartest du jemanden?«

»Nein.« Sie strich ihm über den Arm und küßte ihn. »Ich gehe und seh nach.«

»Vergiß nicht, die Kette vorzulegen.«

»Natürlich nicht.«

Graham saß den ganzen Nachmittag bei Colin, las ihm aus der Zeitung vor oder saß einfach da und rauchte, wenn Colin eingedöst war. Elaine blieb die meiste Zeit bei Margaret in der Küche und hörte Radio.

»Das ist also dein Kerl?«

»Sozusagen. Ja, das ist er, Elaine.«

»Ich habe ihn eigentlich noch nie richtig getroffen. Er sieht beschissen aus.«

»Du hättest ihn im Krankenhaus sehen sollen.«

»Kann ich mir vorstellen. In der Zeitung war ein Bild von ihm. Mein Alter sieht jeden Sonntag so aus, wenn er wieder versucht, nüchtern zu werden. Es würde gar nicht auffallen, wenn sie ihn holten und an den Fußboden nagelten.«

»Nein.«

»Tut mir leid. Das Thema geht dir wohl auf die Nerven, was?«

»Nein, eigentlich nicht.«

»Graham weiß nichts davon, aber ich habe eine Botschaft für dich.«

»Ja?«

»Von Gus.«

»Oh.«

»Ja, er hat mir erzählt, was er gemacht hat, und in meinen Augen ist er ein absolutes Schwein. Den Jungs erzählt er nichts, weil die ihn fertigmachen würden. Jedenfalls läßt er ausrichten, daß ihm die Sache leid tut.«

»Ja, das wundert mich nicht.«

»Lawrence hat ihm einen Job versprochen.«

»Das hatte ich vermutet.«

»Er behauptet, er hat Lawrence gesagt, er kann sich den Job sonstwohin stecken, er will ihn nicht mehr.«

»Das ist schade.«

»Wieso?«

»Dann hätte wenigstens einer was von der ganzen Sache gehabt.«

»Jetzt will er nicht mehr für Lawrence arbeiten; dann kriegt er wenigstens kein Messer in den Rücken. Das ist doch besser als nichts. Ich glaube, es tut ihm wirklich leid.«

»Sag ihm, daß ich das gut finde. Ich wünsche ihm alles Gute. Ehrlich.«

»Werd ich ihm sagen.«

Elaine goß sich noch einen Becher Tee ein. Ihre Hände bewegten sich leicht und elegant, dosierten Milch und Zucker und rührten geräuschlos im Tee.

»Maggie?«

»Ja?«

»Was hast du nun vor?«

»Ich weiß noch nicht. Ich hatte vor, nach London zu gehen, aber jetzt weiß ich nicht. Ich habe London nie gemocht.«

»Ab in die Stadt der Obdachlosen, was?«

»Könnte sein.«

»Maggie?«

»Was ist?«

»Ich wünsch dir alles Gute.«

Danach fiel Margaret nichts mehr ein, was sie hätte sagen können, und so saßen sie schweigend da und zeichneten Figuren in den Zucker, den Margaret auf dem Tischtuch verschüttet hatte. Graham war so leise in die Küche gekommen, daß der Klang seiner Stimme Elaine vor Schreck aufschreien ließ.

»Tut mir leid, Mädchen, ich dachte, du hättest mich kommen hören. Muß man eine Trauermiene tragen, wenn man hier am Tisch sitzen will, oder kann sich jeder bei euch niederlassen?«

»Setz dich, Graham. Ich glaube, es ist noch Tee da. Vielen Dank, daß ihr gekommen seid. Ich wußte nicht, ob ich euch überhaupt noch sehen würde, bevor ich aufhöre.«

»Ich hab doch gesagt, wir vergessen dich nicht. Und eigentlich bin ich sogar im offiziellen Auftrag hier. Ein paar von uns haben etwas besorgt. Das hier und die da.«

Graham überreichte ein schmales Päckchen und zwei Umschläge.

»Wir dachten, ihr könntet euch einem kleinen Konsumrausch hingeben und die Inflation ein bißchen anheizen. Dieser weiße Umschlag ist ein Büchergutschein von den Anglern. Du kannst ihn auch für CDs verwenden. In dem anderen Umschlag ist ein Gutschein für Marks &

Spencer's. Er kommt von den Kids – sie haben gemeint, ihr könnt euch mit der kuscheligen Yuppie-Unterwäsche eindecken, die jetzt der letzte Schrei ist. So, das wär's.«

»Du hast noch nichts über das Päckchen gesagt.«

»Ach, das ist nichts Besonderes. Ein Buch, das bei mir rumlag. Descartes – mußt du nicht wirklich lesen, sieht aber gut aus, wenn der Gerichtsvollzieher kommt. Wo wir gerade davon reden – wenn ihr ein bißchen Hilfe braucht, meldet ihr euch hoffentlich; sonst wäre ich stinksauer.«

»Sei nicht melodramatisch.«

»Nenn es, wie du willst – wenn wir uns nicht gegenseitig helfen, können wir einpacken. Wir wissen übrigens, wer es getan hat.«

»Getan hat?«

»Wer unseren Kleinen so durch die Mangel gedreht hat.«

Margaret senkte den Kopf. »Er weiß, wer es getan hat. Aber er will es mir nicht sagen. Er sagt niemandem was. Wenn du weißt, wer die Typen waren, laß sie in Ruhe.«

»Das hat er mir auch gesagt.«

»Es ist nicht, daß er Angst hat. Aber er möchte, daß es vorbei ist. Er möchte nicht, daß noch jemand verletzt wird. Und ich geb ihm da recht. Wir möchten lieber glücklich sein als im Recht, verstehst du?«

»Auch gut, warten wir ab. Er schläft gerade wieder, kannst du ihm von uns Auf Wiedersehen sagen, wenn er aufwacht? Wir sollten uns allmählich auf den Weg machen.«

Margaret stand auf und umarmte sie beide, bevor sie gingen. Sie wußte, daß ihr die Wohnung ohne sie leer vorkommen würde; und sie hoffte, sie kämen bald wieder.

»Hört zu, ich bin sicher, daß Colin sich freuen würde, wenn ihr euch mal wieder sehen laßt – und das gilt auch für mich. Wir haben hier nicht viel Besuch. Da fällt einem manchmal die Decke auf den Kopf.«

Elaine lächelte und gab ihr noch einen mütterlichen Kuß.

»Keine Angst, wir kommen bald wieder.«

»Tschüß für heute, Mädchen. Und vergiß nicht: Wenn ihr Hilfe braucht, jederzeit.«

»Immer noch der alte Zauberer.«

»Jedenfalls so was in der Art.«

Am Abend machten sie sich wie üblich für die Nacht fertig. Margaret half Colin in ihr Bett, sorgte dafür, daß er alles hatte, was er brauchte, ging dann ins Wohnzimmer zum Sofa und kroch in ihren Schlafsack.

Um halb zwei gestand sich Margaret ein, daß sie nicht schlafen konnte. Sie lag auf dem Fußboden und drückte eines der Sofakissen fest an ihre Brust. Lichter huschten kreisend und zuckend über die Wände, wenn draußen auf der Straße Autos vorbeifuhren; vor allem aber fiel ein fahler gelber Schimmer durch die Fenster – das, was die Großstadt vom Mondlicht übrig läßt.

Margaret befreite sich aus ihrem Schlafsack und ging hinüber zur Tür, öffnete sie und trat hindurch. Colins Tür stand offen, im Zimmer war es finster und still, nur sein Atem war zu hören. Er murmelte etwas, als sie sich neben ihn legte und die Decke wieder feststeckte. Sehr sanft streichelte sie seinen Rücken, was ihn zu beruhigen schien.

Colin weckte sie vielleicht drei Stunden später. Er hielt sie so fest, daß es ihn schmerzen mußte. Sie fühlte, daß er sie im Dunkeln anschaute.

»Ich wußte, daß du dich zu mir legen würdest. Ich wußte es einfach.«

»Natürlich bin ich bei dir, alles ist gut. Paß auf deine Hände auf.«

»Ich brauche dich.«

»Ich bin ja hier.«

Mit dem Ellbogen preßte er ihren Arm so fest auf die Matratze, daß es ihr weh tat.

»Du verstehst mich nicht. Ich höre wieder diese Musik. Ich schlafe ein und dann höre ich die Musik. Ich brauche dich neben mir, wenn das passiert.«

»Ich bin bei dir.«

»Aber es muß für immer sein. Du mußt für immer bei mir bleiben. Ich kann dich nicht mehr fortlassen. Bleib bei mir! Ich glaube, ich würde mich umbringen, wenn du weggehst. Glaub ich wirklich. Bitte!«

»Ist ja gut. Ich bin ja bei dir. Komm in meine Arme. Ich halte dich ganz fest. Paß auf deine Hände auf.«

»Sie tun weh.«

»Ich weiß. Laß einfach los.«

»Geh nicht weg!«

»Die Tabletten liegen hier neben dem Bett.«

»Nein! Jetzt nicht. Versprich mir etwas. Versprich es.«

»Was?«

»Versprich es erst. Versprich!«

»Okay, Baby, was du willst.«

»Wenn es mir wieder besser geht und ich wieder in meiner eigenen Wohnung sein kann, mußt du weggehen.«

»Was?«

»Du mußt nach London fahren, und wenn du mich je verlassen willst, mußt du es dann tun. Du bleibst einfach weg. Aber wenn du zurückkommst, muß es für immer sein. Bitte. Versprich es.«

»Ich, ich verspreche es. Ich geh nach London. Aber ich komme wieder.«

»Fahr weg, du mußt wegfahren. So bald wie möglich.«

»Erst muß es dir besser gehen. Baby, du solltest eigentlich schlafen. Ich hol dir eine Tablette.«

»Nein, nein, ich schlaf auch so ein. Bleib bei mir. Wenn du bleibst, hör ich die Musik nicht. Bleib hier.«

Margaret lag da und spürte die feuchte, sanfte Schwere seines Kopfes auf ihrer Schulter. Sie lag da, rührte sich nicht; ihr Arm fing an zu kribbeln, und sie dachte, daß sie so niemals einschlafen würde.

Daß das ein Irrtum war, merkte sie, als sie wieder aufwachte und draußen der Morgen nur darauf wartete, durch die Vorhänge zu brechen, erfüllt vom Gesang der Vögel.

Margaret steht im Mantel an der Tür des Waggons, neben sich den Koffer. Das Fenster ist heruntergezogen. Sie spürt den gefährlichen Luftschwall und sieht, wie die vorbei huschenden Mauern und Bahnübergänge ganz allmählich langsamer werden. Ohne es zu bemerken, reibt sie das warme Metall ihres einzigen Ringes und dreht und dreht es an ihrem Finger. Ihr Gleis beginnt sich mit anderen zu vereinigen. Margaret fühlt, wie alles um sie herum vor Anker gehen möchte, wie der Zug bis zum Ende des Bahnsteigs ausrollt, zum Stillstand kommt.

Margarets Freundin Helen wartet in der Euston Station, nah bei den Läden. Ein Getriebe von Abreisenden und Ankommenden pulst um sie herum. Sie wehrt junge Männer ab, die sich an sie heranmachen und sie um Kleingeld anbetteln. Sie verlagert ihr Gewicht von einem Bein auf das andere, als der Lautsprecher bekannt gibt, daß Margarets Zug sich um zwanzig Minuten verspätet.

Als Margaret endlich, steif von der Fahrt, den Bahnsteig entlanggeht, wird sie Helen sofort entdecken und ihr zuwinken. Sie wird lachen. Nachdem sie sich, trotz des lästigen Koffers zwischen ihnen, umarmt haben, werden sich die beiden Frauen voneinander lösen. Margaret lächelt, drückt Helens Hand, läßt sie stehen und geht zu einer Telefonzelle. Sie ruft Colin an.

»Hi.«

»Hi, du. Wie ist es dir ergangen?«

»Okay.«

»Ich ruf so spät an, weil der Zug nicht pünktlich war.«

»Hab ich mir gedacht.«

»Die Zugfahrt war aber angenehm. Hab ein paar Leute kennengelernt.«

»Männer?«

»Ein Mann war dabei, ja. Ich hab gedacht ...«

»Was?«

»Ich hab während der Fahrt ein bißchen nachgedacht. Beim Zugfahren kommt man mal dazu. Nichts, was einen ablenkt.«

»Und was ist dabei rausgekommen?«

»Erzähl ich dir später – ich muß gleich aufhören, mein Geld ist fast alle. Hör zu, ich komm schon bald wieder zurück. Wahrscheinlich Freitag, glaub ich. Kannst du mich hören?«

»Ja. Ja, ich hör dich gut. Es wär schön, wenn du zurückkommst. Ich würde mich sehr freuen.«

»Also, dann komm ich am Freitag. Ich freu mich auch. Hör zu, ich muß jetzt auflegen, paß auf dich auf.«

Margarets Geld ist alle, bevor sie sich verabschieden kann.

Die Nachmittagssonne vor dem Bahnhof ist sehr kräftig, und aus der Entfernung erscheinen die Ausgänge weiß, eher weiße Vorhänge als Durchbrüche, die durch Mauern ins Licht führen. Margaret geht auf einen Ausgang zu und versinkt in strahlender Luft, verwandelt sich in einen beweglichen Schatten, dann in eine schwingende, tanzende Linie.

RAMONA DIEFENBACH

Das Spiegelhaus

Roman
144 Seiten, Leinen mit Schutzumschlag
DM 34,00

*

Er ist Mitte dreißig, sympathisch, unauffällig; sie sind drei 14jährige Mädchen: Cora die Ballettänzerin, Angelika die Träumerin, Beatrice die Geschichtenerzählerin – drei Kinder an der Schwelle zum Erwachsenwerden. Sie mögen es, wenn Patrick sie von Ferne im Freibad beobachtet, lassen sich gerne nachstellen. Sie kokettieren mit dem seltsamen Charmeur und glauben, das riskante Treiben stets im Griff zu haben. Doch ihr erotisches Abenteuer schlägt um in ein Spiel mit dem Feuer, und unversehens sitzen die Mädchen fest in einem teuflisch gut gebauten Spinnennetz. Meisterhaft hält Ramona Diefenbach einen schwebenden, geheimnisvollen Ton und erzeugt eine dichte, magische Atmosphäre. Ganz allmählich fügen sich die Mosaikstücke einer Geschichte zusammen, die erst am Ende ihr ganzes Ausmaß enthüllt.

GEORGINA HAMMICK

Das Arizona-Spiel

Roman · Aus dem Englischen von
Tamara Willmann
416 Seiten, Leinen mit Schutzumschlag
DM 44,00

*

»Unsere Familie neigt zu Schwermut und Schwachsinn«, sagt Tante Hope eines Tages zu ihrer Nichte Hannah, als die beiden alte Fotos durchsehen. Und sie neigt zu Alkoholismus, Selbstmord und – was für die Zwölfjährige am schwersten wiegt – abgrundtiefer Häßlichkeit. Vor allem aber neigt sie zu Lügen und Geheimnissen – eine Familientradition mit Folgen, wie Hannah im Laufe ihres Lebens schmerzlich erfahren muß. Schonungslos, gewürzt mit einer gehörigen Prise Sarkasmus und Selbstironie, erzählt Hannah ihre Geschichte: die der traurigen, wütenden Mittdreißigerin, die mit Männern kein Glück hat und ihren fetten, hochintelligenten Sohn einfach nicht lieben kann, die des heranwachsenden Mädchens, die des kleinen Kindes. Mit psychologischem Feingefühl, scharfem Blick für Details und typisch britischem Humor berichtet Georgina Hammick vom Kriegsschauplatz menschlicher Beziehungen, von Demütigung und Verrat, von Rache und Vergebung und davon, daß Gefühle niemals nur schwarz oder weiß sind.

HUGO HAMILTON

Ein schlechter Verlierer

Roman
Aus dem Englischen von Georg Deggerich
272 Seiten, Leinen mit Schutzumschlag
DM 38,00

*

Irland hat sich verändert: Illegale ins Land zu schleusen bringt mehr ein, als bei Wind und Wetter rauszufahren und ein paar Makrelen zu fischen. Die gälische Sprache taugt nur noch für ein paar saftige Flüche oder als Geheimcode zwischen Gangstern. Der altehrwürdige Stepptanz ist zu Riverdance verkommen – neumodisches Iren-Aerobic. Die höchsten Lebensziele der irischen Gesellschaft sind Konsum und unbeschwerter Genuß.

Wer anders als der Polizist Pat Coyne, der letzte Held von Dublin, sollte sich der Spaßgesellschaft widersetzen? Wer sonst sollte Irland retten und die alten Werte zu neuem Leben erwekken? Coyne, der für das irische Wirtschaftswunder nur Verachtung übrig hat, nimmt unverdrossen den Kampf gegen Verbrechen, Korruption und Kapitalismus auf. Ironisch nimmt Hugo Hamilton das moderne Irland aufs Korn, aber auch die irische Tradition bleibt von seinem Spott nicht verschont. Pat Coyne ist eine echte Nervensäge, ein Spießer und ein weichherziger Pedant, dem Hamilton die Züge eines modernen Don Quixote verleiht.

HENRI MURGER

Boheme
Szenen aus dem Pariser Leben

Roman
Aus dem Französischen von Inge Linden
Bibliothek der Romane. Band 16
320 Seiten, Halbleinen
DM 28,00

*

Sie sind Künstler. Sie haben kein Geld, aber viele Flausen im Kopf. Sie sind Bohemiens – ein Menschenschlag, den so wohl nur Paris hervorbringen konnte. Alexander Schaunard, der Musiker, Marcel, der Maler, Gustav Colline, der Philosoph, und Rudolf, der Dichter, sind künstlerisches Proletariat und daher gesellig. Also gründen sie einen Boheme-Bund, denn einer nimmt doch hier und da ein wenig Geld ein, das sogleich verjubelt wird. Der witzige Roman lebt von der Darstellung eines Milieus, das sich die Lebensfreude vom schnöden Alltag nicht verderben läßt, und von den versponnenen Typen, die das schwere Leben leicht nehmen. Das Buch, 1851 erschienen, gilt als Urtext der europäischen Boheme-Literatur und inspiriert bis heute zu Nachahmungen und Bearbeitungen: Puccinis Oper »La Bohème« geht ebenso auf Murger zurück wie »Das Leben der Boheme« des Filmregisseurs Aki Kaurismäki.

GÜNTHER SCHWARBERG

**Es war einmal ein Zauberberg
Thomas Mann in Davos –
Eine Spurensuche**

356 Seiten mit zahlreichen Fotos
gebunden mit Schutzumschlag
DM 38,00

*

Davos 1912: Thomas Mann besucht seine Frau Katia, die in einem Sanatorium für Tuberkulosekranke behandelt wird. Die Eindrücke dieses Aufenthalts bilden die Grundlage für seinen Roman »Der Zauberberg«, den er bald darauf zu schreiben beginnt und der 1924 erscheint. Der Schweizer Ort, das Sanatorium, seine Ärzte, Patienten und Besucher – sie fanden, in oft kaum verbrämter Form, Eingang in den Roman.
Günther Schwarberg hat sich am Schauplatz der Romanhandlung auf die Suche nach Spuren und Zeugnissen begeben. Seine Recherche fördert eine Fülle von bedeutsamen, zum Teil abgelegenen Fakten und Beobachtungen zutage. Sie gibt Auskunft über die vielfältigen Einflüsse Thomas Manns, der als Schriftsteller wie als öffentliche Figur so berühmt wie umstritten war – die Ärzte seiner Zeit etwa hielten aus medizinischer Sicht nichts von dem Buch, und Gerhart Hauptmann fand sich in der Figur des polternden Mynheer Peeperkorn keineswegs zu seinem Vorteil porträtiert.

GÜNTER GRASS
CZESŁAW MIŁOSZ
WISŁAWA SZYMBORSKA
TOMAS VENCLOVA

Die Zukunft der Erinnerung

96 Seiten, gebunden mit Schutzumschlag
DM 28,00

*

Vilnius/Wilna, die Hauptstadt Litauens: im 20. Jahrhundert von Deutschen besetzt, von Polen annektiert, von den Russen angegliedert, vor dem Holocaust als »Jerusalem des Nordens« gefeiert – welcher Ort eignet sich besser, grenzübergreifend über die Zukunft der Erinnerung nachzudenken? Auf Einladung des Goethe-Instituts und des Polnischen Kulturinstituts trafen sich im Oktober 2000 die drei Literaturnobelpreisträger Günter Grass, Czesław Miłosz und Wisława Szymborska sowie der litauische Dichter Tomas Venclova, um über das Trauma der Vertreibung und die Gefahren des Nationalismus, über kulturelle und ethnische Identität, über kindliche Glücksmomente und den Nachhall überlebter Leiden zu sprechen.

HALLDÓR LAXNESS

Weltlicht

Roman
Aus dem Isländischen von
Hubert Seelow
Band 12 der Werkausgabe
664 Seiten, Leinen mit Schutzumschlag
DM 48,00

*

Olafur Karason ist ein Fremdling im Island der dreißiger Jahre. Einer auf das bloße Überleben ausgerichteten Welt setzt Olafur die Schönheit der Literatur entgegen. Er durchquert weite Teile des Landes und verkehrt mit Menschen aus allen Gesellschaftsschichten. Mit liebevoller Zärtlichkeit, Spott und Ironie, aber auch mit bitterer Ablehnung werden all ihre Lebensgewohnheiten und Eigenarten beleuchtet.

Dieser Künstlerroman des isländischen Nobelpreisträgers war bisher nur in einer sprachlich veralteten deutschen Übertragung vorhanden. Mit der Neuübersetzung von Hubert Seelow liegt jetzt die lang erwartete Fassung innerhalb der Laxness-Werkausgabe vor.